JOY AUX DOIGTS DE FÉE

PRÉMONITION, TOME 3

DEANNA CHASE

Traduction par
LORRAINE COCQUELIN

RÉSUMÉ DU LIVRE

De la fiction féminine avec une pointe de classe et une bonne dose d'insolence, pour toutes celles qui se disent que l'âge, ce n'est que dans la tête !

Joy Lansing est à un tournant de sa vie. Ses enfants volent de leurs propres ailes désormais, et alors qu'elle pensait passer le reste de sa vie aux côtés de l'homme qui est son mari depuis près de trente ans, elle se retrouve tout à coup célibataire et confrontée à une vie qu'elle ne reconnaît plus.

Heureusement pour elle, ses trois meilleures amies, ses sœurs de coven, sont là pour elle. Elle va avoir bien besoin de leur soutien. Devenir une petite célébrité du cinéma à l'âge de quarante-huit ans est déjà assez perturbant en soi. Mais si on y ajoute une co-star jalouse, des journaux insultants et un homme sexy et célèbre déterminé à sortir avec elle, Joy ne sait plus où donner de la tête. Elle devra faire appel à toute sa magie pour naviguer dans cette nouvelle vie, sinon sa toute jeune carrière sera terminée bien avant d'avoir véritablement commencé.

CHAPITRE 1

*E*st-ce que tu crois qu'un jury m'acquitterait si je la tuais ? murmura Joy Lansing à sa maquilleuse.

— Je te déclarerais innocente, répliqua Sam Catts en jetant un regard mauvais à Prissy Penderton. Si elle t'interroge encore une fois sur Troy Bixby, je vais…

— Joy, lança Prissy de cet accent traînant et de cette voix d'une douceur écœurante dont elle se servait chaque fois qu'elle voulait prétendre que Joy et elle étaient amies.

— Oui, Prissy ?

Joy, dont les longs cheveux blonds avaient déjà été coiffés en un élégant chignon, observa sa co-star, installée à l'autre bout de la tente de maquillage, tandis que sa propre maquilleuse s'occupait de son visage pour la prochaine scène dans le film indépendant où elle avait récemment reçu un rôle.

Sa vie avait pris un virage à cent quatre-vingts degrés lorsque sa photo avait servi à illustrer la campagne de pub d'un parfum destiné aux femmes mûres. Troy Bixby, son… ami ? copain potentiel ?… Elle ignorait ce qu'ils étaient l'un pour l'autre, mais il lui avait demandé de poser pour lui, et, en un

1

rien de temps, son visage s'était retrouvé sur Internet et dans les pages de tous les magazines féminins du monde.

Cette attention flatteuse l'avait un peu submergée. Toutefois, quand elle avait reçu un appel lui proposant d'auditionner pour un drame familial filmé à Prémonition, son rêve de toujours de devenir actrice s'était réalisé. Elle faisait partie d'un casting multigénérationnel. Son personnage était la mère d'une jeune femme de vingt-cinq ans et la fille d'une femme de la fin de la soixantaine. Toutes trois s'étaient installées ensemble lorsque la petite-fille, en plein divorce litigieux, bataillait pour la garde de ses enfants, contre un mari violent.

Le scénario avait ému Joy aux larmes, et elle était très fière de faire partie de ce projet. Malheureusement, c'était Prissy Penderton qui avait décroché le premier rôle, celui de la fille de Joy. Elle venait juste de devenir une star grâce à un rôle à succès quelques mois plus tôt et s'avérait insupportable, à multiplier les exigences et croire que tout lui était dû. Joy restait le plus possible loin d'elle. Sa chance avait manifestement tourné.

— J'ai entendu dire que Troy serait en ville ce week-end. Tu lui as parlé du cocktail que j'organise, n'est-ce pas ?

Joy serra les dents. Prissy la suppliait d'inviter Troy à cet événement depuis que la nouvelle de sa venue à Prémonition pour un vernissage s'était répandue. Malheureusement, Joy avait appris l'info par les ragots, non par l'homme lui-même. Cela dit, il était hors de question qu'elle dise à la starlette que cela faisait plus de trois semaines qu'elle n'avait pas parlé à Troy. Elle s'obligea à sourire.

— Non, l'occasion ne s'est pas présentée.

— Jooooooy, pleurnicha l'autre femme. J'ai absolument

besoin que Troy vienne, sinon le ratio hommes-femmes ne sera pas bon. Je compte sur toi.

— C'est un homme occupé, répliqua Joy en haussant les épaules. Je lui en toucherai un mot quand je l'aurai au téléphone.

Si jamais ça arrivait. Le monde entier croyait qu'ils sortaient ensemble, à cause d'un commentaire désinvolte qu'il avait fait récemment au cours d'une interview. Le journaliste l'avait interrogé sur le nouveau visage magnifique du parfum Élégance, et il avait alors qualifié Joy de « sa muse ». Lorsque le journaliste avait insisté pour en savoir plus sur leur relation, Troy était resté évasif ; toutefois, l'article l'avait décrit comme arborant un « petit sourire sexy et une certaine lueur dans les yeux » à ce moment-là.

Les tabloïds s'en étaient donné à cœur joie, les qualifiant de nouveau couple « branché ». Joy en venait depuis à remettre en question sa santé mentale. Car, en réalité, Troy et elle avaient passé une semaine entière ensemble, à froisser les draps de son lit, pendant laquelle il l'avait photographiée pour la campagne de parfum. Puis il s'était envolé pour l'Europe, pour son nouveau projet. Il lui avait dit qu'il souhaitait la retrouver lorsqu'il reviendrait, et ils avaient gardé le contact, en quelque sorte. Toutefois, ils parlaient surtout de son projet à lui et de son travail d'actrice à elle. Aucun d'eux n'avait évoqué ce que l'avenir leur réserverait à son retour à Prémonition. D'après le *Perspectives de Prémonition*, la feuille de chou du coin, il devait revenir d'ici quelques jours.

Dommage que ce ne soit pas lui qui lui ait filé l'info.

— Vous devez absolument venir samedi soir, insista Prissy. Coiffe-toi, maquille-toi et habille-toi comme si tu allais fouler le tapis rouge. Tu devrais peut-être aussi porter des lentilles bleues afin d'illuminer tes yeux, car la presse sera là. Tu ne voudrais quand même pas que les premières photos de toi suite à cette campagne de parfum donnent l'impression que Troy a sacrément retouché les siennes, n'est-ce pas ?

Joy fusilla du regard le dos de la jeune actrice lorsque cette dernière sortit de la tente. Des lentilles de contact bleues ? Ses iris avaient déjà la couleur du ciel. L'autre femme adorait manifestement lui taper sur les nerfs. Après son départ, Joy jeta un coup d'œil à sa maquilleuse.

— C'est vraiment une garce, n'est-ce pas ?

— Carrément, approuva Sam en opinant. Et encore plus : une garce en chaleur. Si Troy se pointe chez elle, elle va sans doute t'arracher les yeux puis lui pisser dessus.

Joy secoua la tête et pouffa sans humour.

— Elle s'en prend à la mauvaise personne. Il ne m'a même pas dit qu'il revenait en ville.

Sam haussa les sourcils.

— Il t'ignore ?

— Non. Nous ne sortons même pas ensemble.

Elle soupira.

— Les médias ont fait une montagne d'un rien. Nous sommes restés en contact ces derniers mois, mais nous sommes simplement amis.

Pouvait-elle d'ailleurs qualifier un coup d'un soir – ou d'une semaine, disons – d'ami ? Elle ne le savait pas. Toutes ces histoires de liaison et de rendez-vous lui étaient étrangères. Troy était le seul homme qu'elle avait fréquenté depuis que son mari avait mis fin à leur union. Elle n'attendait donc rien de lui. Après tout, elle ne comptait pas se lancer dans une nouvelle relation avec un homme qu'elle connaissait à peine après un mariage qui avait duré près de trois décennies.

— Dans ce cas, tu pourrais lui envoyer un message pour lui dire que Prissy aimerait qu'il vienne à son cocktail, et comme ça, tu es débarrassée du problème. Ou tu peux te pointer à la fête avec une allure d'enfer et ils pourront s'en mordre les doigts tous les deux ensuite.

Joy la fixa attentivement.

— Et comment est-ce que je peux faire ça ?

Un lent sourire étira les lèvres de Sam.

— Laisse-moi me charger de cette partie.

— Qu'est-ce que tu caches dans ta manche ?

La maquilleuse haussa une épaule.

— Disons que je connais une styliste célèbre.

— Hé, *maman*, l'interpella Prissy en revenant dans la tente, une tasse à la main.

Joy fit de son mieux pour ne pas s'agacer. Ses propres enfants avaient le même âge que la starlette, alors ce terme ne l'offensait pas le moins du monde, mais c'était la façon dont Prissy le disait qui l'énervait, comme si elle devait être gênée par son âge.

— Je t'ai apporté un café, déclara Prissy en lui tendant la tasse. Je me suis dit qu'un petit remontant pourrait te faire du bien, puisque c'est de ma faute si on travaille si tard.

Étonnée, Joy cilla, les mains autour de la tasse. Elle était effectivement fatiguée. La veille, Prissy avait été particulièrement mauvaise sur le tournage, occasionnant une cinquantaine de prises de la même scène. Elle jouait sans conviction et ne cessait d'oublier son texte. Le fait qu'elle fasse amende honorable en apportant un café à Joy la surprenait. Elle ne s'y attendait pas de la part de la starlette.

— Merci. C'est très gentil à toi.

Prissy lui sourit, lui adressa une révérence exagérée et dit :

— C'est parce que je suis gentille.

Elle lui fit un clin d'œil, puis quitta à nouveau la tente en lançant :

— Profites-en bien !

— C'était… très bizarre, commenta Sam.

Joy était d'accord. Elle posa les lèvres sur le bord de la tasse et sirota une gorgée. Lorsque le riche arôme du café mêlé à pile la bonne dose de crème toucha ses papilles, elle faillit en lâcher un gémissement de plaisir. Il était préparé exactement comme elle l'aimait. Elle se dit tout à coup qu'elle avait peut-être été trop dure avec Prissy. La jeune femme avait assez fait attention à elle pour savoir comment elle buvait son café, alors elle ne devait pas être si mauvaise, n'est-ce pas ? Joy avala une nouvelle gorgée et soupira.

— La vache, il est bon.

— Ah oui ? La princesse diabolique a enfin fait quelque chose de gentil, pour changer ? demanda Sam en appliquant de la poudre bronzante sur les pommettes de Joy afin d'illuminer son teint.

— Peut-être que nous allons tourner la page, dit Joy en se réinstallant dans son siège pour siroter son breuvage tandis que Sam se mettait à l'œuvre.

— Et… coupez ! lança le réalisateur. C'est tout pour aujourd'hui. Vous avez tous fait du bon travail.

Prissy traversa le plateau et s'arrêta juste devant Joy pour la dévisager.

— Ça va, déclara sèchement Joy, qui sentait toujours la brûlure de la gifle que Prissy lui avait mise dans la dernière scène.

Sa joue lui faisait mal, mais elle ne ferait pas le plaisir de dire à la starlette qu'elle souffrait.

— J'en suis sûre, répliqua Prissy en l'étudiant de plus près.

Tu devrais passer un peu de temps à l'institut de beauté. Tu as les yeux bouffis et un teint terne. Un massage facial te ferait le plus grand bien.

Joy serra les poings et respira calmement pour s'obliger à ne pas se jeter sur l'autre femme et lui rendre la monnaie de sa pièce. Elle n'avait jamais frappé personne, mais si Prissy ne s'écartait pas tout de suite de son visage, Joy allait trouver un exutoire à sa frustration. Comment une personne pouvait-elle ainsi souffler le chaud et le froid ? Un peu plus tôt dans la soirée, la jeune starlette avait eu la prévenance de lui apporter un café, et là, elle se comportait comme une garce pour une raison inconnue.

— Il te fallait autre chose ?

Prissy haussa une épaule.

— Je voulais juste te dire que tu avais un bouton sur le menton. Tu souhaites peut-être t'en occuper.

Prissy lui adressa un sourire mielleux avant de rejoindre la voiture qui l'attendait.

Joy porta la main à son menton et sentit immédiatement la nouvelle petite bosse qui s'était formée. Elle gémit. Qu'avait-elle fait pour avoir la plus sensible des peaux *et* la plus peste des co-stars du monde ?

— Viens avec moi, lança une voix sensuelle derrière elle.

Sa frustration disparut en entendant Carly Preston, cette actrice qui n'avait que quelques années de plus que Joy et qui pourtant jouait le rôle de sa mère dans le film. Joy était heureuse de cette rencontre. Carly était une célèbre actrice qui avait mérité toutes les récompenses reçues par Hollywood et restait malgré cela la personne la plus bienveillante qu'elle ait jamais croisée.

— Où allons-nous ?

— Dans ma caravane. J'ai quelque chose qui t'aidera à régler ce problème tout de suite.

Carly lui sourit en glissant son bras dans le creux du sien.

— Ah oui ? Tu as quelque chose pour réparer la personnalité de Prissy ? demanda-t-elle en mimant la surprise, avant de sourire à l'autre femme.

Carly avait teint ses cheveux en un nuancier de blond magnifique, et avait une peau lumineuse.

Elle éclata d'un rire de gorge qui fit briller ses yeux.

— Ce serait un vrai miracle.

Elle adressa un sourire en coin à Joy.

— Elle va apprendre à la dure qu'être casse-pieds ne lui apportera pas ce qu'elle souhaite.

Carly lui fit un clin d'œil, puis l'invita à entrer dans sa caravane.

— Attends une seconde. J'ai un baume que m'a donné une guérisseuse. Il va faire disparaître ce défaut en une seule nuit.

Carly partit dans sa chambre, et Joy se dirigeait vers l'un des fauteuils en cuir quand son regard fut attiré par une série de cadres posés sur la table rétractable. Un picotement naquit dans son ventre et irradia jusqu'à ses doigts. Ses pieds bougèrent de leur propre initiative, comme attirés par les photos, et avant qu'elle ne réalise son geste, elle en soulevait une et fixait la jolie jeune femme possédant exactement les mêmes yeux que Carly Preston.

Sur ce cliché qui paraissait récent, la jeune femme avait environ la fin de la vingtaine. Vêtue d'un jean et d'un tee-shirt, elle tenait un smartphone à la main et, les yeux pétillants d'amusement, elle lançait un baiser au photographe.

C'était une photo joyeuse ; pourtant, tandis que Joy la fixait, un malaise lui noua le ventre et sa vision se brouilla. L'image dans le cadre se transforma en une scène en noir et blanc de la jeune femme se débattant et criant alors que quelqu'un la traînait de sa maison jusqu'à un SUV noir.

La peur envahit Joy ; elle poussa un cri horrifié en lâchant la photo, qui alla s'écraser au sol.

— Joy ? demanda Carly, inquiète, en s'empressant de la rejoindre. Est-ce que ça va ?

Tremblante, Joy se pencha pour ramasser le cadre et le tendre à Carly.

— Est-ce qu'elle…

Elle avala avec difficulté la boule qui s'était logée dans sa gorge.

— Est-ce qu'elle est bien rentrée chez elle ?

Carly la dévisagea, perdue.

— Comment ça ?

— Elle… euh, je viens d'avoir une vision. Je l'ai vue…

Un téléphone sonna, la coupant dans son élan. Carly leva la main et décrocha en souriant.

— Hé, salut, Dee. Quoi de neuf ?

Son sourire s'effaça et ses yeux verts arborèrent une lueur inquiète.

— Comment ça, elle a disparu ?

Joy fit les cent pas, sentant d'instinct que le coup de fil concernait la femme de la photo.

Après avoir posé quelques questions et assuré à la personne à l'autre bout de la ligne qu'elle serait là au plus vite, Carly raccrocha et se tourna vers Joy.

— Tu vas devoir me raconter ta vision.

Elle indiqua la jolie blonde sur l'image.

— C'est ma nièce Harlow, et elle a disparu.

CHAPITRE 2

*J*oy était assise sur une chaise inconfortable dans une petite salle de réunion du commissariat de Prémonition et avait devant elle une tasse de café, froid depuis longtemps. La pièce sentait un vague mélange de moisissure et de poussière.

— Avez-vous souvent ce genre de visions, madame Lansing ? la questionna l'inspectrice.

— Jamais, répliqua-t-elle, contenant à peine son irritation.

Combien de fois devrait-elle leur répéter que c'était la première fois ?

— Dans ce cas, comment avez-vous su que la nièce de Mme Preston avait été enlevée ce soir ?

L'inspectrice Coolidge la dévisageait en haussant un sourcil.

— Aucune idée.

Elle posa les mains à plat sur la table en Formica.

— Je vous ai déjà dit que ma magie se résumait en général à des sorts glamours et à de la télékinésie. Les visions, c'est tout nouveau pour moi. Je ne savais même pas qu'elle était vraie, avant que Carly reçoive cet appel au sujet d'Harlow.

Lorsque Dee, l'amie de Carly, s'était rendue dans la maison que louait Carly afin d'y récupérer sa nièce Harlow, Dee avait trouvé la porte grande ouverte. La table de l'entrée était au sol ; le contenu du sac à main d'Harlow, renversé sur le porche ; son téléphone, écrasé. Dee avait découvert qu'une voisine avait entendu des appels à l'aide, mais comme elle sortait tout juste de la douche, le temps qu'elle descende l'escalier et rejoigne la porte d'entrée, il n'y avait plus rien à voir.

— Est-ce que je peux y aller, maintenant ? demanda Joy, à qui le stress de la journée avait donné des maux de tête. Je ne sais rien de plus que ce que je vous ai dit. Je n'ai même jamais rencontré la nièce de Carly.

L'inspectrice se leva en secouant la tête.

— Non. Je suis désolée, madame Lansing, mais vous êtes la seule à savoir quelque chose. Vous n'irez nulle part ce soir, je le crains.

La porte s'ouvrit brusquement, et un autre officier entra, accompagné de Carly, dont les yeux flamboyaient de colère.

— Inspectrice Coolidge, vous pouvez disposer. Retrouvez-moi dans mon bureau, merci.

Coolidge en resta bouche bée.

— Mais, chef, l'interrogatoire n'est pas terminé.

— Si, il l'est. Partez.

L'inspectrice serra les dents, lança un dernier regard à Joy et déclara :

— On se reparlera très vite.

— Vous pouvez toujours essayer, mais ça ne changera rien au fait que je ne sais rien, rétorqua Joy, saisie en cet instant de l'envie mesquine d'avoir le dernier mot.

Tous trois regardèrent l'inspectrice Coolidge sortir de la salle de réunion en soufflant.

Joy fixa le chef.

— Ça veut dire que je peux rentrer chez moi ? Sinon je pense que je vais devoir appeler un avocat.

— Personne ne vous accuse de quoi que ce soit, madame Lansing, répliqua l'homme sur un ton neutre.

— Dans ce cas, je suis libre de m'en aller.

Elle se leva de sa chaise et le contourna.

— Je suis désolé pour l'agressivité de mon enquêtrice. Elle est vraiment très douée dans son travail, je vous assure. Très rigoureuse.

Joy s'arrêta à l'entrée de la pièce et se tourna à moitié vers lui.

— Pour le bien d'Harlow, je l'espère. Si j'ai la moindre vision supplémentaire, je vous tiens au courant.

Même si elle doutait que cela puisse se reproduire. Elle ne savait déjà pas comment elle avait eu la première. Elle était la plus choquée d'eux tous.

— Merci, dit le chef. J'apprécie sincèrement votre aide, et je m'excuse une nouvelle fois pour l'inspectrice Coolidge. Elle est juste…

— Rigoureuse, termina-t-elle à sa place. J'ai saisi.

Elle se tourna vers Carly.

— Comment vas-tu ?

— J'ai connu des jours meilleurs, répondit celle-ci en glissant son bras dans le creux de celui de Joy. Allons-nous-en et laissons-les faire leur travail.

— Je vous tiendrai au courant, madame Preston, lança le chef en lui adressant un signe de la tête.

Carly opina, puis entraîna Joy hors du commissariat. Une fois à l'extérieur, Carly se tourna vers elle.

— Je suis vraiment désolée. J'aurais dû te faire sortir d'ici plus tôt, mais ça m'a pris un peu de temps pour attirer l'attention du chef.

Joy fronça les sourcils.

— Comment ça, attirer son attention ? Il n'était pas là pour gérer l'enlèvement de ta nièce ?

— Si, mais il coordonnait différents types de recherche, entre toutes les caméras de surveillance, et son équipe s'est montrée… tout sauf serviable. Si je n'avais pas lancé un sort de suggestion, nous serions sans doute encore assises toutes les deux sur ces chaises en plastique inconfortables à nous faire interroger.

— Un sort de suggestion ?

Joy écarquilla les yeux et adressa un petit sourire à l'autre femme.

— Je ne savais pas que tu étais une sorcière.

Ce n'était pas très rare à Prémonition, cela dit. La ville était un aimant à magie. Joy était surtout surprise parce que Carly et elle travaillaient ensemble depuis plusieurs semaines et que jamais l'autre actrice n'avait laissé sous-entendre qu'elle était une sorcière.

Celle-ci haussa les épaules.

— J'essaie de ne pas m'en servir sur les plateaux. Afin qu'on ne puisse jamais douter de mon talent d'actrice en le prenant pour un sort quelconque.

Joy fronça les sourcils, tentant de saisir en quoi la magie pouvait poser problème.

— Comment ça fonctionnerait ? La magie ne rend personne meilleur acteur. Si tu utilises un sort d'illusion, il suffit de regarder les séquences ensuite pour que la vérité apparaisse.

— Certaines personnes dépourvues de magie ne

comprendraient pas. C'est donc plus facile et plus sûr de garder les deux mondes séparés.

Carly se rendit à sa voiture de location. Dès que Joy s'y installa à son tour, Carly se tourna vers elle.

— Est-ce que ça te dirait de venir chez moi ? Peut-être que regarder d'autres photos t'apportera de nouvelles visions ?

Le désespoir dans la voix de l'autre femme lui déchira le cœur. Elle opina, les larmes aux yeux.

— Bien sûr que je viens. Par contre, je te préviens, je ne peux rien te promettre. C'est la première fois que j'ai une vision.

Carly hocha la tête d'un air solennel.

— Je comprends. J'ai juste… besoin que tu essaies.

LE TRAJET jusqu'à l'immense maison en location de Carly, du côté sud de la ville, se fit en silence. Joy était épuisée après sa journée de tournage, puis le traumatisme vécu en assistant à l'enlèvement. Pour être honnête, elle n'avait qu'une seule envie : rentrer chez elle, s'enfiler toute une bouteille de vin et sombrer dans l'inconscience afin de ne plus penser à rien. Mais elle ne pouvait pas laisser tomber Carly, et s'il y avait quoi que ce soit qu'elle puisse faire pour aider, elle le ferait, sans tenir compte de ses propres besoins.

Elles empruntèrent une route à deux voies, jusqu'à rejoindre un petit groupe de maisons sur un promontoire. Carly se gara devant une villa moderne, au milieu de la rue, et appuya sur le bouton d'ouverture du garage. Dès que la porte remonta, toutes les lumières de la maison s'allumèrent.

— Il y a quelqu'un d'autre qui vit ici ? À part ta nièce et toi ? s'étonna Joy.

Carly secoua la tête.

— Non, répliqua-t-elle sur un ton sérieux, sans émotion. Les lumières sont programmées pour s'allumer quand la porte s'ouvre. J'ai appris il y a bien longtemps à ne jamais entrer dans une maison plongée dans le noir.

Joy étudia sa partenaire à l'écran et réalisa que, étant donné sa célébrité, ce ne devait pas être la première fois que Carly se retrouvait confrontée à une situation grave. Elle aurait aimé interroger son amie, lui demander ce qu'elle entendait par là, mais n'était pas certaine non plus de vouloir le savoir. Alors elle opina simplement, attendant que la voiture s'arrête. À ce moment-là, elle en sortit et rejoignit Carly devant la porte de la maison.

— Est-ce que tu es prête pour ce qui t'attend ? lui demanda Joy.

Elle aurait dû penser à demander à quelqu'un de venir contrôler la maison avant qu'elles n'y pénètrent. Comme Lucas King, le compagnon de Hope, ou ne serait-ce que celle-ci, Grace et Gigi. Ses sœurs de coven avaient prouvé qu'elles étaient capables de gérer à peu près n'importe quoi. Elles pouvaient sans doute combattre tout intrus s'il y en avait un. Elle se mit à transpirer et déglutit avec difficulté, alors que Carly déverrouillait la porte et entrait dans la maison sans le moindre soupçon de peur.

— Merde alors, marmonna Joy.

Elle aurait eu bien besoin de l'assurance de Carly. Si c'était elle qui était passée devant, elle aurait avancé sur la pointe des pieds et regardé dans chaque recoin pour s'assurer que personne ne les attendait en cachette. Cela dit, entrer discrètement n'aurait servi à rien. Entre les lumières allumées et la porte du garage tout sauf silencieuse, ce n'était un secret pour personne qu'elles étaient de retour.

— Joy ? l'appela Carly en regardant dans le garage. Tu viens ?

— Oui, bien sûr… J'étais juste…

Ne sachant comment poursuivre, elle secoua la tête.

— Désolée. La journée a été longue.

— Mince ! C'est vrai, confirma rapidement Carly. Tu veux que je te raccompagne chez toi ? Nous ne sommes pas obligées de faire ça…

Joy leva la main pour l'interrompre et s'empressa de la rejoindre.

— Non. Chaque minute compte. Faisons-le tout de suite. Si je peux découvrir quoi que ce soit dans tes photos permettant aux forces de l'ordre de ramener ta nièce à la maison, alors il est important que j'essaie le plus tôt possible.

— D'accord, accepta Carly, qui retournait déjà dans la maison. C'était ce que je me disais aussi, mais je ne veux pas te mettre la pression.

Elle évita son regard.

— Je suis sûre que c'est traumatisant.

En effet. Joy était certaine qu'elle ferait des cauchemars à cause de sa vision. Malgré tout, elle ne laisserait pas cela l'empêcher de faire ce qui devait l'être. La nièce de Carly avait disparu, retenue par la déesse savait qui, et Joy mourait d'envie de la retrouver. Elle espérait ardemment que les clichés dans la maison la mèneraient à Harlow Preston.

Elle s'avança dans l'élégante maison de bord de plage moderne afin de regarder par la fenêtre. La lune argentée scintillait sur l'océan agité, et Joy sortit sur la terrasse afin de laisser l'air salin du large l'envahir et recharger sa magie. L'océan lui faisait toujours cet effet-là. C'était notamment pour cette raison que les sorciers gravitaient autour de Prémonition. La nuit était claire, et les étoiles luisaient au-dessus. C'était si beau qu'il était difficile d'imaginer qu'un terrible crime avait été commis dans cette maison quelques heures plus tôt.

L'océan apporta une brise fraîche qui la fit frissonner. Elle s'entoura de ses bras et retourna dans le salon essentiellement blanc.

— Les photos sont par ici, indiqua Carly en montrant le manteau d'une cheminée au gaz, puis un buffet dans la salle à manger. Et là.

Joy s'approcha de la cheminée et observa les clichés. La nièce de Carly se trouvait sur la plupart. Elle se concentra toutefois sur une image joyeuse de la jeune femme pleine de vie. Elle se trouvait sur la plage, riant à gorge déployée. Joy passa les doigts sur le verre, comme pour redessiner la photo. Elle se vida la tête et ne pensa qu'à la jeune femme sous ses yeux, et attendit.

Et attendit.

Et attendit encore un peu.

Rien. Pas de vision. Pas le moindre picotement de magie.

Soupirant, elle reposa le cadre sur la cheminée. Le problème venait peut-être de sa magie ? N'avait-elle pas senti un picotement un peu plus tôt, juste avant sa vision ? Il lui semblait, en tout cas, mais il s'était passé tellement de choses depuis qu'elle n'en était plus sûre.

Elle attrapa une nouvelle image. Sur celle-ci, Harlow se tenait sur la plage, la tête baissée vers les vagues qui s'écrasaient à ses pieds. Joy pensa à l'eau et invoqua sa magie jusqu'à ce que sa peau se mette à picoter. Pourtant, malgré cela, aucune vision ne survint, et sa magie disparut.

— Tu as quelque chose ? lui demanda Carly.

Joy replaça le deuxième cadre et secoua la tête en se tournant vers sa partenaire à l'écran.

— Non, je suis désolée. Je ne sais même pas si c'est quelque chose que je peux me forcer à faire. La dernière est arrivée sans prévenir.

Carly fronça les sourcils, déçue, mais opina.

— C'est ce que je craignais. Ça t'ennuie d'essayer encore un peu ?

— Non, pas du tout.

Joy avait désespérément envie de l'aider à trouver Harlow. L'enlèvement de la jeune femme lui pesait, et elle avait l'impression de laisser tomber la tante et la nièce en étant incapable d'en faire plus. Elle passa la demi-heure suivante à observer chaque cliché de la maison, jusqu'à finalement s'affaler sur le canapé blanc en grognant de frustration.

— Je crois qu'il est temps que j'admette ma défaite.

Carly posa un service à thé en argent sur la table basse et s'installa dans le fauteuil en face d'elle. Elle versa ensuite de l'eau dans deux tasses et lui en tendit une.

— Je comprends. Merci d'avoir essayé.

Carly semblait si déçue que Joy hésita à renoncer à chercher Harlow. Toutefois, les visions ne venaient pas.

— Et si j'appelais mon coven ? Toutes ensemble, nous arriverons peut-être à quelque chose.

— Ton coven ? Tu crois qu'elles viendraient ?

Il y avait un tel espoir dans la voix de Carly que Joy se sentit presque coupable de l'avoir suggéré. Rien ne lui permettait de croire que ses sœurs feraient tout pour retrouver Harlow, cependant, elle ne voulait pas renoncer.

— Si elles sont disponibles, j'en suis certai…

Elle fut interrompue par son téléphone entonnant *Sweet Child O' Mine* de Guns & Roses, indiquant que c'était l'un de ses enfants qui la contactait.

— Une seconde.

Elle sortit son portable de sa poche et décrocha.

— Salut, Kyle. Quoi de neuf ?

Silence à l'autre bout de la ligne.

— Kyle ? répéta-t-elle en fronçant les sourcils. Tu es là ?

— *Oui. Je suis là,* dit-il d'une voix tremblante. *Je vais bien, mais il faut que tu viennes. Je suis à l'hôpital.*

La poitrine de Joy se serra, et la tête lui tourna jusqu'à ce qu'elle comprenne qu'elle avait cessé de respirer et prenne donc une inspiration faible.

— Que s'est-il passé ?

— *J'ai eu un accident de voiture.*

— J'arrive tout de suite.

Elle raccrocha et se tourna vers Carly.

— Il faut que j'y aille. Mon fils…

Elle s'interrompit en réalisant qu'elle n'avait aucune idée de l'étendue des blessures de Kyle.

— Il a eu un accident. Je suis désolée pour…

Elle agita la main en direction des photos.

Carly secoua la tête et attrapa ses clés, puis la main de Joy, et l'entraîna vers le garage.

— Ne t'en fais pas pour ça. Viens. Je t'accompagne.

CHAPITRE 3

*J*oy se rua dans les urgences de l'Hôpital de la Pointe, uniquement concentrée sur la recherche de son cadet. Elle observa en vitesse la salle d'attente, puis s'approcha vivement du comptoir des admissions. Alors qu'elle y arrivait, elle cilla, ayant reconnu Jackson, l'un des meilleurs amis de son fils. Ses cheveux d'ordinaire soigneusement coiffés rebiquaient dans tous les sens, comme s'il s'était réveillé à l'instant et précipité à l'hôpital. Il n'était pas si tard que ça, si ? Elle s'arrêta derrière lui au moment où la réceptionniste lui demandait s'il était de la famille.

Joy s'apprêtait à confirmer, mais elle fut réduite au silence par la réponse de Jackson.

— Je suis son copain, déclara-t-il, reniflant comme s'il avait pleuré. S'il vous plaît, je veux juste m'assurer qu'il va bien.

— Normalement, nous n'autorisons que la famille à entrer, répliqua l'infirmière.

— Mais…

— Excusez-moi, dit doucement Joy.

Jackson se raidit, et lorsqu'il pivota, il arborait une expression horrifiée.

— Madame Lansing, je…

— Tout va bien, Jackson.

Son instinct maternel s'éveillant, elle adressa un sourire rassurant au jeune homme avant de se tourner vers la réceptionniste.

— Je suis la mère de Kyle. Pouvons-nous le voir tout de suite ?

— Un instant, je vous prie.

La réceptionniste quitta son bureau et emprunta une porte menant aux zones d'accès restreint.

— Madame Lansing. Je suis vraiment désolé.

Jackson regardait partout autour de lui, mais jamais elle.

— Je pensais que si je leur disais que j'étais son copain, ils me laisseraient le voir. Je sais que c'est juste la famille normalement, mais quand le dépanneur m'a dit que l'ambulance avait emmené Kyle…

— L'ambulance ? s'écria-t-elle. Qu'est-ce qu'il a ? Que s'est-il passé ?

Jackson déglutit puis raconta d'une petite voix :

— Je ne sais pas trop. On était au téléphone… On se disputait. Kyle me criait dessus, et tout à coup, je l'ai entendu hurler, puis j'ai perçu des crissements et…

Il secoua la tête.

— Il revenait de chez son père. Comme je connaissais la route, j'y suis allé pour le trouver. Le temps que je rejoigne sa voiture, elle se faisait remorquer et on m'informait qu'il avait déjà été transporté à l'hôpital. On dirait qu'il a heurté un arbre.

À cette pensée, Joy sentit un grand froid l'envahir. Son fils aurait pu se tuer. *Mais ça n'est pas arrivé*, se dit-elle. Il l'avait appelée. Il avait été cohérent. Quelles que soient ses blessures, elles n'étaient pas mortelles, n'est-ce pas ?

— Est-ce que tu sais ce qu'il a ?

Jackson secoua la tête et ses yeux s'emplirent de larmes.

— Je suis vraiment désolé, madame Lansing. On n'aurait pas dû parler au téléphone alors qu'il conduisait. C'est ma faute.

Elle l'entoura d'un bras et l'attira contre elle.

— D'une, tu es censé m'appeler Joy. De deux, tu n'es pas responsable des actes de Kyle. Il utilisait le kit mains libres, au moins ?

Il s'appuya contre elle en tremblant.

— Oui. Il était sur Bluetooth.

Elle lâcha le souffle qu'elle avait retenu et caressa le bras de Jackson pour le réconforter. Le fait d'avoir quelqu'un à rassurer l'aidait à calmer son anxiété.

— C'est bien. Ce n'est pas de ta faute, insista-t-elle.

Jackson s'écarta, et il s'apprêtait à dire quelque chose quand la réceptionniste revint.

— Vous pouvez y aller à présent. Salle d'examen numéro 6, sur votre gauche.

Elle prit la main de Jackson et l'entraîna avec elle dans le couloir. Lorsqu'elle entra dans la chambre de son fils, elle retint son cri d'horreur face à l'apparence de son enfant chéri. Il avait une coupure sur la tête et des bleus sur le côté gauche du visage. La jambe gauche de son pantalon avait été déchirée, et son membre entouré d'un bandage élastique.

Elle se précipita vers lui et prit sa main entre les deux siennes.

— Salut, mon cœur, dit-elle en lui lançant un petit sourire, mais sans pouvoir cacher le tremblement de sa voix.

Elle ne pouvait pas se contrôler. Son bébé était blessé.

Kyle gémit tout bas.

— Je vais bien, maman. Ne flippe pas.

— Je ne flippe pas, insista-t-elle. Mais je suis inquiète pour toi, cela dit. Comment vas-tu, sincèrement ?

Elle observa sa jambe.

— Ça n'a pas l'air encourageant.

Il secoua la tête.

— Elle est cassée. Ils vont venir me plâtrer, puis ils me laisseront sortir.

— Cassée ? s'écria Jackson.

Kyle tourna ses yeux verts vers lui. Ils se dévisagèrent un moment, échangeant un regard empli d'une douleur si crue qu'elle fronça les sourcils.

— Je suis désolé, dit Jackson tout bas. C'est ma faute.

Kyle gémit une nouvelle fois et se passa la main dans ses cheveux couleur miel.

— Non, ce n'est pas de ta faute, Jay. Je suis désolé, moi aussi.

Il ferma les paupières, puis grimaça et se cacha l'œil gauche avec sa main.

— Je crois que mon visage a heurté la vitre.

— Ils t'ont donné des antidouleurs ? le questionna Jackson en s'approchant de l'autre côté du lit.

Il sembla sur le point de prendre la main de Kyle, mais il s'interrompit et serra la barrière du lit à la place.

Observant les deux jeunes hommes, Joy se demanda ce qui leur arrivait exactement. Ils étaient amis depuis des années, toutefois leur relation s'était-elle approfondie ? Il se passait quelque chose, c'était certain. Jackson disait-il la vérité quand il avait proclamé être le copain de Kyle ? Dans ce cas, pourquoi lui avoir dit à elle qu'il n'avait agi ainsi que dans le but de voir Kyle plus vite ? Elle savait depuis des années que Jackson était gay et l'avait accepté sans réserve. Du coup, protégeait-il Kyle ?

Son fils sortait avec des filles depuis toujours, si bien qu'elle ne l'avait jamais soupçonné de s'intéresser aux hommes.

— Kyle ? demanda-t-elle.

Il détourna le regard de Jackson pour la fixer.

— Oui ?

— Est-ce qu'ils t'ont donné des antidouleurs ?

Ce qui se passait entre Jackson et lui pouvait attendre. Pour l'heure, elle voulait connaître les blessures de son fils.

— Oui. Je crois qu'ils font effet, je me sens un peu vaseux.

Il lui adressa un petit sourire, ce qui le fit à nouveau grimacer. Il porta la main à ses lèvres.

— Ouille.

— D'accord. Jambe cassée et hématomes. Autre chose ?

Il secoua doucement la tête.

— Non, je ne crois pas.

Elle opina.

— Est-ce que tu as appelé ton père ?

Elle se rendit compte qu'elle aurait dû prévenir Paul dès l'instant où elle avait raccroché avec Kyle ; elle avait cependant été si paniquée et perturbée par sa journée qu'elle n'avait pas du tout pensé à lui.

— Non ! rétorqua-t-il d'une voix dure. Je ne veux pas de lui ici.

Joy écarquilla les yeux, surprise par cet éclat. Paul et elle étaient certes en plein divorce, toutefois, ils avaient pris grand soin de garder les enfants en dehors de ça. Non pas que la séparation ait été compliquée. C'était même sans doute le plus amical des divorces que l'humanité ait connu. Paul avait déménagé. Ils avaient conclu un arrangement avec un médiateur, et c'était fait. Il ne leur restait plus qu'à attendre que l'État officialise les choses. Leurs trois enfants étant grands, il n'y avait aucune histoire de garde ou de pension alimentaire à régler. Ils s'en étaient financièrement bien sortis tous les deux, si bien que même en séparant leurs biens à cinquante-cinquante, ils s'en tiraient très bien l'un comme l'autre.

— Que s'est-il passé, Kyle ? Tu t'es disputé avec ton père ?

— Disputé, se moqua-t-il. On peut dire ça comme ça.

Joy s'installa sur la chaise en plastique à côté du lit.

— Sur quoi n'étiez-vous pas d'accord ?

Kyle jeta un coup d'œil à Jackson, puis à elle. Avant qu'il ne puisse répondre, la porte s'ouvrit et le médecin entra.

— Prêt à t'occuper de cette jambe, Kyle ? lui demanda-t-elle avec un gentil sourire aux lèvres.

Le soulagement se lut sur le visage fatigué de son fils, qui acquiesça.

— Vous devez être la mère de Kyle, ajouta-t-elle en tendant la main à Joy. Il est un peu mal en point, mais il n'aura pas besoin d'opération. Nous pouvons remettre sa jambe en place sans ça.

— Je vais devoir garder le plâtre combien de temps ? demanda Kyle.

— D'abord, tu auras une attelle jusqu'à ce que le gonflement disparaisse. Puis un plâtre pendant environ six semaines, si tout se passe bien. Ensuite, une botte de marche pendant que ta jambe continuera à guérir. Toutefois, tant que tu auras l'attelle puis le plâtre, tu ne devras pas bouger ta jambe du tout.

— Il habite au premier étage sans ascenseur, commenta Joy.

— Ce n'est pas génial. Monter et descendre ces marches sur des béquilles, ce sera dangereux. Et s'il se blesse à nouveau, il devra alors se faire opérer.

Kyle poussa un grognement.

Joy lui tapota le bras.

— On dirait que je vais avoir un colocataire quelque temps, lui dit-elle avant de regarder le médecin. Il rentrera avec moi.

— C'est une bonne nouvelle.

Elle nota quelque chose dans le dossier.

— Nous allons l'emmener pour l'orthèse, et dès qu'il sera de retour, vous pourrez le ramener chez vous.

Deux aides-soignants arrivèrent et emportèrent Kyle quelques minutes plus tard.

Lorsque Joy et Jackson se retrouvèrent seuls, elle observa le jeune homme d'ordinaire si spontané et vibrant, qui était cette fois-ci très pâle et semblait ébranlé.

— Il va vite se remettre, tu le sais ?

Jackson opina.

— Oui. Mais j'ai eu la peur de ma vie. J'ai entendu le « boum » dans le téléphone et…

Il secoua la tête.

— Je crois que je ne l'oublierai jamais.

Un frisson remonta l'échine de Joy en imaginant son fils heurter cet arbre. Ce fut comme un coup de poing en plein ventre, et son cœur se serra à l'idée que l'issue aurait pu être bien, bien pire. Elle se secoua. Elle ne devait pas s'angoisser de ce qui aurait pu arriver. Se raclant la gorge, elle décida de changer de sujet.

— Sinon, que se passe-t-il entre Kyle et toi ? Tout va bien ?

Il détourna le regard.

— Je suis désolé, je ne peux pas parler de ça, madame Lansing.

— Appelle-moi Joy, insista-t-elle une nouvelle fois.

— C'est vrai. Joy.

Il s'assit sur une chaise de l'autre côté de la pièce et observa ses pieds.

Elle soupira. Et parce qu'elle voulait être certaine qu'il sache ce qu'elle en pensait, elle déclara :

— Je ne vais faire aucune supposition et je ne te demande

pas de me dire quoi que ce soit. Mais s'il y a plus que de l'amitié entre mon fils et toi, sache que je n'ai absolument aucun problème avec ça.

Il cilla et ouvrit la bouche comme s'il cherchait quoi répliquer.

Elle leva la main.

— Je suis sincère, tu n'as pas à me répondre. Je suis certaine que s'il y a quoi que ce soit que je dois savoir, j'aurai cette conversation avec Kyle quand il sera prêt. Mais je voulais juste que mon point de vue soit très clair, d'accord ?

Jackson opina et sourit.

— D'accord.

Elle se mit debout et traversa la pièce. Le garçon qu'elle connaissait depuis ses cinq ans leva les yeux vers elle. Elle lui sourit et lui ouvrit les bras en grand.

— Je pense qu'il est temps de se faire un câlin, tu ne crois pas ?

Il pouffa en se levant, avant de la serrer de toutes ses forces.

— Je vous aime, madame L.

C'était ainsi que la mère de Jackson lui avait dit d'appeler Joy, quand il était petit. Alors, elle ne le corrigea pas cette fois-ci. Elle l'enlaça simplement plus fort.

— Merci d'être là pour Kyle. Je t'aime, moi aussi.

CHAPITRE 4

Quand le téléphone se mit à sonner, Joy se réveilla en sursaut d'un profond sommeil. Elle se redressa dans le lit et regarda autour d'elle, cherchant le portable malgré sa vision brouillée. Kyle et elle étaient rentrés tard la veille, et le temps qu'elle l'installe dans son ancienne chambre, il était trois heures du matin passées. Et ensuite, elle avait mis deux bonnes heures à s'endormir.

Elle se frotta les yeux pour en ôter les derniers vestiges du sommeil et plissa les paupières pour distinguer le réveil. Huit heures à peine. Trois heures de sommeil, ce n'était vraiment pas suffisant. Elle saisit son portable, regarda l'écran, puis décrocha.

— Grace ? Qu'est-ce qui ne va pas ?

— Rien. De mon côté, en tout cas, répéta sa meilleure amie sur un ton impatient. Je t'appelle parce que Lex vient de m'apprendre que Kyle avait eu un accident de voiture. Il va bien ? Que s'est-il passé ?

Joy bâilla, puis esquissa un petit sourire. Que c'était bon d'avoir des amies autant aux petits soins. Elle n'aurait juste pas cru que la rumeur se répandrait aussi vite. Elle aurait cependant dû savoir que Grace ne tarderait pas à entendre parler de l'accident. Lex, sa nièce, était une bonne amie de Jackson et Kyle. Jackson l'avait sans doute appelée la veille. Et Lex avait dû contacter sa tante.

— Il va bien. Ou du moins, c'était le cas cette nuit quand je l'ai couché.

— Il est chez toi ?

Joy acquiesça, même si Grace ne pouvait la voir, et elle sortit du lit pour chercher son boxer de sport préféré dans sa commode.

— Oui. Il va rester un moment. Il s'est fracturé le tibia et a une orthèse. Il ne doit pas du tout s'appuyer sur sa jambe, alors ça n'allait pas le faire à son appartement à cause des marches à monter. Pas tant qu'il n'aura pas retrouvé un peu de mobilité.

— J'arrive. Je vais vous préparer le petit déjeuner, insista Grace.

— Grace, tu n'es pas obligée de…

— Tu as pu dormir combien de temps ?

Joy entendit une porte claquer à l'autre bout de la ligne.

— Pas assez.

— C'est bien ce que je pensais. N'essaie pas de me faire changer d'avis, je suis déjà en route. Je serai là dans quinze minutes.

Elle raccrocha, et Joy sentit son cœur gonfler un petit peu. Qu'avait-elle fait pour mériter une aussi bonne amie ? Elle regarda son portable, vérifiant ses messages reçus de la part de l'assistante de production, qui l'informait chaque jour de toutes les modifications du planning de tournage. Ils avaient réorganisé les scènes afin d'accorder quelques jours de libres à Carly, si bien que Joy n'était attendue que l'après-midi sur le plateau. Elle soupira de soulagement à l'idée d'avoir une journée plus tranquille.

Après s'être brossé les dents puis les cheveux, elle se rendit dans sa grande cuisine afin de préparer du café. Elle ne survivrait jamais à la journée sans une bonne dose de caféine. Enfin, juste une tasse. Une fois que le breuvage commença à passer, elle se dirigea vers la chambre de son fils et toqua doucement à la porte. N'obtenant aucune réponse, elle entrouvrit et jeta un coup d'œil à l'intérieur. Aucune trace de son fils. Elle écarta plus franchement le battant et appela :

— Kyle ?

Toujours rien. Évidemment. Sa chambre ne disposait même pas de salle de bains attenante. Alors elle s'attendait à le trouver où ? Caché dans le placard ?

Elle fit le tour de la maison où elle avait élevé ses enfants depuis près de trente ans, vérifiant chaque pièce. Depuis que son mariage était fini et que ses enfants avaient déménagé, la maison était bien trop grande pour elle seule, mais elle n'avait jamais envisagé de la quitter. La plage se trouvait à quelques rues de là et elle avait fait du jardin un petit paradis luxuriant, avec brasero et balancelle sur laquelle elle passait de nombreuses heures à lire.

Ce fut d'ailleurs dans le jardin qu'elle trouva son fils.

Dégingandé, il était installé sur la balancelle, emmitouflé dans une couverture, serrant entre ses mains un gobelet du *Panorama Café*. Il avait posé sa jambe gauche sur l'un des fauteuils de la terrasse.

— Salut, lui dit-elle en s'asseyant à ses côtés.

Il décala vivement l'excédent de couverture pour lui faire de la place, puis le lui proposa quand elle fut installée.

— Merci, fiston.

Elle se couvrit les jambes et sourit à Kyle, en essayant de ne pas grimacer à la vue des hématomes sur son visage. Elle indiqua le gobelet d'un signe de la tête.

— La fée du café est venue t'apporter ça ?

Il pouffa du nez.

— On peut dire ça. Jackson a demandé à Lex de me l'apporter quand elle est venue ce matin.

— Déjà ?

Il acquiesça.

— Elle avait un entretien pour être assistante manager au *Panorama* ce matin. Elle pense que ça s'est bien passé.

— C'est vrai ? C'est top.

Lex venait d'obtenir son diplôme en gestion hôtelière. Trouver un travail dans son domaine était cependant compliqué, si bien qu'elle bossait depuis six mois dans l'épicerie fine de sa copine.

— J'espère qu'elle aura le poste. Ce serait génial.

Il sirota une nouvelle gorgée de café en regardant droit devant lui. Toutefois, elle était certaine qu'il n'observait pas les tournesols en floraison tardive. Il était plongé dans ses pensées.

— Comment va ta jambe ? Tu as réussi à dormir ? demanda-t-elle en posant gentiment la main sur le genou droit de Kyle.

Il secoua la tête.

— Pas vraiment. J'ai somnolé un peu, mais même avec les cachets, la douleur sourde m'a empêché de véritablement dormir. De même que l'attelle. Je ne m'y suis pas encore habitué.

— Je suis désolée, mon cœur. Je sais que tout doit te paraître terrible pour l'instant. Mais ça ira vite mieux.

Elle s'en voulut un peu de donner l'impression de nier sa douleur.

— Je suis sûre que ça craint de devoir retourner vivre avec ta mère.

Il la regarda.

— Ça, je m'en fiche. C'est plutôt sympa de rentrer à la maison, à vrai dire.

Elle cligna des paupières, surprise, puis pouffa.

— Ah oui ? Je suis sûre que, dans quelques jours, tu n'auras qu'une seule envie : te barrer d'ici.

Il haussa les épaules et retourna à son examen du jardin.

Joy ravala son soupir, comprenant qu'il n'avait pas que ses blessures en tête ce matin-là. La dernière fois qu'elle lui avait vu cette expression, c'était lorsque sa copine avait rompu avec lui la veille de ses dix-sept ans. Il avait le cœur brisé, mais elle ignorait à cause de qui.

— Kyle ?

— Oui ? demanda-t-il en levant le menton vers elle.

— Est-ce qu'il y a quelque chose dont tu voudrais me parler ?

S'il avait bien le cœur brisé, ce n'était certainement pas à cause de Jackson, puisque celui-ci lui avait fait apporter un café ce matin-là.

Kyle ferma les yeux et s'affala un peu plus sur la balancelle.

Joy attendit, consciente que son fils ne parlerait que quand il serait prêt. Elle pouvait souvent convaincre ses deux autres enfants de lui parler, juste en insistant un peu. Mais Kyle ? Non. Il était le plus sensible des trois, celui qui intériorisait tout et n'en discutait que quand il l'avait décidé.

— As-tu appelé Hunter et Britt ?

— Pas encore.

Elle fixa avec envie son café, souhaitant s'être servi une tasse du sien avant de sortir. Elle se sentait vaseuse et avait grand besoin de caféine.

Kyle lui tendit son gobelet, ayant manifestement remarqué son regard.

Elle l'accepta avec gratitude et but une longue gorgée du latte. Il était trop sucré, mais la dose de caféine contenue dedans était pile ce dont elle avait besoin.

— On est rentrés tard, hier soir. Mais j'ai quand même appelé ton père.

Kyle se raidit et lui lança un regard accusateur, les yeux flamboyant de colère.

— Je t'ai dit que je ne voulais pas l'appeler.

— En fait, répliqua-t-elle avec douceur, tu m'as dit que tu ne voulais pas le voir. Nous avons tous les deux respecté ce souhait.

— Je suis sûr que ça a dû être tellement dur pour papa, commenta Kyle avec sarcasme. Ce n'est pas comme s'il voulait encore faire partie de cette famille, de toute façon.

Cet éclat la stupéfia. Elle n'aurait pas dû être surprise, cependant. Cette séparation avait été un choc pour eux tous. C'était normal que ses enfants éprouvent du ressentiment. Malgré tout, elle souhaitait qu'ils conservent une bonne relation avec leur père, si bien qu'elle se retrouva à le défendre.

— Ce n'est pas parce que nous divorçons que ton père quitte notre famille, Kyle. Tu le sais. Il sera toujours là pour toi. Nous ne vivons plus ensemble, c'est tout.

Il la dévisagea, incrédule.

— Tu es sérieuse, maman ? Il t'a quittée. Il ne t'a même pas donné de vraie raison. Bon sang, il ne *nous* a même pas donné de vraie raison. Il a simplement dit que vous vous étiez éloignés l'un de l'autre et que cela ne servait à rien de maintenir un mariage quand le couple n'a plus aucun point commun. C'est quoi ces conneries ? On sait tous que ce n'est pas toi qui lui as demandé de partir. Alors, comme il n'a pas voulu faire d'effort pour réparer ce qu'il y avait entre vous, il s'est simplement barré. Et maintenant, on va devoir faire chaque fête deux fois ? Une avec toi et une avec lui. Nous n'aurons plus aucun repas de famille tous ensemble, et les autres événements familiaux ? Est-ce qu'il va venir, au moins ? Tu sais qu'on l'a à peine vu depuis qu'il a déménagé ? C'est un putain de bordel !

Elle grimaça de l'entendre jurer, mais ne le reprit pas sur son langage. Il avait raison. Sur toute la ligne.

— Vous n'êtes pas obligés de faire chaque fête deux fois. Nous pouvons les répartir et...

— Maman !

Il se redressa et la fusilla du regard. Cependant, quand il reprit la parole, ce fut d'une voix plus douce.

— Ne t'imagine pas un seul instant que nous ne serons pas là pour Noël ou Thanksgiving. C'est notre maison, ici. Et de toute façon, c'est toi qui rends les fêtes vraiment spéciales.

Les larmes lui montèrent aux yeux, et elle ne fit rien pour les cacher. Elle s'en sortait bien depuis le divorce. Paul était émotionnellement distant depuis quelques années, au point qu'elle avait presque été soulagée qu'il s'en aille. En revanche, elle en avait le cœur brisé pour sa famille. Paul les avait laissés tomber. Et la vision qu'elle avait eue de leur avenir, à vieillir ensemble, devenir grands-parents, emplir leur foyer d'amour, avait été altérée pour toujours. Paul avait été un bon père. Ils s'étaient aimés, autrefois. Cela la tuait de ne pas savoir ce qu'il se passait. Et de découvrir que son fils et ses deux autres enfants souffraient. Même s'ils étaient plus âgés, ils étaient affectés par la fin du mariage de leurs parents.

— Ne pleure pas, s'il te plaît, lui dit Kyle, anxieux. Je suis désolé. Je ne voulais pas te bouleverser.

— Mais non. Je… Je suis simplement heureuse que vous aimiez passer les fêtes ici, c'est tout.

Elle s'essuya les yeux.

— C'est vrai ? répliqua-t-il en haussant un sourcil, perplexe.

Elle pouffa, admettant sa défaite.

— Bon, d'accord, peut-être que je suis un peu bouleversée. J'ai été touchée de t'entendre dire que tu adorais passer les fêtes ici, c'est vrai, mais je suis triste aussi que cet avenir que nous avions tous imaginé s'avère différent maintenant. Je suis sûre que c'est aussi le cas de ton père. Mais même si tu es contrarié par les bouleversements actuels, cela ne change rien au fait que ton père t'aime. Ce n'est pas de toi, de Hunter ou de Britt qu'il a divorcé, tu sais.

— Pas encore, rétorqua Kyle, qui s'assombrit à nouveau.

— Aimerais-tu me parler de ce qui s'est passé hier soir avec lui ?

Kyle baissa les yeux sur sa main, sur laquelle était posée celle de Joy.

— Nous nous sommes disputés, c'est tout.

— À quel sujet ? Le divorce ?

— Oui. Non.

Il haussa les épaules.

— Un peu tout. Il voulait savoir quand je comptais postuler à l'école de droit, et je lui ai dit que je n'étais pas certain de vouloir encore le faire. C'est là qu'il s'est énervé et m'a accusé de réfléchir avec autre chose que ma tête.

Joy se mit plus à l'aise sur la balancelle en essayant d'assimiler ce que son fils disait. Il venait de terminer un diplôme en lettres. Elle savait qu'il envisageait d'aller en école de droit, mais pas qu'il avait décidé de ne pas le faire.

— Qu'est-ce que ton père voulait dire par là ? Tu sors avec quelqu'un, à Prémonition ?

Kyle rougit et détourna le regard un instant.

— Oui, je fréquente quelqu'un, mais ce n'est pas pour ça que je ne veux pas partir. J'ai simplement compris que le droit, ce n'était pas pour moi.

Il se tut quelques secondes.

— J'ai obtenu un entretien pour le *Journal de Prémonition*. Lundi matin.

— C'est vrai ? s'écria Joy. C'est formidable ! Je suis sûre que tu vas t'en sortir haut la main.

Le soulagement se lut sur le visage de Kyle, qui lui adressa un petit sourire.

— Je savais que tu dirais ça. Papa, lui, m'a dit qu'écrire pour le journal d'une petite ville était une perte de temps n'offrant aucune possibilité de carrière. Il m'a pratiquement dit que je foutais mon diplôme en l'air en bossant là-bas.

— Il a dit quoi ?

Elle sentit la colère l'envahir. Et avant que son fils ne puisse répliquer, elle lui fit part de son indignation.

— Comment ose-t-il ? L'argent ne fait pas tout. Et on peut tout à fait faire carrière dans l'écriture. Tu peux travailler en free-lance ou sur un bouquin ou faire tout ce que tu veux. En plus, tu vas continuer à être serveur et à bosser le week-end avec le camp aventure, n'est-ce pas ?

Il acquiesça, puis son sourire s'estompa.

— Encore que ça va être difficile de conduire un quad ou de servir avec une jambe cassée.

— C'est vrai.

Elle fit la grimace, puis agita la main.

— Je suis certaine que tu retrouveras ta place aux deux endroits quand ta jambe aura guéri. En attendant, puisque ton appartement possède un bail d'un mois, tu pourrais le rendre le temps de te soigner ici. Ça te ferait économiser un peu d'argent.

— Je ne compte pas déménager de chez moi.

Il déglutit, et elle comprit que s'installer ici n'était pas du tout ce qu'il avait en tête.

— J'ai des sous de côté. Et ça ne va durer que six semaines, n'est-ce pas ?

— C'est ce qu'a dit le médecin, oui. C'est ton argent. Si c'est ce que tu veux faire, alors ça me convient. Et si tu veux l'économiser, j'ai un logement à quatre chambres, sans loyer à payer et offrant des petits plats maison à te proposer.

Il se passa une main dans les cheveux, puis la fixa avec intensité.

— C'est ta façon de me manipuler pour que je retourne vivre définitivement avec toi ?

Elle en rit à gorge déployée.

— Non, fiston. D'accord, j'aime bien t'avoir avec moi quelques jours, mais je ne cherche pas à t'obliger à quoi que ce soit. J'essaie de t'aider. Si l'argent devient problématique, tu sais que tu peux toujours atterrir ici.

— Ça va être génial pour les rencards, marmonna-t-il.

Une nouvelle fois, elle se demanda s'il y avait plus que de l'amitié entre Jackson et lui. Devait-elle dire quelque chose à ce sujet ? Lui faire comprendre qu'elle n'avait absolument aucun souci avec ça ? Cela dit, pourquoi craindrait-il le contraire ? Lex sortait avec une fille, et ça n'avait jamais été un problème. Kyle savait en outre qu'elle était au courant de l'homosexualité de Jackson et qu'elle ne l'avait jamais traité différemment. Alors elle décida qu'il valait mieux laisser tomber le sujet. Elle avait déjà indiqué sa position à Jackson. De ce fait, s'ils sortaient vraiment ensemble, il répéterait ses paroles à Kyle. Cela ne servait à rien d'exercer une pression quelconque sur son fils pour l'obliger à lui parler d'un sujet qu'il n'était pas prêt à aborder. Ses pensées dérivèrent vers sa propre vie amoureuse, et elle se demanda une nouvelle fois quand elle aurait des nouvelles de Troy.

— En parlant de rencards, lança Kyle comme s'il avait lu dans ses pensées. Qu'est-ce qui se passe entre le photographe et toi ?

Ce fut au tour de Joy de hausser les épaules.

— Rien.

— Ce n'est pas ce que racontent les tabloïds, répliqua-t-il, une étincelle malicieuse dans les yeux.

Elle pouffa.

— Il ne faut pas croire tout ce que tu lis dans les journaux.

Elle reprit son sérieux.

— Honnêtement, on est juste amis. Il n'y a rien à en dire.

— C'est ce qu'on verra.

Elle s'apprêtait à lui demander ce qu'il entendait par là, quand la porte de la terrasse s'ouvrit sur Hope et Grace qui se précipitèrent vers eux, et surtout vers Kyle pour s'assurer qu'il allait bien.

Peu après, il bâillait et déclarait qu'il devait aller s'allonger un moment.

Joy se leva de la balancelle et lui tendit ses béquilles.

— Tu as besoin de quelque chose ?

— De l'eau ? Et d'un toast, aussi. Histoire que je puisse prendre mes médicaments.

— Je m'en charge ! décréta Hope en retournant rapidement dans la maison dans une envolée de boucles brunes.

Grace tint la porte à Kyle, et Joy attendit patiemment qu'il clopine jusqu'à l'intérieur.

CHAPITRE 5

— *T*u as l'air vannée, commenta Hope en observant Joy.

Elles étaient assises face à face à la table de la cuisine. Hope, qui avait relevé ses boucles en un chignon approximatif, l'étudiait de près.

— Tu as réussi à dormir la nuit dernière ?

Joy se couvrit la bouche d'une main pour bâiller, et ses yeux fatigués s'humidifièrent.

— Un peu. La journée a été longue.

Grace posa une assiette de pancakes à la citrouille devant elle.

Joy observa son amie et admira son apparence. Elle portait un tailleur-pantalon bleu scintillant très chic et avait coiffé à la perfection ses cheveux auburn.

— Merci. Tu es superbe. Tu as des rendez-vous particuliers ?

Grace sourit.

— J'ai un nouveau client important, et je compte lui montrer le domaine Emsworth.

Il s'agissait d'une grande bâtisse vers le sud de la ville, possédant sa propre plage privée. Si Grace vendait cette propriété, sa commission serait spectaculaire.

— Je comprends mieux pourquoi tu es habillée chic comme ça. Tu as apporté tes talons porte-bonheur? Ils iraient à la perfection avec ce tailleur.

Grace lui sourit.

— Ils sont dans la voiture.

— Parfait. On dirait que tu es bien partie pour obtenir le titre d'agent immobilier de l'année.

Joy lui fit un clin d'œil en s'attaquant à ses pancakes. Elle gémit dès la première bouchée.

La conversation s'interrompit le temps qu'elles prennent leur petit déjeuner. Lorsque Joy reposa finalement sa fourchette et s'adossa à sa chaise, les mains sur son ventre plein, Grace lui demanda :

— Est-ce que tu vas nous raconter ce qui s'est passé hier?

Joy observa ses deux amies.

— Vous avez entendu parler d'Harlow Preston.

Elle lança alors un regard soupçonneux à Hope.

— Ou bien tu as lu dans mes pensées?

Son amie leva les deux mains en l'air.

— Non, je ne fonctionne pas comme Angela.

Elle parlait de sa mère, qui ne pouvait s'empêcher de percevoir les pensées de tout le monde. Elle n'avait aucun contrôle sur son don, contrairement à Hope, qui avait découvert qu'elle était capable de faire taire sa capacité.

— Je te l'aurais dit si ça avait été le cas. Mais ça n'arrive pas souvent. En général, c'est quand il y a beaucoup de monde autour de moi et que je suis submergée par mes émotions. On a vu ça dans le *Perspectives de Prémonition* de ce matin.

Elle se renfrogna.

— Il était écrit que tu t'es fait interroger au commissariat pendant des heures. Ce chiffon est de pire en pire.

Joy poussa une exclamation de surprise.

— C'était dans les potins mondains ?

Hope opina.

— Je le sais parce que la maman de Lucas adore lire les histoires à haute voix. Imagine ma surprise quand elle a indiqué que Joy Lansing avait été vue en train de se faire escorter jusqu'au commissariat après la disparition de la nièce de Carly Preston.

Hope venait d'emménager dans la maison de ses rêves avec son fiancé et la mère de celui-ci. C'était un nouveau départ pour elle, qui avait toujours été la plus indépendante d'elles trois. Mais sa vie avec Lucas lui convenait tout à fait ; Joy ne l'avait jamais vue aussi heureuse et satisfaite.

Elle se cacha le visage dans ses mains en gémissant.

— Oh merde. Et si les feuilles de chou nationales en entendaient parler ? Par les déesses. Ils auraient au moins pu demander des détails sur ma présence là-bas plutôt que de me donner l'air suspecte.

— Regarde le bon côté des choses, intervint Grace avec un doux sourire aux lèvres. Avec cette réputation de racaille, Prissy va peut-être enfin te laisser tranquille.

Incapable de s'en empêcher, Joy gloussa.

— On peut toujours rêver.

Puis elle reprit son sérieux, parce qu'il n'y avait rien de drôle dans la disparition d'Harlow. Elle sirota longuement son café, puis reposa prudemment la tasse sur la table en luttant contre la nouvelle vague d'inquiétude qui l'envahissait.

— Alors, qu'est-ce que tu faisais au commissariat ? demanda Hope en buvant son propre breuvage.

— Est-ce que vous avez déjà eu une vision ?

— Comment ça, une vision ? J'ai entendu un message sur la falaise la veille du jour où j'ai obtenu mon boulot chez Landers, dit Grace.

— Moi aussi, juste avant mon anniversaire, ajouta Hope.

Ce genre de messages reçus par ses amies étaient plutôt normaux pour la ville. Ce n'était pas pour rien que la bourgade s'appelait Prémonition et était située en bord de mer. L'océan était comme le chant des sirènes pour les sorciers affrontant des changements, et si une sorcière s'ouvrait à la nature, il n'était pas rare qu'elle entende un message ou une prédiction sur l'avenir.

— Non, ce n'était pas ce genre de choses. Je regardais une photo de la nièce de Carly, et, en une seconde, j'ai été envahie par une vision, où je la voyais se faire enlever de leur maison. Je ne pouvais rien faire d'autre que regarder, alors que ça se déroulait en même temps. J'étais impuissante.

— Par les déesses, souffla Grace, une main sur son cou. Ça a dû être terrifiant.

Joy opina. C'était d'ailleurs pour cette raison qu'elle avait à peine dormi la nuit précédente, même une fois sûre que Kyle allait bien. Chaque fois qu'elle fermait les paupières, elle voyait Harlow se faire traîner dans la nuit.

— Je comptais vous appeler toutes les deux hier soir, ainsi que Gigi, pour voir si, une fois nos magies combinées, nous pouvions trouver la moindre piste ou un sort quelconque, mais c'est là que j'ai reçu le coup de fil de Kyle à l'hôpital et...

Elle haussa les épaules.

— Il était prioritaire.

Grace jeta un coup d'œil du côté du couloir menant aux chambres.

— Comment va-t-il ? Vraiment ?

Il était allé se coucher après avoir pris un antidouleur alors qu'elles s'installaient pour le petit déjeuner. La dernière fois qu'elle était allée le voir, elle l'avait vu enfin endormi.

— Pas génial. Il s'est disputé avec Paul hier à propos de ses choix de carrière. Kyle a décidé de ne plus aller en fac de droit. Il veut essayer de devenir écrivain. Il a un entretien au journal lundi matin.

— Ah oui ? C'est super ! s'exclama Hope, un grand sourire aux lèvres. Je connais des gens là-bas. Je vais voir si je peux le recommander.

En tant qu'organisatrice d'événements, Hope publiait régulièrement des communiqués dans la presse. Ce n'était donc pas étonnant qu'elle ait des contacts.

— Merci, Hope.

Joy lui serra la main.

— Dommage que son père n'ait pas été capable de le soutenir comme ça.

Grace gémit.

— Oh, non. Qu'est-ce que Paul a dit ?

Joy eut un sourire narquois. Évidemment, son amie avait deviné que Paul s'était comporté comme un connard. Qu'est-ce que ses amies avaient décelé chez son ex qu'elle-même n'avait pu voir ?

— Il était énervé que Kyle décide d'abandonner le droit et lui a dit qu'être écrivain lui vaudrait une vie de pauvreté.

— Sale snob élitiste, commenta Hope en secouant la tête.

— Où est le problème d'être écrivain ? demanda Grace. Je me doute que le journal ne doit pas bien payer, mais il peut bosser en freelance pour tout un tas de journaux et magazines sans même quitter Prémonition. Il peut aussi écrire un bouquin ou être prête-plume. Ou rédiger des écrits techniques !

Joy sourit à ses amies.

— Vous avez raison. C'est à peu près ce que je lui ai dit aussi. Encore que j'ai gardé pour moi la partie snob élitiste, ajouta-t-elle à l'intention de Hope. Pas besoin d'attiser davantage la tension.

Hope renifla avec dérision.

— Je me doute, mais Kyle n'est pas stupide. Il sait que son père se comporte comme un con.

— Manifestement. Il était assez énervé que Paul ait quitté la maison.

Elle planta sa fourchette dans le dernier pancake de son assiette.

— Je ne sais pas ce qui lui prend, à Paul. Il n'était pas comme ça, avant. Je sais qu'il veut juste s'assurer que les enfants vont réussir dans leur carrière, mais c'est la première fois qu'il ne soutient pas pleinement leurs choix.

— Tu lui as parlé ? demanda Grace en tambourinant sur la table.

— Juste le temps d'évoquer l'accident. Mais de rien d'autre.

— Je pense que tu devrais lui dire ce que son attitude va avoir comme conséquence sur sa relation avec Kyle. Pas pour lui, mais pour son fils, dit Grace.

Joy gémit.

— Tu as raison, mais ça me fait suer de devoir encore être la médiatrice.

Grace lui prit la main et la serra, tandis que Hope posait la sienne sur les leurs.

— Merci à vous deux d'être là aujourd'hui et de prendre soin de moi, leur dit Joy, les larmes aux yeux. Les dernières vingt-quatre heures ont été éprouvantes.

— On sera toujours là, déclara Grace, qui se leva après avoir consulté sa montre. Il faut que j'y aille, mais tu veux toujours qu'on voie avec Gigi ? Je suis d'accord pour réunir le coven afin de voir si nous pouvons mettre au point un sort pour retrouver Harlow. C'est même une excellente façon d'utiliser nos pouvoirs.

— Oui. Tu peux appeler Gigi en allant à ton rendez-vous pour t'assurer qu'elle est disponible ?

— Je m'en charge.

Grace l'embrassa sur la joue puis enlaça Hope par-derrière.

— Essayez de ne pas vous attirer d'ennuis. Pendant ce temps, je vais faire en sorte d'éblouir tellement mon client qu'il n'aura pas d'autre choix que de faire une offre.

Elle leur fit un clin d'œil avant de partir.

— Elle est vraiment pleine d'assurance, commenta Joy en se tournant vers Hope. Je ne l'avais jamais vue comme ça.

— Le divorce lui a fait du bien. Tu sais, je distingue les mêmes changements en toi.

Hope lui fit un grand sourire.

— Enfin, d'habitude. Aujourd'hui, tu as l'air d'un troll qui n'a pas dormi depuis deux ans.

Joy leva les yeux au ciel.

— Ferme-la. On verra à quoi tu ressembleras après avoir passé la moitié de la nuit aux urgences.

Hope pouffa et se leva pour débarrasser. Joy se mit debout à son tour et chancela à cause du manque de sommeil.

— Oh, non, lui dit Hope en la stabilisant. Retourne t'allonger et fais une sieste avant de partir sur le tournage. Je m'occupe de ça.

Joy regarda sa montre. Elle avait encore quelques heures devant elle avant de devoir aller travailler, et son oreiller l'appelait.

— Tu es sûre ?

— Affirmatif. Dors, je me charge de tout, y compris de Kyle s'il se réveille et a besoin de quoi que ce soit.

— Merci.

Joy attrapa une bouteille d'eau dans le frigo puis le journal que l'une d'elles avait apporté. Elle observa la une, aperçut un cliché d'Harlow en noir et blanc, et poussa un petit cri quand un flot d'images de la jeune femme envahirent son esprit.

Harlow était allongée sur un grand lit dont la parure était à l'effigie d'une princesse, dans des tons roses et rouges. Les murs étaient peints de la même nuance oppressante de rose, et, dans un coin, un grand fauteuil blanc était tourné vers la fenêtre. Joy se concentra sur la vue, essayant de mémoriser du mieux possible l'impeccable jardin de roses.

— *Non !* cria Harlow en se débattant sur le lit.

Ce fut à ce moment-là que Joy remarqua que la jeune fille avait les mains et les pieds attachés. La peur s'insinua en elle, et elle sut d'instinct que ce sentiment ne lui appartenait pas ; c'était celle d'Harlow.

— Joy ? l'appela Hope, qui semblait très loin.

— Hum ? répliqua-t-elle d'une voix rauque.

— Viens. Je vais t'aider à te relever et t'accompagner jusqu'à ta chambre.

Joy se força à ouvrir les yeux et découvrit Hope qui la surplombait.

— Te voilà, lui dit son amie avec un sourire rassurant.

Elle regarda autour d'elle et se rendit compte qu'elle était affalée au sol.

— Oh, par les déesses. Est-ce que je viens de tomber dans les pommes ?

— Je crois. Tu es épuisée. Si tu dors un peu…

— Hope, j'ai eu une nouvelle vision d'Harlow.

— Quoi ? Pendant que tu étais inconsciente ?

Elle fronça les sourcils, puis arbora un visage d'abord figé, et ensuite envahi par la rage.

— Elle est enfermée dans une chambre, avec les pieds et les mains liés ?

Joy acquiesça, réalisant que son amie avait dû lire dans ses pensées. Rien d'étonnant. Ses émotions étaient sens dessus dessous, et celles de Hope aussi, sans doute, puisqu'elle venait de la voir s'effondrer. Joy se redressa puis se mit debout grâce à l'aide de son amie.

— Elle est dans une chambre de luxe. La personne qui la détient a de l'argent.

— Tu crois que c'est quelqu'un que Carly connaît ?

— Peut-être ? Aucune idée. Mais il faut que je lui parle.

Joy sortit son portable de sa poche et appela son amie. Elle tomba directement sur le répondeur. Elle essaya deux autres fois sans succès.

— Je pense qu'elle a coupé son téléphone. Je dois aller la voir. Ça ne peut pas attendre.

Hope se mordilla la lèvre. Joy était persuadée qu'elle chercherait à la retenir ; finalement, elle acquiesça.

— Je vais t'emmener. Mais d'abord, on doit te filer du sucre.

— Du sucre ? Pourquoi ? Je viens juste de manger.

— Parce que tu es tombée dans les pommes, alors ça m'a l'air d'une bonne idée.

Joy leva les yeux au ciel. Elle se sentait déjà mieux. C'était surtout dû à sa vision et au manque de sommeil.

— Très bien. Il y a du chocolat derrière la boîte de farine.

Joy se rendit à la chambre de Kyle pour s'assurer, avant leur départ, qu'il allait bien, tandis que Hope farfouillait dans la cuisine. Elle toqua doucement à la porte, puis, n'obtenant aucune réponse, elle l'entrouvrit et découvrit son fils profondément endormi sur le dos, détendu. Elle soupira de soulagement et lui envoya un message pour le cas où il se réveillerait en leur absence.

CHAPITRE 6

— C'est un vrai cirque, par ici, commenta Hope alors qu'elle garait son SUV à une encablure de la maison de Carly.

Joy observa par la fenêtre la dizaine de paparazzi alignés devant la demeure, et elle gémit. Il y avait beaucoup de choses qu'elle appréciait dans sa nouvelle carrière, mais le manque de vie privée n'en faisait pas partie. Pour être honnête, cela la fit douter de sa décision de devenir actrice. D'accord, les journalistes n'étaient pas devant chez *elle*, toutefois, elle était apparue suffisamment souvent dans la presse pour avoir un aperçu de l'intrusion. Elle ne pouvait qu'imaginer ce que traversait Carly en cet instant.

Elle ouvrit sa portière.

— Viens. Ça ne sert à rien d'attendre qu'ils s'en aillent.

Hope la suivit sans un mot. En un instant, des caméras furent braquées sur leurs visages. Tous les journalistes se mirent à crier en même temps.

— Joy, pourquoi êtes-vous restée si longtemps au commissariat hier ?

— Madame Lansing, avez-vous un commentaire à faire sur la disparition d'Harlow ?

— Pouvez-vous nous dire où en est l'enquête ?

— D'après certains témoignages, Carly Preston ferait une dépression. Pouvez-vous confirmer ces allégations ?

Joy fit la grimace et son possible pour ignorer tout le monde. Lorsqu'elles arrivèrent près de la porte d'entrée, deux hommes imposants, tout de noir vêtus, un au crâne lisse et un aux boucles sombres, s'interposèrent.

— Mme Preston ne souhaite recevoir aucune visite, déclara le crâne rasé.

— Pouvez-vous lui dire que Joy est là et a des informations à lui communiquer ? demanda Joy.

— Je suis désolé. Aucune visite, insista Crâne Rasé.

Joy serra les dents.

— Je me doute qu'elle ne veut voir personne. J'ai appelé, mais soit elle a coupé son portable, soit elle l'a jeté dans l'océan, car je suis tombée directement sur le répondeur. J'ai essayé de lui laisser un message, mais la boîte était pleine. Je suis une amie et une actrice du même film qu'elle. C'est moi qui étais avec elle hier soir quand elle a découvert que sa nièce s'était fait enlever. J'ai maintenant d'autres informations importantes pour elle. Je suis prête à parier tout mon cachet pour ce film que si vous me refoulez, elle sera furieuse en l'apprenant plus tard. Faites-moi confiance. Dites-lui au moins que je suis là.

Les deux agents se dévisagèrent quelques instants, puis Bouclettes haussa les épaules.

— Je vais lui parler.

— Excellente idée. Je m'appelle Joy Lansing.

Il fit comme si elle n'avait rien dit, se contentant de s'en aller sans un mot.

Crâne Rasé observa Joy, puis Hope. Son regard s'attarda sur

le joli visage de cette dernière, et ses lèvres s'incurvèrent en un petit sourire.

— T'es sexy, ma jolie, hein ?

Hope leva les yeux au ciel.

— Vous vous croyez où ? Dans un bar ?

Il haussa les épaules.

— Je n'y vais plus trop ces temps-ci. En plus, j'ai découvert que c'était parfois payant de saisir les opportunités quand elles se présentent.

Il lui fit un clin d'œil puis lui tendit sa carte de visite.

— Appelle-moi si tu es prête pour la chevauchée de ta vie.

Joy resta sidérée par cet orgueil démesuré. Hope secoua la tête.

— Bien essayé, mais je suis fiancée.

Elle lui lança un sourire sirupeux.

— En plus, ce nombrilisme pathétique façon mec de fraternité n'a jamais marché avec moi.

— Pathétique ?

Il grogna en rempochant sa carte.

— Tu es une sale petite garce, hein ? Je crois qu'il est temps que ton amie et toi vous barriez avant que je vous vire de là.

— Allez-y, essayez, le défia Joy, à bout de patience. Je vous ferai arrêter pour agression et voie de fait et je suis certaine que Mme Preston vous blacklistera de toutes les entreprises de sécurité.

— Personne ne me menace, sale petite…

— Tu devrais reculer, Gary, lui dit Bouclettes dans son dos. Mme Preston est impatiente de leur parler.

Crâne Rasé se renfrogna, mais obéit, sans quitter Joy des yeux.

— Fais gaffe à toi, ma jolie. Tu pètes plus haut que ton cul sous prétexte que tu es amie avec la star.

Il la détailla de haut en bas.

— En fait, tu es tout juste potable. Il n'y a pas grand-chose à en tirer, pas vrai, Mikey ?

L'intéressé se racla la gorge et haussa les épaules en fourrant ses mains dans ses poches, mal à l'aise.

— Écoute-moi bien, sale petit crapaud…, commença Hope.

Joy lui prit la main et l'entraîna vers la porte d'entrée en se penchant vers son oreille.

— Oublie-le. Il n'est pas important.

— C'est un connard, répliqua son amie en haussant la voix afin d'être certaine que l'homme l'entende.

— Oui, mais je n'ai pas l'énergie pour gérer ça.

Joy se fichait sincèrement de l'opinion de Crâne Rasé à son sujet. Elle avait l'habitude que les hommes matent Hope avec intérêt. Elle possédait le physique typique, avec sa taille de guêpe, qui semblait plaire classiquement aux hommes comme aux femmes. Joy, au contraire, était grande, élancée et n'avait quasiment pas de formes. Elle ne faisait aucun complexe sur son corps toutefois. Elle se savait jolie au sens classique. Elle n'avait simplement pas le corps de son amie.

— C'est vrai. Mais si je le croise une nouvelle fois, je lui mets un coup de poing dans les parties.

Joy ricana.

— J'espère être là pour voir sa tête quand ça arrivera. Les yeux exorbités et le teint verdâtre.

— Ah, voilà une image qui m'a rendu ma bonne humeur, s'exclama Hope en riant.

Joy frappa à la porte.

Celle-ci s'ouvrit quelques secondes plus tard, et Carly, cachée derrière le battant, dit :

— Dépêchez-vous avant que les journalistes vous voient.

— Trop tard, commenta Joy.

Ils les avaient prises en photo dès leur arrivée. Elles entrèrent dans la maison, et Carly referma en vitesse derrière elles.

— Je ne serais pas étonnée que Hope et moi fassions la une des journaux à scandale demain.

Carly fit la grimace.

— Je suis désolée que vous soyez confrontées à ça.

Joy agita la main, peu concernée.

— Ne t'en fais pas pour ça. Il y a plus important.

— Allons dans l'autre pièce.

Carly les guida jusqu'à une élégante cuisine et indiqua la table.

— Asseyez-vous, je vais vous servir à boire.

— Carly, lança Joy. J'ai eu une nouvelle vision.

Son amie se figea. Puis, lentement, elle pivota sur elle-même, les yeux écarquillés.

— Concernant Harlow ?

Joy opina.

— J'ai vu où elle est.

— Où ça ? s'écria Carly en se rapprochant vivement d'elle pour lui prendre le bras. On doit y aller.

— Je ne sais pas où c'est exactement. J'ai juste vu la chambre dans laquelle elle est retenue.

Hope s'avança dans la cuisine et, comme plus tôt chez Joy, elle se chargea du café.

Carly s'affala sur l'une des chaises.

— Tu n'as aucune idée de là où c'est ?

Joy secoua la tête en s'asseyant à côté d'elle et lui décrivit la chambre donnant sur la roseraie luxuriante.

— Du rose princesse ? s'étonna Carly en fronçant les sourcils.

— Il y en avait partout, c'était écœurant, mais élégant à la fois. Elle est retenue dans un endroit de luxe.

Carly garda le silence un long moment.

— Merde, marmonna-t-elle finalement.

Joy eut la distincte impression que son amie avait une idée de qui pourrait avoir enlevé sa nièce.

— Je suis désolée de ne pas avoir plus d'informations, mais je souhaitais au moins te dire ce que j'ai vu.

Hope plaça une tasse devant Carly et haussa un sourcil à l'intention de Joy, lui demandant en silence si elle voulait quelque chose. Joy secoua la tête.

— On devrait y aller. Il faut encore que je passe au commissariat pour leur parler de ma vision.

Carly la saisit par le poignet, l'empêchant de se lever.

— Non. Ne fais pas ça.

— Quoi ? Pourquoi ?

Carly la lâcha doucement et s'adossa à sa chaise, l'air inquiète.

— Je n'ai pas envie qu'ils te retiennent encore. La dernière fois, il m'a fallu des heures pour pouvoir te faire sortir. Et je ne vois pas bien comment cette information pourrait les aider.

— Je n'y resterai pas des heures, j'ai des scènes à tourner cet après-midi.

Elle se concentra sur son amie.

— Tu ne crois pas que la police devrait être au courant ? Je sais que ce n'est pas grand-chose, mais ça peut toujours être utile.

Carly secoua la tête.

— Non. J'ai engagé un détective privé pour qu'il essaie de déterminer qui a fait ça. Je lui transmettrai ces détails. S'il trouve la moindre piste, nous impliquerons les enquêteurs.

Un détective privé ? Joy ignorait quoi en penser. Carly n'avait donc aucune confiance en la police ? Ou bien utilisait-

JOY AUX DOIGTS DE FÉE

elle simplement toutes les ressources disponibles pour retrouver sa nièce ? Oui, ce devait être ça. Carly en possédait bien plus que Joy dans ses rêves les plus fous. À sa place, si la personne disparue était l'un de ses enfants, elle ferait de même, elle aussi.

— D'accord. C'est sans doute une bonne idée.

— Oui, confirma Carly, rassurante.

Elle se leva et récupéra son portable sur le plan de travail. Elle l'alluma et fit la grimace.

— Ma boîte vocale est pleine.

Joy opina.

— Oui. J'ai essayé de te contacter avant de venir.

Serrant les dents, Carly passa un appel et attendit. Puis :

— J'ai des informations qui pourraient être utiles.

Joy l'écouta relayer les détails concernant la pièce et le jardin. Ensuite, Carly baissa la voix et sortit de la pièce.

Hope vint s'asseoir à ses côtés.

— C'était un peu bizarre, non ?

— Oui, un peu.

Elle la regarda.

— Tu as pu percevoir quelque chose dans ses ondes cérébrales ?

Hope secoua la tête en pouffant.

— Non. Tu veux que j'essaie ?

— Non. Je sais que c'est ton nouveau super pouvoir, mais je ne suis pas à l'aise à l'idée d'envahir intentionnellement l'intimité de quelqu'un.

— Je suis bien d'accord.

Carly revint dans la pièce.

— Merci pour cette information. Si mon détective trouve quoi que ce soit, je te tiendrai au courant.

Elle fourra ensuite un cadre dans les mains de Joy.

— C'est Harlow. Tu devrais la prendre avec toi. Peut-être pour essayer régulièrement d'avoir de nouvelles visions ?

Joy se mordit la lèvre, réticente. Elle n'avait pas très envie de renouveler l'expérience, sachant qu'elle était tombée dans les pommes un peu plus tôt. Malgré tout, elle accepta la photo et promit à Carly de tenter le coup.

— Merci, lui dit celle-ci, les yeux brillants de larmes. Ton aide compte beaucoup pour moi.

Joy se leva et l'enlaça.

— Tu n'as pas à me remercier. Je veux juste qu'elle rentre chez elle saine et sauve.

Carly les raccompagna jusqu'à la porte. Avant qu'elle ne puisse l'ouvrir, Hope déclara :

— Crâne Rasé compte vendre une histoire à la presse.

— Quelle histoire ? demanda Carly.

— Je ne sais pas exactement. Il est question du type que fréquente Harlow. Quinton quelque chose.

— Mince. Comment est-il au courant de ça ?

Hope haussa les épaules.

— Aucune idée.

Carly se raidit alors et lança un regard perçant à Hope.

— Et *vous*, comment savez-vous qu'il compte vendre cette histoire ?

— Hope peut parfois percevoir les pensées des autres. Elle ne le fait pas exprès. Certaines lui parviennent, c'est tout.

— C'est vrai ? s'écria Carly en les dévisageant tour à tour. Vous ressemblez à des personnages de la série *Heroes*. Ce que je me demande, c'est si vous utilisez vos pouvoirs pour faire le bien ou le mal ?

Joy était persuadée que sa collègue avait voulu s'exprimer sur un ton léger et taquin, mais sa voix fut en réalité tendue, comme si elle était nerveuse ou inquiète.

— Seulement le bien, lui promit Hope avec un sourire avenant.

Sa voix était cependant un peu trop haut perchée et son sourire trop large, et Joy devina que c'était forcé.

Carly ne parut pas s'en rendre compte toutefois ; elle acquiesça distraitement.

— C'est bien.

— Il faut que j'aille sur le tournage, dit Joy, soudain impatiente de s'en aller.

Elle sentait au plus profond d'elle que Carly cachait quelque chose, et elle était trop épuisée pour affronter autre chose à l'heure actuelle.

— C'est vrai.

Carly lui lança un sourire reconnaissant.

— Ils m'ont accordé jusqu'à lundi. J'espère que nous aurons retrouvé Harlow d'ici là.

Joy lui serra la main.

— Moi aussi.

CHAPITRE 7

— *E*st-ce que ça va ? demanda Hope à Joy en se garant devant le lieu du tournage.

Joy secoua la tête.

— Pas vraiment, non. J'aimerais rentrer chez moi et surveiller Kyle. Mais je suis ici et je dois tourner une scène avec la personne que j'aime le moins sur cette planète.

— Tu n'en as que pour quelques heures, n'est-ce pas ?

— Espérons-le.

Joy prit une grande inspiration et la relâcha longuement.

— Tout dépend de comment la princesse se comporte.

— Ne t'inquiète de rien. Je vais retourner chez toi et m'assurer que Kyle va bien. Je vais même te préparer le dîner. Et quand tu es prête à partir, envoie-moi un message, je viendrai te chercher.

Joy attrapa son amie pour l'enlacer.

— Tu es la meilleure.

— Je sais, répliqua celle-ci avec un clin d'œil.

— Je t'aime.

— Je t'aime aussi, la star.

Joy leva les yeux au ciel, mais une partie de la douleur qui lui comprimait la poitrine s'apaisa, et elle prit un instant pour remercier les déesses de lui avoir donné les meilleures amies dont une femme pouvait rêver.

~

— Il était temps que tu te pointes, lui lança Prissy en la fusillant du regard lorsque Joy entra dans la tente à maquillage.

Elle ne réagit pas. Elle en avait sa claque de la jeune actrice.

Prissy, constatant que Joy n'allait pas jouer le jeu, ricana avec mépris. Puis elle se plaqua un sourire doucereux aux lèvres, un air inquiet sur le visage, et déclara, sur un ton empreint d'une sollicitude exagérée.

— Qu'est-il arrivé à ta peau? Cette pauvre Sam va avoir bien du mal à cacher ces boutons.

— Oh bon sang, marmonna Joy, incapable de s'empêcher de se regarder dans le miroir.

Ce qu'elle y vit lui donna très sincèrement envie de pleurer. Elle était une femme de quarante-huit ans qui n'avait pas eu de problème d'acné depuis ses quinze ans. Et tout à coup, alors qu'elle allait apparaître à coup sûr dans les journaux et qu'elle avait un film à tourner, voilà qu'elle avait non pas deux boutons comme la veille, mais quatre désormais?

— Joy, tu crois que tu fais une réaction au maquillage? s'inquiéta Sam, sincèrement. En général, ça se voit tout de suite, mais ce n'est pas rare que des acteurs deviennent sensibles à certaines marques.

— Aucune idée. Ces derniers jours ont été stressants, mais, honnêtement, je n'avais jamais réagi ainsi au stress, donc je ne sais pas.

— Je parie que ça vient de son régime alimentaire, s'écria joyeusement Prissy en frappant dans ses mains. J'ai entendu dire que trop manger frit avait cet effet.

— Je ne mange pas de friture, répliqua Joy avec lassitude.

— Ah oui ? Au temps pour moi. Vu tes kilos en trop, je croyais que tu étais du genre à manger des fruits de mer jusqu'à l'écœurement et des beignets de poisson frits.

— Oh, pour l'amour des déesses !

Joy se redressa sur sa chaise.

— Arrête de parler, Prissy. Personne n'a envie de t'écouter.

L'intéressée plissa les yeux et se rapprocha d'elle.

— Attention, Joy, dit-elle d'une voix basse et sur le ton de l'avertissement. En plus de ta réputation de ne pas avoir une belle peau, tu vas développer celle d'être pénible au travail. Ce n'est pas ce que tu veux, n'est-ce pas ?

La colère enfla en elle, et toutes les émotions qu'elle retenait depuis vingt-quatre heures volèrent en éclats, et sa retenue avec elles.

— Oh ferme-la, sale garce haineuse !

Le silence s'abattit sur la tente alors que Prissy et Sam la dévisageaient, bouche bée. Puis la maquilleuse ricana un instant bruyamment avant de se plaquer une main sur les lèvres pour essayer d'étouffer son rire. Prissy lui lança un regard assassin.

— Tu as de la chance si tu ne te fais pas virer avant la fin de la journée.

— Laisse-la, intervint Joy d'une voix éreintée. C'est entre toi et moi…

— Ne. Me. Parle. Pas, cracha la jeune actrice, le visage si rouge que la couleur jurait avec son chemisier orange.

— Je vois. Donc tu as le droit de nous contrarier Sam et moi, mais aucune de nous n'a le droit de se défendre ?

Joy secoua la tête.

— Grandis un peu, Prissy.

— Grandir ? répéta-t-elle, incrédule. C'est une bleue de quarante-huit ans qui me dit de grandir ? Comment oses-tu ?

Joy ouvrit la bouche pour se défendre, mais Prissy leva les mains en l'air, tapa du pied sur le sol et hurla :

— Finn ! Je ne peux pas travailler dans ces conditions ! On va voir si cette madame Je-sais-tout peut tourner cette fichue scène toute seule !

Sur ces mots, elle sortit vivement de la tente.

Joy et Sam se rapprochèrent de l'entrée de celle-ci pour regarder Prissy se disputer avec le réalisateur, avant de rejoindre précipitamment le parking adjacent.

— Oh, non, soupira Joy en voyant le regard assassin de Finn Chance en direction de leur tente.

La mine renfrognée, il s'approcha d'elle et cria :

— Joy ! Qu'est-ce qui te prend ?

Elle fit la grimace et se cacha dans la tente, même s'il l'avait manifestement déjà repérée.

Il entra en trombe, fulminant contre la perte d'argent et se maudissant d'avoir engagé une actrice sans expérience.

— Où est ton professionnalisme ? Comment veux-tu qu'on tienne le budget et respecte le planning s'il n'y a personne pour filmer ?

— Je sais que tu es bouleversé, lui dit Joy calmement. Mais je tiens à signaler que je suis la seule présente et prête à travailler.

Il arrêta de faire les cent pas pour lui lancer un regard furibond. Finn Chance était un homme de haute taille doté de cheveux noirs et bouclés. Ses yeux bleus, d'ordinaire de la couleur de l'océan, se rapprochaient aujourd'hui du gris et étaient emplis d'impatience.

— Tu me crois aveugle ? Évidemment que je te vois ici. Mais la star principale du film vient de partir parce que vous n'arrivez pas à vous entendre ! Règle ça, ou bien je te remplace.

Joy en resta bouche bée.

— Tu veux me remplacer ? Mais nous avons déjà tourné la moitié du film !

— Ne me teste pas ! la prévint-il. Il y a des centaines d'actrices de ton âge qui seraient prêtes à le faire pour bien moins que ce qu'on te paie. Si tu as décroché ce rôle, c'est seulement parce que la campagne de parfum a été virale. Mais ne crois pas que ce type de gloire dure longtemps. Reprends-toi et fais en sorte que Prissy soit de retour lundi matin, sinon tu es virée.

— Oui. D'accord, accepta-t-elle.

Elle savait quoi faire pour calmer Prissy. Elle allait devoir ramper et convaincre son non-copain de venir au cocktail de la starlette, mais elle pouvait le faire. La pensée de devoir s'incliner devant le réalisateur après qu'il l'avait réprimandée *elle* pour la mauvaise conduite de Prissy la mettait en rage. Cependant, faire du cinéma avait toujours été son rêve, et il était hors de question qu'elle laisse Finn Chance ou Prissy Penderton le lui retirer.

— Nous serons là lundi.

— Il y a intérêt.

Sur le point de partir, il lui jeta un dernier coup d'œil.

— Et fais quelque chose pour ton visage, ajouta-t-il.

Éberluée, elle le regarda s'en aller. Dès qu'il fut hors de portée de voix, Sam siffla « Bâtard ».

— J'allais dire quelque chose de plus fort, mais ça ira.

Joy ferma les paupières en essayant de repousser son angoisse. Elle rassembla son courage et observa la peau laiteuse de Sam.

— Je ne sais pas du tout ce qui m'arrive, mais aurais-tu une idée pour nettoyer tout ça ?

— Viens par là, lui dit Sam en l'entraînant vers son poste de maquillage. J'ai un mélange aux herbes qui devrait fonctionner. En vingt-quatre heures, ça devrait être bon.

— Faisons ça, alors.

Une heure plus tard, son visage la picotait un peu trop, mais il était temps de s'en aller. Elle appela Hope et lui demanda de la récupérer d'ici une demi-heure. Puis elle partit vers la plage, ayant besoin d'un peu de thérapie maritime.

Le vent soufflait depuis la côte, faisant voleter ses longs cheveux blonds dans son dos alors qu'elle parcourait le rivage. Des images d'Harlow jaillirent dans son esprit, et avec elles l'inquiétude dévorante pour cette jeune femme qu'elle n'avait jamais eu la chance de rencontrer. Tout à coup, ses problèmes avec le réalisateur lui parurent insignifiants.

Elle s'arrêta près d'un gros rocher et observa l'horizon. En temps normal, la mer la ressourçait, rechargeait ses batteries et l'aidait à se recentrer, si bien qu'elle reprenait confiance en ses choix de vie. En cet instant, toutefois, elle était totalement bouleversée. Sa nouvelle carrière ne ressemblait en rien à ce dont elle avait rêvé. Elle était célibataire, séparée d'un homme qui l'avait quittée émotionnellement depuis des années. Elle s'était vue se lancer dans les rencards, avoir une ou deux aventures puis trouver peut-être un homme avec lequel s'installer. Peut-être que Troy n'était que ça : une aventure torride. Ne vaudrait-il pas mieux ne rien attendre de cet homme qui ne l'avait pas contactée depuis des semaines ?

Si cela n'avait tenu qu'à elle, elle l'aurait complètement effacé de sa vie. Mais, à présent, elle devait combler Prissy, histoire de combler leur réalisateur. Bien qu'elle ne soit pas sûre de vouloir continuer ce métier, elle souhaitait au moins terminer ce film, et elle se donnerait à fond. Si cela ne fonctionnait pas ou qu'elle décidait ensuite que ce n'était pas pour elle, elle pourrait toujours reprendre sa place de vice-présidente du Marché des Artistes. Techniquement, elle l'était toujours, même si elle avait pris un congé pour le film. Ou elle pourrait peut-être ouvrir une galerie d'art. Prémonition était en pleine expansion, et cette idée lui avait déjà traversé l'esprit.

— Pas la peine de m'engager à vie. Avec Troy non plus.

Le dire à voix haute calma une partie de son tourment. Les choses les plus importantes de sa vie n'avaient rien de matériel. C'étaient les gens qui comptaient le plus pour elle, surtout ses enfants, son coven, et désormais Carly et sa nièce. Depuis sa vision, elle se sentait connectée à Harlow.

Prenant une grande inspiration, elle lâcha un souffle qui emporta toute son angoisse. Et tout à coup, elle se sentit à nouveau à l'aise dans sa peau. Elle sourit. L'océan ne la laissait jamais tomber. En retournant vers le parking, elle sortit son portable, parcourut ses contacts et appela celui qu'elle cherchait.

Troy décrocha à la troisième sonnerie.

— *Hé, bonjour, ma belle. Je me demandais quand tu m'appellerais.*

Elle fronça les sourcils.

— Oh ? Tu attendais que *moi* je t'appelle *toi* ?

— *Bien sûr. Pourquoi pas ?*

Pourquoi pas, en effet ?

— Je pensais que tu m'appellerais quand tu aurais fini ton projet, je crois. Je ne voulais pas te déranger.

Il ricana.

— *Je ne suis jamais trop occupé pour une belle femme.*

Cette déclaration lui laissa un goût amer. Avait-il couché avec des top models pendant son absence ? Elle voulait bien le croire. Pourquoi se serait-il retenu ? Ils ne sortaient pas ensemble, tous les deux. Ils ne s'étaient rien promis. Il était libre d'agir à sa guise.

— *Joy ? Tu es toujours là ?*

Elle se racla la gorge.

— Oui. Je suis là. Écoute, d'après les journaux, tu seras en ville ce week-end, et je me demandais si tu pouvais me rendre un grand service.

— *Lequel ?* demanda-t-il, sur ses gardes.

Elle répondit sans se perdre en préambules.

— Prissy Penderton me harcèle pour que je te fasse venir à son cocktail samedi soir. Apparemment, les potins l'ont convaincue que l'on sortait ensemble. Je ne comptais pas y aller, sauf que je suis maintenant censée être gentille avec elle, car il y a de la tension sur le plateau.

Elle grimaça en repensant à ses paroles.

— Désolée. On dirait que je t'utilise. Tu n'as pas à faire ça. Je peux trouver…

— *Je serai là*, la coupa-t-il. *À quelle heure dois-je venir te chercher ?*

— Euh, tu es sûr ?

Elle était troublée. Elle ne s'attendait pas à ce qu'il accepte de l'accompagner à la fête organisée par une actrice trop gâtée.

— *Certain. Sept heures, c'est bon ? Le vernissage se termine à cinq heures.*

— Sept heures, c'est parfait.

Elle sourit. Enfin quelque chose qui se passait bien.

— Mais je te verrai avant ça. Je ne peux quand même pas rater ton vernissage.

Il resta silencieux quelques instants.

— *Ça me plairait beaucoup*, dit-il enfin.

Le malaise qu'elle ressentait précédemment avait complètement disparu, et elle raccrocha en se sentant plus légère pour la première fois depuis bien longtemps.

CHAPITRE 8

— *J*l va bien, insista Hope en marchant vers la falaise surplombant l'océan.

— Il n'avait pas l'air, répliqua Joy, toujours mal à l'aise à l'idée de laisser Kyle seul.

Lorsqu'elle était rentrée chez elle, après sa balade sur la plage, elle l'avait retrouvé sur ses béquilles, à clopiner jusqu'à la cuisine pour boire de l'eau.

Au début, elle avait été contente de le voir debout, mais en le regardant de plus près, elle avait constaté sa pâleur, comme s'il n'avait pas vu le soleil depuis des semaines, et le léger voile de sueur sur sa peau. Elle avait tenté de le forcer à se remettre au lit, avec du thé chaud et une serviette mouillée afin de se rafraîchir. Cependant, il avait repoussé ses tentatives en affirmant avec insistance qu'il allait bien, qu'il n'allait pas rester au lit toute sa vie et qu'elle devrait y aller, car il pouvait très bien s'occuper de lui-même.

Elle n'en était pas sûre, mais elle avait respecté son souhait, même si cela la rendait malade de partir. Il était adulte, après tout. Si elle le maternait trop et le traitait comme un mourant, il retournerait aussi sec dans son appartement au premier sans ascenseur, ce qu'elle refusait tant qu'il ne pourrait pas remarcher. Ou du moins tant qu'il n'aurait pas repris des forces.

— Si, ça allait, répliqua Hope. Il faut juste qu'il se réhydrate et se douche. Tu verras, quand je te ramènerai chez toi, il sera affalé sur le canapé, avec la télécommande dans une main et un sachet de chips au vinaigre dans l'autre.

— Pour une fois, je ne lui en voudrais pas de me voler mes chips.

Hope s'esclaffa.

— Alors, c'est ce qu'il faut avoir pour que tu acceptes de partager ? Une jambe cassée ?

Joy pouffa.

— Je crois qu'on vient de trouver mon point de rupture.

Elles riaient encore quand elles rejoignirent Gigi et Grace assises sur une couverture, entourées d'un grand cercle de cierges allumés.

— Vous avez commencé sans nous ? demanda Joy en observant ses sœurs de coven.

Grace avait délaissé son tailleur-pantalon bleu, lui préférant ce soir-là un jean et un tee-shirt moulant. Gigi, le dernier membre du coven, portait un legging noir et un haut violet bouffant, retenu à la taille par une ceinture.

— On a juste sorti les bougies, répliqua Grace en se levant pour l'étreindre. On n'a pas encore ouvert le vin.

— Je m'en charge ! s'écria Gigi en soulevant deux bouteilles, un grand sourire aux lèvres.

Ses yeux couleur ambre brillaient dans le clair de lune.

— Verse-moi une double dose, soupira Joy en s'installant à côté de Gigi, qui l'enlaça à son tour.

Elle en fut surprise. Gigi n'était pas la femme la plus tactile du monde. Autrefois, en tout cas. Mais peut-être changeait-elle peu à peu depuis qu'elle avait rejoint leur coven.

— Comment est-ce que tu vas ? Grace m'a tout raconté. Ça fait beaucoup à gérer.

— Oui. Mais je ne suis pas la principale concernée. Kyle va se rétablir. Il est juste un peu hors course quelques semaines. C'est pour Harlow et Carly que je m'inquiète vraiment. J'aimerais pouvoir faire plus pour elles.

— C'est pour ça qu'on est là, répliqua Grace en soulevant son tote bag afin que toutes puissent le voir. Et c'est pour ça que j'ai apporté des ustensiles. Nous devons d'abord déterminer quel sort essayer en premier.

Joy haussa un sourcil.

— Tu as fait des recherches, Grace ?

Celle-ci sourit.

— Bien sûr que oui. En fait, j'ai même passé l'après-midi dans mes bouquins. Après la visite de ce matin, il fallait que je fasse quelque chose pour m'occuper l'esprit. Sinon je serais restée à faire les cent pas devant le téléphone en encourageant mentalement mon client à faire une offre.

— Comment ça s'est passé ? demanda Gigi. Il était intéressé ? Je ne vois pas pourquoi il ne le serait pas. Cette maison est superbe. Si j'avais eu le même budget que lui, je n'aurais pas hésité.

Elle venait juste de s'installer à Prémonition, où elle avait acheté une adorable maison, hantée, sur la plage. Elle ne disposait toutefois pas de sa plage privée.

— Je t'imaginerais bien là-bas, commenta Grace, un doux sourire aux lèvres. C'est classique, et en même temps mystique, tout comme toi.

— C'est… gentil de ta part.

Gigi détourna le regard, l'air un peu timide. *C'est nouveau, ça*, songea Joy. Cela ne ressemblait pas à Gigi de l'être. Elle était pleine de cran, ce qui l'avait sauvée de son mari abusif.

— Je n'ai pas réussi à savoir ce que pensait ce gars. Je crois qu'il a aimé la maison. Il a regardé partout un long moment, tapé dans les pneus, observé sous le capot, mais il ne m'a donné aucune indication sur ses intentions. Je vais devoir attendre.

Alors que Grace se mettait à décrire ce qu'elle préférait dans cette demeure, Joy l'étudia. Son amie venait de divorcer, de commencer un nouveau travail et avait même trouvé un compagnon plus jeune qui était parfait pour elle. Elle avait toujours été une femme forte et compétente, même avant que son mari ne la quitte pour la secrétaire, mais après s'être retrouvée toute seule, elle s'était vraiment épanouie. Maintenant, elle était tout ce que Joy aurait rêvé d'être : indépendante, satisfaite, reconnue dans son travail et aimée d'un homme qui l'adorait. Joy pouvait avoir la même chose, elle aussi, non ?

Bien sûr que oui. Même si elle avait beaucoup de mal à imaginer Troy dans ce rôle-là. Elle avait besoin de plus de stabilité et d'engagement que ce qu'il pouvait lui offrir. N'est-ce pas ?

Elle secoua la tête. Ce n'était pas le moment de penser à ses choix de vie. Elles devaient retrouver Harlow.

Grace finit par soupirer et avaler une longue gorgée du vin rouge que Gigi lui avait servi, et Joy se pencha vers elles.

— Tu comptes nous enseigner le sort de localisation que nous allons utiliser pour trouver Harlow ou bien tu espères nous faire tomber désespérément amoureuses du domaine Emsworth au point que nous décidions de rassembler notre argent et d'acheter en commun ?

— Très drôle.

Grace leva les yeux au ciel. Puis haussa les sourcils.

— Tu penses que c'est possible ? Je suis partante pour investir.

— Bien essayé, Gracie, intervint Hope en pouffant. Mais à moins que nous ne trouvions comment faire apparaître de l'argent comme par magie, je crois que c'est cuit.

— C'était un beau rêve, commenta Grace avant d'avaler une nouvelle gorgée de vin. Très bien, on fantasmera une autre fois. Mettons-nous au travail.

Joy se trémoussa, nerveuse. En temps normal, elle adorait leurs réunions de coven sur la falaise. Toutefois, elles ne lançaient que rarement des sorts si importants, et il n'avait jamais été question de vie ou de mort. Généralement, elles faisaient des sorts d'intention ou glamours ou pour se donner de la chance. Pas des sorts de localisation, qui frôlaient certaines limites éthiques. Elle ne ressentait pas le moindre remords à chercher les ravisseurs d'Harlow, mais c'était un sort nouveau et puissant, et elle était mal à l'aise à l'idée de ce qu'il pourrait en ressortir.

— Joy, as-tu apporté la photo ? lui demanda Grace.

Opinant, elle sortit de son tote bag le cadre que Carly lui avait donné.

— Parfait.

Grace déplia un carré de velours brodé d'un pentagramme et le plaça au milieu du cercle. Puis elle posa la photo bien au milieu du pentagramme.

— Ça devrait le faire. Vous êtes prêtes ?

Gigi et Hope hochèrent la tête. Joy, raide d'inquiétude, fronça les sourcils.

— Attendez. Vous ne savez même pas ce qu'on va faire.

Hope sourit avec désinvolture et haussa les épaules.

— Je fais confiance à Grace.

— Moi aussi, évidemment, rétorqua Joy en levant les yeux

au ciel. Mais j'ai l'impression de ne pas être préparée. Vous ne croyez pas qu'on devrait l'être pour un sort aussi gros ? Nous devons le lancer avec intention et précision.

— Tu as raison, intervint Gigi en lui serrant la main. Nous devrions peut-être en discuter avant ?

— Euh, d'accord.

Grace fronça les sourcils. Son enthousiasme s'était évanoui. Elle regarda Joy.

— Désolée. J'allais diriger le sort, et je me suis laissée emporter, j'imagine.

Le silence s'installa entre elles, de même qu'une étrange énergie et un malaise. C'était inhabituel. Normalement, leur groupe fonctionnait bien. Ces femmes étaient ses sœurs et les personnes en lesquelles elle avait le plus confiance. *Merde.* Le stress avait eu raison d'elle.

— Non, pas du tout, répliqua Joy en luttant contre l'immense fatigue qui la rendait irritable. Je suis juste à bout de force et je me montre difficile. Désolée.

— Pas de souci, ma belle, la rassura Grace, compréhensive. Ne t'en fais pas pour ça. Tiens.

Elle lui tendit le sort qu'elle avait écrit à la main sur un bout de papier.

— Puisque tu es au centre du sort, je pense que c'est toi qui devrais l'assimiler.

Joy lut le papier et poussa un cri de surprise.

— C'est moi qui vais être le réceptacle de la magie pour trouver Harlow ?

— Oui. C'est toi qui as des visions d'elle, confirma Grace, un grand sourire aux lèvres. C'est un sort pour une voyante, alors je me suis dit qu'il te conviendrait parfaitement.

— Je ne suis pas voyante.

Encore que… si ? Elle avait eu deux visions en moins de vingt-quatre heures.

— Maintenant, si, ma puce, dit Grace. Allez, familiarise-toi avec ça, je me sens hyper sorcière, aujourd'hui.

— Hyper sorcière ? Qu'est-ce que ça veut dire ? demanda Hope en riant. Tu ne comptes quand même pas préparer une potion à base d'œil de triton et d'ongles de ton ennemi, n'est-ce pas ?

— Aucun ongle, non. Hors de question que je m'approche de nouveau des pieds de Bill, répliqua-t-elle, mentionnant son ex-mari.

— C'est vraiment lui, ton ennemi ? voulut savoir Hope, amusée. J'aurais plutôt cru que c'était Shondra Barns, la traîtresse qui couchait avec lui.

Grace soupesa sa réponse quelques instants, puis haussa les épaules.

— L'un ou l'autre, c'est pareil. Je ne veux pas lui toucher les ongles de pied, à elle non plus. On ne peut pas savoir quels champignons se cachent là-dedans.

Joy ne put se retenir : elle explosa de rire.

— Vous êtes ridicules, toutes les deux.

Ses amies se sourirent. Hope leva la main, et alors que Grace topait dedans, elle déclara : « Mission accomplie ».

Gigi secoua la tête en pouffant.

— Un de ces jours, je vais connaître toutes vos histoires et je serai au cœur de l'action.

— Nous le savons. C'est pour ça que nous t'avons convaincue de te joindre à notre ruine, déclara Grace en remplissant de vin son verre vide.

Gigi sourit et leva le sien pour porter un toast.

— À la ruine qui m'attend !

Joy, Grace et Hope se joignirent joyeusement à elle, puis

vidèrent leur verre. Joy les observait en s'émerveillant de sa chance d'avoir de telles amies.

— D'accord, dit-elle. Grace ? Est-ce que tu es prête à mener ce sort ?

— Seulement si tu l'es, répondit-elle, sans plus aucune trace de la tension précédente.

— Je suis prête, confirma Joy en lui rendant son papier et en se levant. J'imagine que nous devons faire ça debout ?

Grace opina et fit signe aux deux autres femmes de les imiter. Dès qu'elles furent toutes sur leurs deux pieds, Grace leva les bras en l'air, attendant que la magie apparaisse au bout de ses doigts, puis abaissa rapidement les bras en lançant :

— Que la nuit nous baigne de la lueur de la lune.

Les bougies s'éteignirent instantanément, et le clair de lune argenté fit briller la photo au centre du cercle.

Grace sourit, ravie d'un démarrage aussi puissant. Son sourire s'effaça cependant très vite, et elle tendit les mains sur les côtés, en encourageant les autres à faire de même. Elles se prirent par les mains, formant un cercle.

— Par la terre et le ciel, par le feu et l'eau, nous en appelons à la déesse de la lune. Puisse-t-elle entendre notre appel et nous aider à trouver celle que nous cherchons.

Les bougies se rallumèrent, illuminant leur petit cercle.

— Joy, place-toi au centre et attrape la photo d'Harlow, ordonna Grace.

La magie palpita en Joy, l'emplissant du sentiment que tout était possible. Elle lâcha les mains de ses sœurs et s'avança vers le pentagramme, et, sans se souvenir d'avoir saisi le cadre, elle se retrouva avec la photo dans les mains. Ses sœurs resserrèrent les rangs autour d'elle, se reprenant par les mains, et la magie qui emplit l'air fut si vibrante que Joy eut l'impression de flotter.

— Déesse de la lune, éclaire-nous de ta lumière et accorde à Joy le don de vue, énonça Grace.

Les deux autres se joignirent à elle, et elles psalmodièrent.

Joy leva la photo vers la lune et fut, au même instant, envahie d'images d'une grande maison victorienne baignée de soleil. La pelouse à l'avant était taillée à la perfection, entourant une allée pavée encadrée de chrysanthèmes et de pensées colorés. La propriété elle-même était bordée de cerisiers d'un côté et d'une forêt de l'autre. Joy regarda autour d'elle, essayant de distinguer une adresse ou un panneau de rue, sans succès. La maison était à l'écart de la route principale, et on y accédait par un chemin de terre.

La vision disparut, et Joy cligna des paupières, se réadaptant à l'obscurité.

Grace lui posa doucement la main sur le bras.

— Qu'est-ce que tu as vu ?

Joy se tourna vers elle, totalement désorientée. Cette vision avait été différente des deux précédentes. Ces dernières s'étaient déroulées comme un film dans sa tête. Cette fois-ci, elle avait eu l'impression d'avoir été transportée à la maison victorienne blanche, avant d'être ramenée à Prémonition ensuite.

— Hein ?

— As-tu vu où se trouvait Harlow ?

— Oui. Je crois.

Elle retrouva enfin ses esprits.

— Même si je ne sais toujours pas où c'est ! s'écria-t-elle, surprise.

Sa frustration était presque palpable. Elle comprit que le sort avait fonctionné, et qu'il n'avait cependant pas été assez spécifique. Elle se tourna vers Grace.

— Nous devons le refaire.

Celle-ci secoua la tête et se mordit la lèvre.

— Je ne pense pas que nous en soyons capables.

— Pourquoi ?

Au même moment, elle remarqua que Hope et Gigi étaient allongées sur la couverture. Hope avait posé un bras sur ses yeux tandis que Gigi fixait le ciel en prenant de grandes inspirations.

— Nous avons maintenu la magie un long moment, expliqua Grace en s'affalant à son tour sur la couverture. Nous sommes épuisées.

Joy resta perplexe. Comment ça, elles avaient maintenu la magie un long moment ? Pour elle, tout le processus n'avait pris que quelques minutes. Observant ses sœurs de plus près, elle vit leur air épuisé et constata qu'elles ne vibraient plus d'énergie comme avant le sort.

— Je suis partie combien de temps ?

Grace sortit son portable de sa poche et regarda l'heure.

— Quarante minutes.

— Quarante minutes ! Tu te fiches de moi ?

Comment était-ce possible ?

— Qu'est-ce que j'ai fait pendant tout ce temps ?

— Au début, tu lévitais juste, les yeux grands ouverts, mais perdus dans le vide. Je me disais que tu étais partie dans une autre dimension, peut-être dans une vision. Ensuite, tu es devenue très alerte et tu étudiais quelque chose intensément. Et peu après, tu t'es mise à parler tout bas de cerisiers et d'absence d'adresse.

— Oh, ouah. Je ne m'en suis pas rendu compte. Ça m'a paru très rapide. Je ne me souviens pas du moment où je suis restée sans bouger. Désolée. Vous avez bossé dur toutes les trois, pour cette maigre information. J'aurais aimé que ça puisse nous être plus utile.

Grace lui lança un sourire épuisé.

— Tout va bien. Dis-nous juste ce que tu as vu, et nous partirons de là.

Joy opina et leur donna les détails concernant la demeure victorienne blanche, les cerisiers, la pelouse bien entretenue, les fleurs, la forêt et le fait que la maison se trouvait en retrait de la route principale, sans panneau de rue.

— C'est pour ça que je voulais réessayer. Nous devons demander à voir la rue afin de pouvoir situer la maison. Elle pourrait être n'importe où.

— Pas n'importe où, non, répliqua Gigi pensivement. Certains détails peuvent affiner les recherches, n'est-ce pas ? Comme la forêt. Nous savons qu'elle n'est pas détenue en pleine ville. Et il y a les cerisiers, aussi. Ça ne pousse pas n'importe où.

— Tout à fait, confirma Grace. Et le fait que c'est une maison victorienne. Ce qui veut dire que c'en est une qui a été construite au tournant du siècle et non une imitation récente du même style. Ça nous aide, ça aussi. Tu pourrais la dessiner ? Je peux regarder dans les transactions immobilières, voir si ça donne quelque chose.

Joy la regarda comme si elle avait perdu l'esprit.

— Ça me semble peu probable.

Grace haussa les épaules.

— Peut-être, mais ça vaut le coup d'essayer.

— Je suis d'accord avec Joy, c'est peu probable, intervint Hope. Quelles sont les chances pour que la maison se soit retrouvée récemment sur le marché ? Mais c'est toujours un point de départ alors qu'on a si peu de pistes.

— Très bien.

Joy fourragea dans son sac à main et en sortit le petit carnet qu'elle transportait toujours avec elle depuis qu'elle était devenue vice-présidente du Marché des Artistes, après plusieurs rencontres imprévues avec des artistes lui demandant de régler certaines choses. Plutôt que d'essayer de se souvenir de tout, elle avait opté pour ce petit cahier dans lequel elle notait leurs doléances. Et elles étaient nombreuses. Par certains aspects, elle était contente d'avoir pris un congé. Tout le monde la sollicitait sans arrêt. Par d'autres, l'art lui manquait beaucoup. C'était pour lui qu'elle s'était engagée là-dedans en premier lieu.

Elle avait toujours été plutôt douée pour dessiner. Surtout l'architecture. Cela avait été son option préférée à côté de son diplôme de théâtre à la fac. Cependant, quand elle s'était mariée et qu'elle avait eu des enfants ensuite, elle n'avait plus eu assez de temps pour se consacrer à la comédie ou au dessin. Même quand elle s'était mise à travailler pour le Marché des Artistes, elle n'avait jamais cherché à vendre ses propres œuvres. Elle s'était consacrée à celles des autres artistes. Aider les autres à percer avait été gratifiant.

Bien qu'un peu rouillée, il ne lui fallut pas longtemps pour représenter la maison et le jardin dans son carnet. Elle passa ensuite le dessin à Grace. Hope et Gigi s'approchèrent pour l'étudier à leur tour.

— Si j'avais mes crayons de couleur, je pourrais faire mieux.

— La vache, Joy, commenta Gigi, les yeux écarquillés. Tu es douée.

— C'est vrai, hein ? soupira Hope. Ça fait des années que j'essaie de la convaincre de se consacrer à ça, mais elle passe son temps à me repousser.

— J'ai été un peu occupée, répliqua-t-elle en haussant les épaules.

Le compliment la fit cependant sourire.

— Tu peux me rendre un service ? lui demanda Grace.

— Oui, bien sûr, tout ce que tu veux.

— Colorie-le et envoie-moi une photo, d'accord ?

Grace détacha finalement le regard du dessin.

— Ça m'aidera à la retrouver dans les ventes récentes. Peut-être que je pourrais la charger dans Google et faire une recherche d'image inversée.

Le scepticisme de Joy quant à ce plan s'évanouissait. Si c'était possible de faire ce que suggérait Grace, alors ça pourrait marcher. Malgré tout, elle fronça les sourcils.

— Comme on le disait tout à l'heure, ça reste très improbable quand même. Tu as une raison de croire que cette propriété apparaîtra dans les transactions récentes ?

— Non, pas vraiment, répliqua Grace en faisant la moue. Mais c'est déjà quelque chose. Si on a une touche, tant mieux. Sinon on aura juste perdu un peu de temps.

— C'est pas mauvais, comme idée, dit Gigi.

— Alors faisons ça, conclut Joy en souriant.

Elle se sentait un peu soulagée qu'elles aient une sorte de plan.

Hope acquiesça.

— Et pendant que Grace travaille sur ça, je vais demander à Angela de garder ses pensées ouvertes pour le cas où le ravisseur d'Harlow traînerait en ville.

— Tu n'es pas obligée de faire ça, rétorqua machinalement Joy, qui voulut se frapper en même temps.

Pourquoi refusait-elle une aide potentielle alors qu'elles en avaient bien besoin ?

— Enfin, je sais ce que ça lui coûte, et je ne veux pas lui faire subir ça.

— Nous lui en parlerons et elle décidera, dit fermement Hope. Mais je suis prête à parier qu'on ne pourra pas l'empêcher de se rendre à l'*Œil de Faucon*. Je la connais. Elle voudra faire tout son possible pour nous aider à retrouver Harlow. Ne pas le faire la minerait. Elle n'aime pas fréquenter les gens très longtemps, mais elle a un grand cœur.

— D'accord, accepta Joy, n'ayant pas l'énergie de lutter davantage.

Puis elle sourit.

— Merci.

— J'aurais aimé que nous puissions faire plus, commenta Grace.

— Vous en avez déjà fait bien plus que je ne m'y attendais.

Joy s'allongea sur la couverture et regarda les étoiles. La brise fraîche dérivant de l'océan lui donna la chair de poule, la faisant frissonner. Mais pas de froid. Du bonheur de ressentir autre chose que de la crainte. Elle ferma les yeux et écouta simplement le bruit des vagues s'écrasant contre les rochers en dessous.

— Joy ? l'appela Hope.

— Quoi ? demanda-t-elle sans ouvrir les paupières.

— Tu dors ici ce soir ?

Elle ouvrit brusquement les yeux et regarda ses amies. Elles avaient déjà tout emballé, sauf la couverture sur laquelle elle était allongée. S'était-elle endormie sans s'en rendre compte ? Avait-elle été embarquée dans une faille temporelle magique ? Elle devait rentrer chez elle avant de s'éloigner complètement de la réalité.

— Non. Je dois aller retrouver Kyle.

Hope lui tendit la main pour l'aider à se lever.

— Ça va ? Tu as l'air désorientée.

Joy se frotta le visage.

— Je suis juste éreintée.

Gigi apparut à ses côtés et glissa son bras dans le creux du sien.

— Viens, on te tient.

Elles rejoignirent la route toutes les quatre et installèrent Joy dans le SUV de Hope.

— Encore merci à vous, leur dit-elle en attachant ta ceinture.

— Avec plaisir.

Grace l'embrassa sur la joue. Gigi, pour sa part, lui glissa en plus une petite fiole dans la main.

— Je me suis dit que ça pourrait t'être utile, murmura-t-elle. Je bourgeonne toujours quand je suis stressée, et ce baume règle tous les soucis.

Joy cilla puis observa la fiole. Elle ne possédait aucune marque.

— C'est toi qui l'as fait ?

Gigi sourit.

— Oui. J'ai toujours eu un don avec les herbes. Tu dois juste tamponner les zones problématiques avant d'aller te coucher ce soir, et demain matin, ta peau sera comme neuve.

— Merci, lui dit Joy en l'enlaçant. Tu es la meilleure.

Elle pensa au traitement que Sam lui avait administré sur le visage dans la journée et fronça les sourcils en ne sentant aucune différence. Sam lui avait dit de la contacter si rien ne changeait en vingt-quatre heures. La crème de Gigi ferait peut-être des miracles.

— Allons-y, lança Hope en montant dans sa voiture.

Joy hocha la tête, puis la posa contre la fenêtre et s'endormit avant même que Hope n'ait sorti la voiture du parking.

CHAPITRE 9

— *D*ebout, la Belle au bois dormant.

Joy s'éveilla en sursaut. Elle regarda autour d'elle et gémit en sentant la douleur qui s'éveilla dans sa nuque. Elle se redressa en massant la zone.

— Oh par la déesse. Je sens bien le poids de mes quarante-huit ans, là.

— Je suis passée par là.

Hope lui sourit avec sympathie.

— Tu as besoin d'aide pour rentrer ? Un déambulateur ou un fauteuil roulant ?

— Sale diablesse, lança Joy sans conviction.

Puis elle éclata de rire.

— J'ai l'impression que je pourrais dormir une semaine entière.

Elle jeta un coup d'œil à son amie, qui la véhiculait depuis des heures.

— Comment se fait-il que tu ne sois pas un zombie ? Tu m'as babysittée toute la journée.

— Je fais juste mieux semblant.

Hope lui adressa un clin d'œil taquin, avant de reprendre un air grave.

— Sérieusement, est-ce que ç a va aller ? Tu as besoin de quoi que ce soit avant que je m'en aille ?

Joy secoua la tête, envahie par une bouffée d'amour.

— Non. Merci, mais je prévois de rentrer chez moi, colorer mon dessin, l'envoyer à Grace et Carly, puis de prendre un bain et ensuite de me glisser dans le lit pour dormir douze heures.

— Quel beau programme, soupira Hope.

— Pas autant que de se blottir contre un brun sexy qui ne peut se rassasier de toi, répliqua Joy en mentionnant Lucas, le fiancé de Hope.

— Je ne m'en plains pas, mais, parfois, j'aimerais bien avoir un peu de temps pour moi. Si je m'installais dans un bain, il viendrait m'y rejoindre, et adieu la détente. Ce type est insatiable.

— Arrête de te vanter.

Joy descendit de voiture.

— Rentre chez toi et amuse-toi bien. Je t'appelle demain.

— Je t'aime ! s'écria Hope.

— Je t'aime aussi.

Joy lui fit un signe de la main, puis se dirigea vers sa porte. La maison était plongée dans l'obscurité quand elle y entra. Elle alluma et regarda autour d'elle. À une époque, cette maison avait été son sanctuaire. C'était là qu'elle s'y sentait le mieux et elle pensait ne jamais la quitter. Maintenant que Paul était parti et que les enfants avaient déménagé, toutefois, elle se sentait submergée. Oui, Kyle était de retour quelques semaines, mais ce n'était que temporaire. Il repartirait, et elle se retrouverait seule dans une maison à quatre chambres remplie autant de ses meilleurs souvenirs que des pires.

Soupirant, elle verrouilla la porte et se rendit à la cuisine pour boire un peu d'eau. Peut-être devrait-elle envisager de déménager. De se trouver un logement plus petit et confortable en bord de plage… si elle pouvait se le permettre.

Une fois son verre vide, elle remplit le lave-vaisselle avec ce qui traînait dans l'évier, nettoya les plans de travail, verrouilla la porte arrière puis alla voir Kyle dans sa chambre. Quand elle y arriva toutefois, elle trouva la porte ouverte et le lit vide.

Son cœur se mit à battre la chamade. Où était-il ? Ni dans le salon ni dans la cuisine. Elle en revenait. La panique l'envahit, elle l'imagina étendu quelque part, incapable de se relever, car il s'était cassé autre chose ou avait aggravé les blessures de sa jambe. Elle alla rapidement vérifier la salle de bains.

Vide.

Un poids se posa dans son ventre. Où était-il ?

Elle vérifia chaque pièce une à une et constata que la maison était déserte. Il ne restait qu'un endroit à regarder. Elle se rendit dans sa propre chambre et poussa un soupir de soulagement en apercevant la lumière qui en provenait.

— Kyle ? dit-elle en pénétrant dans la pièce.

Pas de réponse.

Sa panique monta à nouveau jusqu'à ce qu'elle remarque la lumière sous la porte de la salle de bains. Elle fronça les sourcils. Que faisait-il là-dedans ?

Elle traversa sa chambre et s'apprêtait à frapper à la porte quand elle entendit un grognement clairement masculin suivi par la voix de Kyle.

— *Tout doux. Tu manipules un chargement précieux.*

— *La ferme ou je te laisse en plan*, répliqua une deuxième voix masculine.

Joy se figea en percevant les rires qui suivirent, puis les immanquables bruits d'éclaboussures.

Oh bon sang, pensa-t-elle. Son fils prenait un bain avec un autre homme dans son immense baignoire. Mais avec qui ? Jackson ? C'était forcément lui.

Alors qu'elle reculait, un gémissement la figea sur place et se grava à jamais dans son esprit. Elle n'avait eu qu'une seule envie : prendre un bain puis se mettre au lit. Et voilà qu'elle se trouvait dans sa chambre à écouter son fils… faire des choses qu'elle ne devrait jamais entendre.

Son instinct de préservation prit enfin le relais, et elle se précipita hors de la pièce, courant jusqu'à la cuisine où elle s'installa devant la table, mit ses écouteurs dans ses oreilles et enclencha sa playlist préférée. Pharrell Williams se mit à répéter en boucle qu'il était *Happy* tandis qu'elle s'attelait à la colorisation du dessin qu'elle avait fait sur la falaise.

Une demi-heure plus tard, une fois celui-ci dynamisé par les couleurs, elle l'envoya par texto à Grace avant de contacter Carly en espérant ne pas tomber sur le répondeur.

Elle fut surprise que son amie décroche à la première sonnerie.

— Salut. Je ne m'attendais pas à t'avoir au téléphone.

— *J'ai enregistré ton numéro en favori pour ne pas manquer tes appels*, expliqua Carly d'une voix éreintée. *Je voulais être joignable au cas où tu aurais une autre vision.*

— C'est bien pensé.

Joy ne savait même pas que son portable pouvait faire ça.

— *As-tu eu une vision d'Harlow ?* demanda Carly sur un ton si empreint de tristesse que Joy en aurait pleuré.

— Non, mais mon coven m'a aidée à faire un sort de localisation, et j'ai pu voir la maison.

Carly prit une grande inspiration.

— *Tu sais où elle se trouve ?* souffla-t-elle.

Joy détestait la décevoir, mais elle n'y pouvait rien.

— Je suis désolée, Carly. J'ai vu la maison, mais, malheureusement, j'ignore où elle se situe. Le nom de la rue n'était pas visible, et je n'ai pu distinguer aucun numéro sur la façade non plus.

— *Oh. Bon. Je ne suis pas sûre que ça puisse nous être utile, mais merci...*

— Je l'ai dessinée, la coupa Joy. J'allais justement t'envoyer la photo par SMS pour le cas où tu reconnaîtrais l'endroit ou voudrais transmettre l'info à ton détective privé.

— *C'est vrai ? C'est déjà un pas dans la bonne direction, j'imagine. Merci. J'espère qu'il pourra en tirer quelque chose. Je lui envoie au plus vite.*

— Ça marche. Et moi, je vais photocopier le dessin et le déposer à l'inspectrice Coolidge demain.

— *Quoi ? Non. Je ne peux pas te laisser faire ça,* répliqua précipitamment Carly. *Tu en as déjà assez fait. Je m'en charge.*

Joy s'affala de soulagement. Elle n'arrêtait pas depuis plusieurs jours et était à deux doigts de tout lâcher.

— Ce serait top. Dis à l'enquêtrice de m'appeler si elle a des questions.

— *Je n'y manquerai pas. Merci, Joy.*

— Je t'en prie. Tu sais que je ferais tout pour t'aider. Je prie pour qu'Harlow rentre vite à la maison.

— *Merci.*

Elles raccrochèrent, et Joy envoya le message. Puis elle croisa les bras sur la table et posa sa tête dessus un instant.

— Madame Lansing ?

Cette voix familière la fit sursauter. Elle se redressa vivement, réveillant la douleur dans sa nuque.

— Aïe ! cria-t-elle.

— Ouah, ça va ?

Jackson s'assit à côté d'elle et tendit la main vers son cou, comme s'il comptait la masser, puis abandonna son geste au dernier moment.

— Oui. Ça va. Je crois que je me suis endormie dans une mauvaise position. Un bain et un ibuprofène devraient me faire du bien.

Il jeta un coup d'œil vers la chambre de Kyle.

— Vous êtes là depuis combien de temps ?

Elle haussa une épaule.

— Je ne sais pas. Quarante-cinq minutes, peut-être.

Le silence retomba entre eux, jusqu'à ce que Jackson se racle la gorge.

— Je suis venu donner un coup de main à Kyle.

— C'est bien.

Elle détourna le regard et s'en sentit bête. Elle ne pouvait cependant pas regarder Jackson dans les yeux. Il y avait certaines choses que les mères préféraient ignorer.

— Comment va-t-il ?

— Mieux maintenant qu'il a pris un bain.

Jackson ricana en regardant son tee-shirt.

— Je crois qu'on peut dire qu'il m'en a donné un aussi. C'était un peu périlleux de le sortir de votre baignoire. Elle est tellement profonde. Celle du couloir était impossible pour lui à cause de son attelle, alors il m'a demandé de l'aider à entrer et sortir de la vôtre. Je n'aurais jamais pensé faire ça un jour, mais quand notre… hum *ami* a besoin de nous, c'est le genre de choses que l'on fait, n'est-ce pas ?

— Tu bafouilles, commenta Kyle depuis l'entrée de la pièce.

Il était juché sur ses béquilles, le visage rasé de frais et les cheveux toujours humides.

Joy les dévisagea tour à tour, remarquant l'air paniqué de Jackson et celui étrangement amusé de Kyle. Elle se leva et s'approcha de son fils, prenant son visage dans ses mains.

— Comment est-ce que tu te sens, sincèrement ?

Le sourire qu'il lui adressa, son sourire habituel, non celui tendu par la douleur, la rassura.

— Mieux. Et si on allait s'asseoir au salon ? Je crois qu'il faut qu'on parle.

— Bien sûr, chéri. Tu veux boire quelque chose ? De l'eau ? Du thé ? De la tisane ? Du café ?

Elle attrapa la bouilloire pour se préparer un thé pour elle.

— De l'eau pour moi. Jackson prendra une tisane. Surtout pas du thé, il y a de la caféine dedans.

— Hé ! Et si je veux de la caféine ? protesta l'intéressé.

— Ça va t'empêcher de dormir, et demain, tu vas pioncer sur la machine à café. Tu as le choix donc entre une tisane ou un déca.

Jackson leva les yeux au ciel, mais un petit sourire étirait ses lèvres.

— Une tisane, dans ce cas.

— Je m'en charge, s'écria joyeusement Joy. Jackson, aide Kyle à aller au salon. Je vous rejoins tout de suite.

Kyle secoua la tête.

— Je n'ai pas besoin d'aide pour faire six mètres, maman.

— Laisse ton copain t'aider, mon chéri, répliqua-t-elle en attrapant la boîte à thé.

Le silence tomba sur la pièce, et elle réalisa ce qu'elle venait de faire. Elle lâcha la boîte sur le comptoir et pivota vivement, horrifiée par sa bourde, alors qu'elle attendait qu'il soit prêt à le lui révéler lui-même.

— Je suis désolée. Je n'aurais pas dû dire ça. Je suis épuisée, ça m'a échappé.

Kyle et Jackson se regardèrent longuement. Puis Kyle tendit la main à Jackson, qui se mordit la lèvre, avant de venir enfin à ses côtés et d'entrelacer leurs doigts.

Les larmes aux yeux, Joy leur sourit tendrement.

— Je vous aime tous les deux. Vous le savez, n'est-ce pas ?

Kyle opina.

Jackson déglutit.

— Merci, madame Lansing.

— Arrête avec ces conneries de madame Lansing tout de suite, Jackson. Ne t'ai-je pas déjà dit des centaines de fois de m'appeler Joy ? Tu fais partie de notre famille, pour l'amour de la déesse. Laisse tomber les formalités. Maintenant, allez au salon, j'apporte les boissons.

Jackson lâcha la main de Kyle et le regarda clopiner jusqu'au canapé. Puis il se tourna vers Joy, s'avança vivement vers elle et la serra fort contre lui. Elle enlaça ce jeune homme qui faisait partie de la vie de son fils depuis l'enfance.

— Je suis heureuse pour vous deux, souffla-t-elle.

Quand Jackson s'écarta, il s'essuya rapidement les yeux.

— Vous… Tu l'as déjà dit à l'hôpital, mais… tu sais que ma mère n'accepte pas mon « mode de vie ». Alors, voir ta réaction, ça me rend très heureux, et un peu triste aussi, parce que je ne recevrai jamais le même soutien de ma propre mère.

Elle l'étreignit une nouvelle fois, très fort.

— Tu es une perle rare, Jackson. Ne l'oublie jamais. Je serais fière d'être ta mère si tu ne sortais pas avec mon fils.

Il partit d'un rire étouffé avant de la lâcher.

— Ce serait glauque, hein ?

— Juste un peu.

Elle attrapa un verre dans le meuble et le lui tendit.

— Va apporter son eau à Kyle pendant que je me charge de la bouilloire.

— Bien, m'dame.

Il lui fit un clin d'œil avant de s'exécuter.

Quelques minutes plus tard, elle lui donna sa tisane et

s'installa sur le fauteuil face au canapé où les deux jeunes hommes étaient assis.

— Voilà, je suis là. De quoi voulez-vous parler ?

— Euh…

Kyle se racla la gorge.

— Eh bien…

Il adressa un regard suppliant à Jackson. Qui éclata de rire.

— Elle est déjà au courant. Pourquoi est-ce que c'est si dur à dire ?

— Je ne sais pas, répliqua Kyle avec véhémence. C'est la première fois que je le fais.

— Je sais.

Tendrement, Jackson glissa sa main dans celle de Kyle.

— Mais c'est déjà mieux que la conversation que tu as essayé d'avoir avec ton père. Ça facilite les choses, non ?

Kyle fit la grimace.

— Désolé, s'excusa Jackson en l'embrassant sur la joue.

Joy, qui observait leurs interactions avec fascination, soupira de contentement.

— Vous êtes adorables. Kyle, tu n'étais jamais comme ça avec tes copines.

L'intéressé devint rouge pivoine.

Le sourire de Jackson s'élargit.

— Ah oui ?

— La ferme, grommela Kyle en lui donnant un petit coup dans le bras qui fit rire Jackson.

Et Joy.

— D'accord, que voulais-tu me dire ? Que tu sors avec Jackson ? J'ai déjà saisi.

— Je suis bi, avoua-t-il en l'observant comme s'il s'attendait à une réaction négative de sa part.

Elle fronça les sourcils.

— D'accord. Ça me paraît plutôt évident.

Kyle la regarda avec de grands yeux.

— Tu le savais ?

— Depuis que je vous ai vus ensemble à l'hôpital, oui. Ou plus exactement depuis que j'ai vu Jackson aussi bouleversé. J'ai deviné. Il a dû te le dire, ajouta-t-elle en indiquant l'intéressé de la tête.

Kyle se tourna vers lui.

— Me dire quoi ?

Jackson fit la grimace.

— Elle m'a dit que si par hasard nous étions ensemble, elle n'avait aucun problème avec ça. Puis elle ne m'a rien laissé ajouter, insistant sur le fait que tu viendrais lui parler quand tu serais prêt.

Kyle dévisagea son copain, puis sa mère.

— Tu as vraiment dit ça ?

— Bien sûr que oui. Tu crois que Jackson te mentirait ?

— Il l'a fait par omission, puisqu'il ne m'avait rien dit.

Il se tourna vers l'intéressé.

— Hé, Jay, j'aurais été moins nerveux si tu m'avais transmis cette information vitale.

Jackson évita son regard.

— Désolé. Je comptais le faire, mais tu souffrais et dormais beaucoup, et puis quand je suis arrivé ici, tu avais besoin de mon aide pour le bain et... eh bien, tu connais la suite.

Kyle ricana.

— Très bien, oui.

Joy se racla la gorge.

— Ne faites pas attention à moi. Je ne suis qu'une mère dans cette pièce qui n'a pas besoin de savoir ce que fait son fils derrière des portes closes.

— Quoi ?

Kyle tourna vivement la tête vers elle, horrifié.

— Tu crois qu'il s'est passé quoi là-bas ce soir ?

Elle leva les mains en l'air.

— Je ne sais pas et je ne veux pas le savoir.

Jackson rit à gorge déployée.

— Oh bon sang. Cette conversation ne se passe pas du tout comme prévu, marmonna Kyle. Pour info, j'avais besoin d'aide pour aller dans ta baignoire. Le faire sur un pied était trop dangereux. Jackson m'a filé un coup de main. Et c'est tout.

— Eh bien, je t'ai aussi lavé les cheveux et mis du shampooing dans les yeux.

— Oui, merci, d'ailleurs. Ils me brûlent encore.

— Je t'ai empêché de tomber et de te fracasser le crâne, non ? répliqua Jackson, peu concerné.

— Tout juste. Je me souviens être tombé dans la baignoire et m'être cogné le coude.

— En m'inondant au passage. On aurait dit que je participais à un concours de tee-shirts mouillés.

— Je ne me suis pas plaint, ricana Kyle.

— Très bien. Ça suffit, intervint Joy en riant. J'ai compris. Deux garçons chahutant dans le bain. Vous n'avez pas grandi, si j'ai bien saisi.

Ils rirent et se rapprochèrent l'un de l'autre.

Lorsqu'ils eurent maîtrisé leur hilarité, Joy haussa un sourcil.

— Donc, c'est tout ? Tu es bi et tu sors avec Jackson ?

— Presque, répondit Kyle, soudain sérieux.

— D'accord. Donc, tu es bi. Aucun problème. Et tu sors avec Jackson, un jeune homme que j'aime déjà. Je ne vois donc pas pourquoi nous devons en parler, sauf si je ne sais pas tout.

— Papa s'est comporté comme un con à ce sujet, déclara Kyle tout à coup.

— Quoi ?

Joy se figea, assimilant le fait qu'il l'avait avoué à son père et que Paul avait mal réagi.

— Quand ? Qu'est-ce qu'il t'a dit ?

— Juste avant l'accident. Je suis allé le voir pour lui dire que je fréquentais Jackson. Il m'a regardé et m'a dit de me trouver quelqu'un avec de plus hautes ambitions qu'un boulot dans un café. Une femme, de préférence, car ce serait plus facile pour fonder une famille.

Joy était éberluée. Rien de tout ceci ne ressemblait à Paul. Que lui était-il arrivé depuis la séparation ?

— S'il te plaît, dis-moi que tu en rajoutes.

— Non. J'aurais même plutôt tendance à enjoliver, parce que je ne veux pas que Jackson découvre ce qu'il a balancé d'autre.

— Kyle, grogna l'intéressé. Tu peux tout me dire.

— Pas si ça doit te blesser inutilement. Il s'est comporté comme un bigot élitiste. Je lui ai dit de se fourrer sa bavette dans le cul et je me suis barré.

Joy pouffa.

— Tu as vraiment dit ça ?

Il opina, un léger sourire amusé aux lèvres. Celui-ci disparut très vite, remplacé par une profonde tristesse.

— Je ne m'attendais pas à ça de sa part, maman. Il est différent, et je ne comprends pas pourquoi.

— Moi non plus.

Elle faisait son possible pour garder son calme alors que la rage enflait en elle. Elle aurait voulu râler contre son ex, le traiter de tous les noms, puis l'éviscérer pour avoir tellement bouleversé leur fils qu'il avait eu un accident de voiture. Elle se leva de son fauteuil et vint s'asseoir à côté de lui.

— Tu sais que je t'aime... de manière inconditionnelle, n'est-ce pas ?

Il lui sourit.

— Oui. Je suis désolé d'avoir été mal à l'aise à l'idée de te le dire. Au fond de moi, je savais que tu serais cool, mais ma nervosité l'a emporté.

Elle l'enlaça par l'épaule.

— Je t'aime, Kyle. Je suis désolée que ton père se soit comporté comme un con au point que tu aies hésité à me le dire.

— Ce n'est pas de ta faute, répliqua-t-il en s'appuyant contre elle, comme il le faisait enfant.

Ce câlin l'emplit d'amour.

— Tu as raison. Ce n'est pas de ma faute. C'est de la sienne. Et je vais bien lui faire comprendre ma façon de penser.

Il s'écarta pour la regarder dans les yeux.

— Je n'ai pas besoin que tu mènes mes combats à ma place, maman.

— Je sais. Mais je suis ta mère et lui ton père. N'importe qui d'autre, je ne m'en serais pas mêlée. Mais là, je ne peux pas laisser passer ça. Il n'a pas agi en parent, et je compte bien le lui rappeler.

Kyle secoua la tête, l'enlaçant toutefois à nouveau et la serrant si fort qu'elle put à peine respirer. Elle s'en moquait cependant. Cet instant, elle savait qu'elle s'en souviendrait toute sa vie.

CHAPITRE 10

*J*oy se réveilla avec un mal de tête et les yeux irrités le lendemain matin. Elle s'étira et, le regard vitreux, consulta le réveil. Neuf heures passées, bien plus tard que d'ordinaire. Elle envisagea de se lever pour déjeuner, mais préféra refermer les paupières et se tourner sur le côté afin de grappiller quelques minutes de sommeil supplémentaires.

— Outch, grommela quelqu'un à côté d'elle.

Paul, pensa-t-elle en se demandant pourquoi il n'était pas au travail.

Attends ! Qu'est-ce que Paul faisait dans le lit ? Elle se redressa vivement en serrant la couette autour d'elle, comme si son ex ne l'avait pas déjà vue dans le plus simple appareil. Elle observa la silhouette élancée, déterminée à le virer de son lit, de sa maison et de sa vie à coups de pied, quand elle réalisa que la personne n'était pas Paul du tout.

Non, c'était son sosie qui avait atterri dans son lit.

— Britt ? demanda-t-elle à sa fille de vingt-quatre ans. Qu'est-ce que tu fais là ?

Britt écarta ses courts cheveux blonds de son visage et observa sa mère, les yeux rouges et endormis.

— Salut.

— Salut, répondit Joy en souriant. Tu es arrivée quand ?

— Vers trois heures.

S'asseyant, elle descendit son vieux tee-shirt One Direction. Britt avait été une grande fan du groupe pendant l'adolescence et avait acheté ce tee-shirt à l'un de leurs concerts.

— J'ai essayé de te réveiller, mais tu dormais profondément. Tu marmonnais, parlant de te laisser seule et de ne pas revenir pendant cinq ans.

— Ah bon ? demanda Joy en riant. Les derniers jours ont été durs et j'ai peu dormi.

Elle observa sa fille, remarqua le mascara qui avait coulé sous ses yeux, ses cernes, et en conclut qu'elle n'avait pas été la seule à manquer de sommeil ces derniers temps. Elle lui prit la main.

— Qu'est-ce qui ne va pas, ma puce ?

Les larmes brouillèrent les yeux de Britt, qui secoua la tête et prit une inspiration tremblante.

Joy lui sourit tendrement.

— Tu n'es pas obligée de me parler si tu n'en as pas envie, mais je suis là si tu as besoin.

Britt s'appuya contre elle, sa tête sur son épaule. Elles restèrent silencieuses un long moment pendant que Britt pleurait et qu'elle lui caressait le dos et les cheveux.

Quand ses larmes se tarirent, sa fille demanda :

— Est-ce que je peux m'installer à la maison ?

— Bien sûr que oui. Dave aussi ?

Elle souffrait pour sa fille. Son copain et elle se fréquentaient depuis la dernière année de lycée, et ils étaient restés ensemble à l'université, puis avaient emménagé à une trentaine de kilomètres de Prémonition, où ils avaient trouvé un emploi correspondant à leurs domaines d'études. Dave travaillait dans le marketing, et Britt était comptable comme son père.

— Il vient avec toi ?

Elle secoua la tête.

— Très bien. Kyle est dans son ancienne chambre. Tu vas devoir prendre celle de Hunter, car la tienne est devenue une salle de sport.

— Je vois. Les garçons ont gardé leur chambre, mais la mienne a été la première à être transformée. J'ai toujours su qu'il te tardait de récupérer mes portes-fenêtres, la taquina Britt, même si son regard était toujours voilé de tristesse.

Joy pouffa. La chambre de Britt disposait de magnifiques portes-fenêtres menant sur la terrasse dotée du jacuzzi qu'elle avait acheté pour essayer de raviver l'étincelle entre Paul et elle. Dommage que ça n'ait pas fonctionné. Paul n'avait jamais voulu y aller, et finalement, c'était Kyle qui s'en était le plus servi.

— Elle fait une bonne salle de sport.

Elle serra plus fort sa fille contre elle.

— Mais je veux bien renoncer aux portes-fenêtres et à mon équipement si ça signifie que tu reviens ici pour toujours.

— Tant mieux, parce que mon emménagement pourrait bien être permanent.

Elle lâcha un sanglot et blottit son visage contre Joy, tremblant de tout son être tant sa douleur était grande.

Joy la garda contre elle, lui murmurant de doux mots d'amour et de réconfort, alors que son cœur se brisait pour sa fille. Elle ignorait pourquoi Britt avait quitté Dave, mais sa fille souffrait, et elle aurait tout fait pour lui prendre sa douleur.

Lorsque les sanglots de Britt s'apaisèrent enfin, elle s'écarta et chercha la boîte de mouchoirs que Joy conservait généralement sur sa table de chevet. Refusant d'avouer à sa fille qu'elle avait vidé la boîte lorsque Paul l'avait quittée, elle sortit du lit pour en attraper une nouvelle dans le meuble de la salle de bains.

— Tiens, dit-elle en la tendant à sa fille, avant d'enfiler un peignoir éponge.

Quand Britt se fut essuyé le visage avec, Joy s'assit sur le bord du lit et attendit.

Britt rassembla les mouchoirs et les observa. Joy connaissait sa fille. Elle voulait parler. Joy devait juste attendre.

Quand Britt trouva enfin le courage de s'exprimer, elle la regarda dans les yeux et lui demanda :

— Maman, pourquoi est-ce que papa et toi avez rompu ?

Joy la fixa, très surprise.

— Je ne m'attendais pas du tout à ce que tu dises ça.

Britt lui adressa un sourire triste.

— Est-ce que tu sais qu'aucun de nous ne sait ce qui s'est passé ?

— Oui.

C'était pour une bonne raison. Joy elle-même ne le savait pas vraiment. Paul et elle s'étaient éloignés. Et un soir, en rentrant, elle avait trouvé Paul avec une valise à ses côtés et lui disant qu'il ne voulait plus être marié. Et maintenant, sa fille voulait des réponses. Joy ne pouvait pas lui en vouloir. Elle se racla la gorge.

— Nos chemins se sont séparés, j'imagine.

— Ce n'est pas une vraie réponse, maman.

Britt lui prit la main.

— Je sais, trésor. Le problème, c'est que je ne sais pas vraiment ce qui s'est passé. Ton père a juste décidé qu'il ne voulait plus être marié avec moi, et il est parti.

— C'est tout ? Ce n'est pas une raison, insista Britt.

Elle plissa les yeux et pinça les lèvres d'indignation.

— Tu ne lui as même pas proposé d'aller voir un conseiller conjugal ?

Joy éclata de rire, incapable de se retenir, même s'il n'y avait rien de drôle.

— Oh, ma puce. Bien sûr que si. Ça faisait des mois que je le lui demandais. Je savais que nous ne partagions plus rien et je voulais changer les choses. Mais pas lui. Je ne pouvais rien faire pour changer ses sentiments ou le forcer à rester avec moi. En plus, je ne veux pas être mariée à un homme qui ne veut pas de moi.

Émotionnellement ou physiquement parlant. Elle tut cette partie-là cependant. Ses enfants n'avaient pas besoin de tout savoir.

— Il a abandonné notre famille, déclara Britt, son indignation se transformant en véritable rage.

Elle en avait le visage très rouge.

— C'est quoi son problème ?

— Britt, il ne vous a pas abandonnés, tes frères et toi. Il t'appelle souvent et t'invite à déjeuner toutes les deux ou trois semaines, non ?

Elle opina lentement.

— Oui. Il m'a invitée la semaine dernière. Mais ce n'est pas comme avant. Il est très silencieux et ne parle jamais de sa vie. Il me questionne juste sur le travail, sur Dave et me demande quand nous allons nous marier.

Ce mot lui donna le teint verdâtre, et Joy crut qu'elle allait vomir. Sa fille se reprit cependant.

— J'imagine qu'il n'est pas ravi que sa petite fille vive dans le péché.

— Vive dans le péché ? On est où, là ? En 1958 ? s'esclaffa

Joy. Crois-moi, il n'en a rien à cirer de ça. Il cherchait juste un sujet de conversation.

— Vraiment ?

— Oui. Il n'était même pas sûr que nous devrions nous marier. Je crois qu'il aurait été tout aussi heureux de vivre sans qu'on le soit, si je n'avais pas insisté.

Britt écarquilla les yeux.

— Ah bon ? Je l'ignorais. Tu es donc en train de me dire qu'il aurait voulu ne jamais se marier ? C'est pour ça qu'il est parti ?

Joy médita la question de sa fille. Puis haussa les épaules.

— Je ne pense pas. Mais peut-être ? Alors qu'on vivait ensemble, je suis tombée enceinte de ton frère très vite. J'ai insisté pour qu'on se marie. Nous fondions une famille, je voulais légaliser les choses.

— Pourquoi ? Papa ne disait pas toujours que le mariage n'est qu'un bout de papier ?

— Juste un bout de papier, ricana Joy. Ce bout de papier me permet de sortir de ce mariage avec la moitié de nos possessions et de ne pas lutter pour joindre les deux bouts étant donné que je n'ai pas travaillé pendant vingt-six ans.

Elle se tourna vers sa fille pour la regarder intensément.

— Écoute, Britt. Je suis féministe, tu le sais. Les femmes ont le choix et sont libres de l'exercer comme elles l'entendent. Avoir des enfants sans être marié n'est pas un problème. Mais quand l'un des partenaires renonce à sa carrière potentielle pour élever des enfants, il faut protéger ce partenaire. Le mariage est un contrat légal. Souviens-t'en.

Britt fronça les sourcils.

— Tu donnes l'impression de parler d'une transaction commerciale.

Joy lui sourit.

— C'en est une, en quelque sorte. Un ami dit toujours que tu te maries par amour, mais que le divorce est une transaction. Je n'aurais jamais cru divorcer de ton père un jour. Même pas quand nous traversions des périodes difficiles. J'étais engagée pour la vie. Mais il a décidé qu'il voulait une autre vie, et au bout du compte, ça me va. Tout comme à lui. Nous ne nous détestons pas, et nous avons trois enfants que nous aimons plus que tout. Les séparations, ça arrive. Il faut juste faire avec et avancer.

— Je ne sais pas quoi faire, dit Britt en s'appuyant contre la tête de lit, les yeux fermés.

— À quel sujet ?

— Dave.

Elle secoua la tête.

— Il a reçu une offre pour un boulot au Texas et veut que je l'accompagne.

Le ventre de Joy se noua à la pensée de sa fille emménageant dans un autre État. Elle veilla toutefois à garder un ton et une expression neutres. Ce choix appartenait à Britt.

— Qu'est-ce que tu ressens à ce sujet ?

Elle ouvrit vivement les paupières, révélant ses yeux flamboyant de colère.

— Je suis énervée. Il ne m'avait même pas dit qu'il avait postulé. Ce n'est même pas mieux que ce qu'il fait maintenant.

— Alors pourquoi veut-il y aller ? demanda Joy, qui cherchait le nœud du problème.

Britt soupira.

— C'est un boulot offrant de meilleures possibilités d'avancement. Depuis que l'un de ses copains y travaille, il essaie de le convaincre de le rejoindre. Le problème, c'est que Dave ne m'en a même pas parlé. Il a simplement postulé, obtenu le travail et c'est alors qu'il donnait sa démission qu'il m'a demandé de partir avec lui. Comme s'il s'était dit « au fait, tu veux venir ? ».

Des sonnettes d'alarme s'éveillèrent en Joy, qui aurait eu envie d'étrangler Dave. Même si elle l'appréciait, ce n'était pas ainsi que fonctionnait un couple.

— Est-ce que ton opinion va peser sur sa décision de déménager ?

— Non. Pas du tout. Il part, avec ou sans moi. Il m'a dit que c'était le genre d'opportunité qui ne se présente qu'une fois dans une vie et qu'il ne peut pas la laisser s'échapper. Mais qu'il me veut quand même à ses côtés.

Ses épaules s'affaissèrent.

— Il n'a même pas pris en compte la promotion que je viens d'avoir au travail ou le fait que je gagne trente pour cent de plus que lui à l'heure actuelle. Si je quitte mon boulot pour en trouver un autre au Texas, mon salaire va en prendre en coup et ça veut dire abandonner un travail que j'aime vraiment.

— Je suis désolée, Britt. On dirait qu'il ne t'a pas du tout prise en considération.

Joy ne voulait pas médire sur le partenaire de Britt, mais elle n'allait pas non plus rester sans rien faire et donner à sa fille l'impression que ce que Dave avait fait était acceptable. D'accord, il lui avait demandé de venir avec lui, mais il avait pris des décisions concernant leur vie commune sans prendre en compte les besoins de Britt ou la consulter en premier lieu.

— C'est ce que je lui ai dit, et nous avons eu une grosse dispute. Il m'a accusée de ne pas le soutenir. Je l'ai traité d'égoïste. Et ça s'est envenimé à partir de là. Alors je suis venue ici, parce que j'étais trop énervée pour dormir.

Elle soupira.

— Je ne sais pas quoi faire.

Joy aurait eu envie de lui dire de quitter ce connard

égocentrique et de se trouver quelqu'un la traitant mieux. Même si elle savait qu'il y avait toujours deux points de vue dans une histoire, elle prendrait toujours le parti de sa fille, quoi qu'il arrive.

— Je n'ai pas de réponse à te donner, Britt. Il n'y a que toi qui saches ce qui compte le plus pour toi.

Britt ferma les paupières et secoua la tête.

— Ça ne m'aide pas, maman.

Joy pouffa.

— Je sais. Ça craint d'être adulte.

Britt poussa un grand soupir et ouvrit les yeux pour la regarder.

— Est-ce que tu referais la même chose ?

— Faire quoi ? Épouser ton père ?

— Oui. Si tu savais tout ce qui allait se passer, y compris le fait que papa t'ait quitté et que tu aies sacrifié ta carrière, est-ce que tu le ferais quand même ?

— Oui, affirma-t-elle, sûre d'elle. Sans la moindre hésitation. Sinon je n'aurais pas eu trois enfants que j'aime plus que tout au monde. Et en plus, j'adorais notre vie. Ton père et moi nous sommes aimés et avons été de véritables partenaires pendant de nombreuses années. Le fait que nous nous soyons éloignés n'y change rien. Ça veut juste dire que nous empruntons désormais des chemins séparés.

Britt la dévisagea attentivement.

— Pourquoi est-ce que j'ai l'impression que tu édulcores les choses pour moi ?

Joy leva les mains en l'air en riant doucement.

— J'atténue peut-être ma déception quant à la tournure des choses, mais je n'ai absolument aucun regret. J'ai aimé rester à la maison pour vous élever tous les trois et travailler au Marché des Artistes. Maintenant, j'entame une nouvelle aventure. C'est la vie. Une aventure. À toi de décider si Dave va faire partie de la tienne.

— Je pourrais rester ici, comme tante Hope.

— Tu pourrais. C'était le bon choix pour elle, et à la fin, elle a quand même eu le Prince Charmant.

— Mais elle a dû l'attendre trente ans, répliqua Britt en soupirant de mécontentement.

— Exact. Cela dit, si tu lui poses la même question qu'à moi, je parie qu'elle te répondrait qu'elle ne regrette pas sa décision. Elle a quand même eu une vie pleine d'amour, et si Lucas et elle étaient restés ensemble à l'époque, ils se seraient sans doute étouffés mutuellement et se seraient séparés à la fin. Ils avaient tous les deux besoin de suivre leur propre chemin avant d'être prêts à avoir ce qu'ils ont aujourd'hui.

— Ça ne m'aide pas du tout, commenta sa fille, frustrée. Tu es ma mère. Tu es censée me dire quoi faire.

Joy l'attira contre elle.

— Bienvenue à l'âge adulte, souffla-t-elle.

— Tu es diabolique.

Britt descendit du lit et commença à s'habiller.

— Peut-être. Mais tu es quand même la seule à pouvoir répondre à cette question. Qu'est-ce qui est le plus important pour toi ? Ton travail et rester près de la maison ? Ou Dave et cette nouvelle aventure ?

— Argh.

Elle se tourna vers la fenêtre.

— Pourquoi est-ce qu'il ne m'en a pas parlé d'abord ? J'aurais été moins prise de court.

Joy s'approcha de sa fille et lui posa une main sur le dos.

— On dirait que vous devez discuter, tous les deux. Tu devras tenir compte de son point de vue et lui de tes inquiétudes. Et ensuite, vous pourrez prendre une décision ensemble.

Britt la regarda.

— Ça ressemble étrangement à un comportement d'adulte.

— Tu as vingt-quatre ans.

— Je te déteste, marmonna Britt, qui souriait cependant et qui l'enlaça. Allons déjeuner. J'ai faim, tout à coup.

CHAPITRE 11

— *K*ye Kye ! s'écria Britt en se ruant dans la cuisine pour étreindre son frère, assis à table avec une tasse devant lui.

— Kye Kye ? répéta Jackson en haussant les sourcils. Depuis quand tu es une ado de treize ans ?

— La ferme, marmonna Kyle en secouant la tête tandis que Britt l'enlaçait.

Debout à l'entrée de la pièce, Joy les regardait. Enfants, Britt et Kyle avaient été très proches, mais ensuite l'adolescence était arrivée, et elle s'était souvent demandé lequel des deux tuerait l'autre en premier. Et maintenant ? Ils étaient comme cul et chemise quand ils se retrouvaient.

— Salut, Jackson.

Britt l'étreignit brièvement par-derrière.

— Ça faisait longtemps. Qu'est-ce que tu fais ces derniers temps ? Ou plutôt, *qui* est-ce que tu te fais ?

Kyle se mit à tousser, tandis que Jackson le dévisageait en se demandant quoi dire à Britt.

Joy se racla la gorge.

— Vous avez mangé, les garçons ?

— Juste bu du café, répondit Kyle.

— Vous voulez déjeuner ? demanda-t-elle en se dirigeant vers le frigo.

— Oui. Merci, maman.

— Jackson ? ajouta-t-elle, le regardant par-dessus son épaule.

Il se leva en secouant la tête.

— Non, merci, Joy. Je dois rentrer chez moi et me changer pour le travail.

— Quoi ? Tu t'en vas ? s'étonna Britt. Mais je ne t'ai pas vu depuis des siècles.

— Désolé, Britt. Tu sais ce que c'est quand on bosse.

Il lui sourit et se tourna, prêt à partir, quand Kyle le rappela en lui prenant la main.

— Attends !

Jackson regarda leurs mains jointes, puis Kyle dans les yeux.

— Attends quoi ?

— Ça.

Kyle le tira vers lui et déposa un petit baiser sur ses lèvres.

— On se voit ce soir ?

Jackson sourit.

— Je viendrai après le travail.

Il lança un rapide regard à Britt, qui les dévisageait bouche bée et les yeux écarquillés. Il lui adressa un petit signe de la main en riant, avant de quitter la pièce d'une démarche sautillante.

— Bien joué, Kyle, commenta Joy avec un clin d'œil.

Il rougit furieusement, mais un sourire étirait ses lèvres.

— Kyle ! cria Britt. C'est toi que se fait Jackson ?

— Britt ! aboya Joy. S'il te plaît. Il y a sa mère dans la pièce.

Kyle devint encore plus écarlate.

— Je… euh… ne l'aurais pas dit comme ça. Mais oui, on sort ensemble.

— Et il a passé la nuit ici !

Sa sœur s'affala sur la chaise devant lui.

— C'est scandaleux, ajouta-t-elle, portant une main outrée à sa poitrine.

Kyle leva les yeux au ciel.

— Je me suis cassé la jambe. Alors à quel point ça a pu être scandaleux, d'après toi ?

Elle fit la moue avant de lui lancer un sourire insolent.

— Je suis prête à parier que c'était quand même interdit aux moins de treize ans.

Elle se tourna vers sa mère.

— Et tu es d'accord avec ça, maman ? Ce ne sont que des ados, tu sais.

Joy pouffa tandis que son fils grognait.

— Tu te souviens que j'ai vingt-deux ans et que je viens d'avoir mon diplôme ?

— Tu seras toujours mon adorable frangin de seize ans. Je n'en reviens pas que ton copain ait passé la nuit ici.

Elle lui ébouriffa les cheveux.

— Pour l'amour des déesses, marmonna-t-il. Tu ne seras pas invitée à mon enterrement de vie de garçon.

— Ton EVG ? Tu es fiancé ? cria-t-elle en se levant si vite de sa chaise que celle-ci faillit se renverser. Que s'est-il passé toutes ces années ? Vous êtes ensemble depuis quand ? Et pourquoi est-ce que tu ne m'as rien dit ?

Joy, devant la cuisinière, préparait le bacon en riant tout bas tandis que Kyle se lançait dans le récit épique de deux amants maudits amoureux depuis le lycée. Elle connaissait la vérité, cependant. Il avait avoué la veille qu'ils ne se fréquentaient que depuis un mois et qu'il n'avait connu qu'un seul homme à l'université, sans que ce soit assez sérieux pour lui en parler.

— Je te déteste, répliqua Britt sans conviction.

Elle continua à lui poser ensuite des questions et à lui montrer son soutien sans faille.

Joy était contente d'avoir deux de ses enfants à la maison. Son cœur se gonflait d'amour et de satisfaction de les voir à table à ses côtés. Ils lui avaient manqué. Même si elle aimait le fait d'avoir la liberté d'entamer une nouvelle carrière et de pouvoir faire passer ses intérêts en premier pour la première fois depuis des années, il n'y avait rien de mieux à ses yeux qu'être avec ses enfants, deux des trois personnes qu'elle aimait le plus au monde. Elle savait qu'ils devaient grandir et bâtir leurs propres vies sans leur mère dans leur dos. Pourtant, une petite part d'elle-même aurait désespérément voulu les voir revenir s'installer ici pour toujours. Elle les aimait tellement. Elle ne voyait pas où était le problème.

— Hé, maman ? l'appela tout à coup Britt.

— Oui ?

Elle se tourna vers ses enfants.

— Est-ce que tu peux nous expliquer pourquoi tu as des points violets sur le visage ?

Elle fronça les sourcils.

— Quoi ?

Britt indiqua ses propres menton, front puis joue droite.

— On dirait que tu as perdu un combat contre un feutre violet.

Inquiète, Joy se précipita jusqu'à la salle de bains. Lorsqu'elle se vit dans le miroir, elle grogna. Le traitement facial de Sam semblait avoir fait effet, l'acné avait disparu. Cependant, elle avait laissé derrière elle des marques violet sombre.

— Britt ? Tu restes combien de temps ?

Sa fille s'encadra dans l'embrasure.

— Je ne sais pas encore, pourquoi ?

— Je vais avoir besoin de ton aide ce soir.

Elle indiqua son visage.

— J'ai un cocktail, et il y aura… la presse. Hors de question que je ressemble à un extraterrestre violet.

Britt, qui s'était toujours intéressée au maquillage, éclata de rire.

— Très bien. Ne t'en fais pas. Je m'en charge.

— JE CROIS que tu as besoin d'une vraie guérisseuse, commenta Britt en apposant une nouvelle couche d'antitache sur le visage de Joy. On dirait que ces marques ne font que s'assombrir.

— Je sais. Je vais bientôt donner l'impression d'avoir une fasciite nécrosante.

Elle était sincèrement inquiète. Elle se demandait si quelqu'un lui avait jeté un sort ou bien si c'étaient les remèdes qu'elle avait tentés qui lui avaient valu ces boutons inhabituels.

— Il faut juste que je tienne ce soir, et ensuite, j'irai voir Carrie à *Espace liminal.* Elle saura quoi faire.

— Tu es sûre de ne pas vouloir essayer ce truc que Gigi t'a donné ?

Britt observait la fiole en se mordillant la lèvre.

Joy s'adossa à sa chaise en soupirant.

— J'ai tenté hier soir. Ça n'a pas eu l'air de faire grand-chose.

— Merde. Très bien. Je vais cacher toutes ces taches, mais ça va nécessiter plus de maquillage que tu n'en portes d'habitude. Et interdit de te frotter à ton rencard. Tu lui mettrais du fond de teint partout.

— Très bien. Tant que je suis bien sur les photos, je me fiche du reste.

— Je m'occupe de ça.

Une heure plus tard, les boutons étaient cachés sous une bonne couche de maquillage, ses cheveux remontés en un chignon stylisé, et elle portait une robe qui moulait ses minuscules courbes. Elle pénétra dans le salon avec des bottes cuissardes dans une main, qu'elle avait achetées sous l'insistance de Hope, et des talons aiguilles dans l'autre. Elle les leva devant ses enfants.

— Lesquelles ?

— Les bottes, répondirent-ils à l'unisson.

Britt regarda son frère.

— Tu es en bonne voie pour devenir un fabuleux gay.

— Je ne suis pas gay, je suis bi. Et c'est un horrible stéréotype. Tu devrais avoir honte de toi.

Il se tourna vers Joy.

— Maman, tu es sexy.

Elle lui sourit.

— Merci, Kyle. J'ai l'impression que c'est un peu exagéré, mais…

— Ce n'est pas exagéré, maman. Comme Kye Kye l'a dit, tu es magnifique. Une vraie star de cinéma. Troy a intérêt à vraiment t'apprécier à ta juste valeur, parce que si ce n'est pas le cas, le reste du monde va faire la queue pour être vu à tes côtés dans cette robe.

Joy caressa le tissu de sa robe de cocktail noir et argent et adressa un sourire reconnaissant à sa fille.

— Je dois bien admettre que je ne m'attendais pas à porter ça à quarante-huit ans.

— Oui, on connaît tes robes de poupée et tes leggings très colorés portés avec ces tee-shirts informes qui cachent tes fesses, répliqua Britt avec un grand sourire. Mais il a fallu que tu deviennes un top model chic et une actrice en prime, alors on n'a pas le choix que de te regarder te pavaner comme Heidi Klum. C'est fatigant d'essayer de te suivre, crois-moi.

Joy gloussa et retourna dans sa chambre pour enfiler les bottes cuissardes. Elle mettait la dernière touche à son rouge à lèvres quand elle entendit la sonnette retentir. Ses mains se mirent à trembler si fort que ce fut un miracle qu'elle ne se retrouve pas avec du rouge partout sur le visage.

— Calme-toi, Joy. C'est juste Troy. Détends-toi, se dit-elle dans le miroir.

— *Alors, Troy*, entendit-elle Kyle dire au salon. *Il paraît que vous sortez avec notre mère. Donc j'aimerais savoir si vous l'avez gardée dans votre pantalon pendant que vous étiez en voyage d'affaire ou bien si vous avez été...*

— Kyle ! hurla-t-elle en se précipitant dans le salon. Arrête de l'interroger !

Troy siffla longuement.

— Joy Lansing ? C'est toi ?

Elle sourit à l'homme imposant aux doux yeux bleus et se sentit envahie d'une vague de chaleur. La vache, il était magnifique. Les souvenirs de leurs nuits ensemble, où elle fourrageait dans ses épais cheveux noirs, jaillirent dans son esprit, et elle sut que si l'opportunité se présentait, elle recommencerait sans hésiter.

— C'est bien moi. En chair et en os.

Il s'avança vers elle pour l'embrasser sur la joue.

— Tu es canon, souffla-t-il.

— Merci. Tu n'es pas trop moche non plus. Désolée qu'on

n'ait pas pu beaucoup parler cet après-midi au vernissage. C'était bondé, je ne voulais pas te déranger.

— Tu ne me déranges jamais, mais merci d'être venue. Ça a illuminé ma journée.

Kyle se racla la gorge, et quand Joy l'observa, elle le vit les bras croisés en train de dévisager Troy d'un air soupçonneux.

— Qu'est-ce qu'il y a, Kyle ? demanda-t-elle en lui lançant un regard pour lui demander de bien se tenir.

— Tu comptes rentrer à quelle heure ce soir ?

Troy, amusé, les observa tour à tour.

— Tu as un couvre-feu, Joy ?

— Je ne sais pas. J'en ai un ? répliqua-t-elle, interrogeant son fils sur le ton de l'avertissement.

— Bien sûr que non, intervint Britt. On voulait juste savoir si tu envisages de rentrer ce soir. Pour ne pas nous inquiéter.

Kyle grogna, mais n'ajouta rien.

Joy secoua la tête.

— Et moi qui me disais ce matin que c'était sympa de vous avoir à la maison. Maintenant, je me demande combien de temps encore je vais devoir supporter ces deux pique-assiette.

Britt ricana tandis que Kyle levait les yeux au ciel, avant de regarder Troy à nouveau.

— Ne vous y trompez pas. Je suis sûr que si je lui disais que je revenais vivre à plein temps à la maison et lui donnais le feu vert, elle se précipiterait à mon appartement pour emballer toutes mes affaires.

Troy sourit à Joy.

— Tu vois, après le peu de temps que j'ai passé avec elle, je crois que tu as raison.

Il s'approcha du canapé où Kyle était installé, sa jambe relevée, et lui tendit la main.

— Enchanté, Kyle. Je suis Troy.

L'intéressé lui serra la main à contrecœur, mais en hochant la tête.

Troy riva ensuite son attention sur Britt, qu'il charma immédiatement avec son gentil sourire et en la complimentant sur ses chaussures.

Riant, Joy l'entraîna hors de la maison, non sans avoir lancé à ses enfants :

— Je rentrerai ce soir, mais je ne sais pas à quelle heure. Ne m'attendez pas.

Tous deux poussèrent des exclamations, Kyle pour protester et exiger un horaire, et Britt pour lui rappeler de ne pas oublier de se protéger.

— Ils sont hauts en couleur, commenta Troy en lui ouvrant la portière passager de son Toyota Sequoia.

— Ils sont pénibles, oui, répliqua-t-elle en montant dans le SUV.

— Tu aimes ça, dit-il en se penchant vers elle.

Elle acquiesça en riant.

— Oui. Ils sont marrants.

Il ferma la portière et rejoignit le côté conducteur en un rien de temps, pour se diriger vers chez Prissy.

— Les photos que tu as prises en Europe sont vraiment spectaculaires, dit-elle. Surtout celles de cette petite ville en Italie qui retracent leur vie de tous les jours. Tu as vraiment réussi à capter leurs émotions, c'est à couper le souffle. Un tel éventail... Tu as un don, Troy.

Il lui adressa un grand sourire.

— Merci. Mais tout le mérite revient aux gens qui ont accepté que je les photographie. Ils étaient très naturels, et j'ai juste réussi à capter une petite part d'eux-mêmes.

— C'est très modeste de ta part. Mais tu sais aussi bien que moi qu'il faut un regard spécial pour capter ce genre d'émotions. Je crois que ma préférée, c'est celle de ce vieux couple assis sur un banc à se tenir la main, penchés l'un vers l'autre et se souriant. J'ai élaboré toute une histoire dans ma tête, les imaginant mariés depuis cinquante ans et toujours profondément amoureux après avoir surmonté d'innombrables obstacles.

— Tu n'es pas très loin de la vérité, en fait, répondit-il, amusé. Ils sont mariés depuis quarante-huit ans, ont neuf enfants, en ont enterré deux, et ont dû se réinventer trois fois pour garder la tête hors de l'eau. Et ils s'aiment toujours aussi fort. Il y a une tonne d'amour entre eux. J'espère leur avoir rendu justice.

— C'est le cas, dit-elle simplement.

Quand il la regarda, ses joues étaient légèrement roses. Il se racla la gorge.

— Alors, qu'est-ce que j'ai manqué à Prémonition ?

Joy observa son profil magnifique et secoua la tête.

— Qu'est-ce que tu n'as *pas* manqué, plutôt. Tu es parti depuis… Je ne sais même plus.

Elle haussa les épaules.

— Tout le monde croit que l'on sort ensemble, depuis cette interview que tu as donnée. Le tournage s'est arrêté, parce que Prissy a fait un caprice. Mon fils s'est cassé la jambe dans un accident de voiture. Et puis… tu es au courant pour la nièce de Carly.

Troy lui jeta un bref coup d'œil.

— Ça fait beaucoup de choses.

— Oui, mais je gère.

— Évidemment. Puisque nous nous rendons au cocktail de Prissy, tu pourrais me dire pourquoi elle a piqué une crise ?

Joy lâcha un rire sardonique.

— Je l'ai traitée de sale garce haineuse sur le plateau.

Il ricana.

— Je parie qu'elle l'avait mérité.

— Oui, confirma-t-elle, remarquant son sourire amusé. Tu la connais ?

— Non. Mais comme elle n'arrêtait pas de chercher à me contacter pour me parler de son cocktail, j'ai demandé à quelques personnes qui la connaissaient. Disons que sa personnalité ne leur a pas vraiment fait forte impression.

— Dans ce cas, pourquoi as-tu accepté de venir avec moi ? demanda-t-elle, curieuse.

— Parce que tu me l'as demandé, répliqua-t-il simplement.

— C'est… vraiment gentil.

— J'ai d'autres motivations, avoua-t-il.

— Ah oui ? Dis-moi.

Les yeux de Troy pétillèrent.

— Il s'avère que la personne qui m'a demandé de l'accompagner est la même que celle que je mourais d'envie de voir ce week-end. La même que celle avec laquelle j'adorerais sortir, si ça lui dit.

— Sortir ? Pour de vrai ?

— Oui. Tu es célibataire. Je suis célibataire. Nous savons déjà que nous nous apprécions. Pourquoi pas ?

Il enclencha le clignotant et prit à droite dans un quartier résidentiel enclos.

Elle pinça les lèvres et l'étudia, la tête penchée.

— Est-ce que je peux te poser une question ?

— Oui, vas-y.

— As-tu fréquenté quelqu'un pendant que tu étais en Europe ?

— Fréquenté ? répéta-t-il, étonné.

Elle souffla.

— Oui, bon, d'accord. Est-ce que tu as couché avec l'une de tes mannequins ?

Il se raidit et haussa un sourcil.

— C'est ce que tu penses de moi ?

Elle ignorait s'il se sentait vraiment offensé.

— C'est ce qui s'est passé pour nous. Nous nous connaissions depuis un jour à peine quand nous avons couché ensemble. Je crois que je me suis demandé si c'était ton *modus operandi* habituel.

Comme il ne répondait rien, elle se trémoussa, mal à l'aise.

— Je veux juste savoir dans quoi je m'engage, c'est tout. Je… merde.

Elle se tourna vers la vitre pour observer les grandes maisons alignées le long de la route de la Mer.

— Tu… quoi ? insista-t-il.

— Je n'ai pas envie de parler de ça juste avant un cocktail organisé par Prissy, mais comme on a déjà commencé, autant tout dire, j'imagine. Tu es le premier homme que je fréquente depuis que je me suis séparée de mon mari. Les aventures, ce n'est pas mon genre, même si j'ai été très impliquée sur le moment, clairement. Je ne juge pas. Mais je me connais. Alors, si tu fréquentes d'autres personnes…

— Je ne fréquente personne d'autre. Et je n'ai couché avec personne pendant mon absence. Et je n'en ai pas eu envie. Tous les soirs, en allant au lit, je repensais à cette blonde magnifique, et si sexy que je n'avais qu'un seul désir : rentrer au plus vite pour trouver le moyen de la mettre *elle* dans mon lit.

Joy se sentit rougir et sourire sans pouvoir se retenir.

— Hum. C'était adorable.

Il lui fit un clin d'œil.

— Maintenant, concernant ces rumeurs dans la presse, que dirais-tu de les confirmer ce soir ? Et si nous survivons au cocktail, j'aimerais t'inviter sur un terrain moins hostile. Disons, chez moi ? Demain soir ? Je cuisinerai.

— Chez toi, hein ? répéta-t-elle, un grand sourire aux lèvres.

— Oui. Ça fait des lustres que je n'ai pas mangé un plat fait maison. Je vais finir par saigner du beurre si je dois encore me rendre dans un restaurant de luxe. Chez moi, donc. Je cuisine très bien.

— Voilà une offre que je ne peux pas refuser, commenta-t-elle alors qu'ils empruntaient une allée circulaire devant l'une des plus grandes maisons de la rue.

— C'est officiel, alors ? demanda-t-il.

— C'est officiel.

— Bien. Tu es prête pour la foire aux monstres ? ajouta-t-il en indiquant les paparazzi qui se pressaient contre le SUV.

Prissy avait dû contacter tous les journaux à scandale de la planète, car Joy n'avait jamais vu autant de photographes en un même endroit avant. Elle inspira profondément.

— Je crois.

— Ne te porte pas la poisse, pouffa-t-il.

Il ouvrit alors sa portière et se retrouva assailli de flashes. Peu après, il venait ouvrir celle de Joy et l'entraînait sur un tapis rouge où tous les invités de Prissy posaient pour la presse.

CHAPITRE 12

*L*es flashes des appareils photo éblouirent Joy alors que Troy la guidait sur un véritable tapis rouge menant à la maison de location de Prissy. Elle se souvenait que celle-ci l'avait prévenue de la présence des paparazzi, mais elle ne s'attendait pas à ce qu'il y en ait autant qu'à une première de film. *Tu parles d'une starlette prétentieuse. Elle doit vraiment être désespérée pour avoir besoin de ce genre d'attention, non ?*

— Il serait temps que tu mimes la joie, lui murmura Troy dans l'oreille.

Elle cilla.

— Je n'ai pas l'air heureuse ?

Il pouffa.

— Tu donnes l'impression de vouloir poignarder quelqu'un. De préférence Prissy.

Elle ne put retenir son rire.

— Tu n'as pas tort.

— Joy ! Joy ! Par ici ! cria l'un des photographes.

— Pouvez-vous nous en dire plus sur votre relation ? demanda un autre.

— Comment se passe le tournage ? Il y aurait des soucis sur le plateau, d'après certaines rumeurs.

Chacun leur tour, des inconnus lui posèrent des questions indiscrètes, tandis que Troy gardait une main dans son dos et lui rappelait de sourire et de ne réagir à rien de ce qu'ils pourraient dire.

— Est-ce vrai que votre fils est gay ?

Elle se raidit immédiatement et scanna la foule de photographes pour repérer celui qui l'avait interrogée sur Kyle.

— Ignore-les, insista Troy en l'attirant contre lui.

Puis il sourit avec effronterie aux caméras, avant de la pencher en arrière pour l'embrasser à pleine bouche.

D'instinct, elle voulut le repousser, mais avant d'avoir pu causer le moindre désordre, elle repensa à ce qu'il lui avait dit. *Ne réagis à rien de ce qu'ils pourraient dire.*

Merde ! Ils avaient découvert sa faiblesse, et elle était certaine que les facéties de Troy avaient eu pour but de distraire la presse afin que personne ne remarque sa réaction à cette question concernant son fils.

— Merci, souffla-t-elle quand il la redressa enfin.

— C'était un plaisir.

Il lui fit un clin d'œil, puis adressa un signe aux photographes avant de l'entraîner dans la grande maison moderne donnant sur la plage.

Elle lui était reconnaissante d'avoir eu l'esprit aussi vif, mais elle ne pouvait s'empêcher de se demander comment la presse pouvait savoir pour Kyle. Ou pourquoi ils s'intéressaient à ses enfants en premier lieu. Ce sentiment de viol la rendit nauséeuse. Elle ne voulait pas imaginer l'un de ses enfants en une d'un journal à scandale sous prétexte qu'elle tournait un film. Ils ne méritaient pas ça.

— Hé, dit-elle à Troy une fois à l'intérieur, est-ce que je

peux faire quelque chose pour les empêcher d'écrire un article sur mon fils ?

Il fronça les sourcils, regarda autour de lui et l'entraîna dans un coin tranquille.

— J'en doute. S'ils publient des mensonges, tu peux les poursuivre en justice et essayer de les forcer à se rétracter, mais le problème, c'est que plus tu en dis ou plus tu te bats, plus l'histoire prend de l'ampleur. Si tu veux tenir tes enfants à l'écart du feu des projecteurs, le mieux à faire, c'est de ne jamais parler d'eux et d'éviter les questions des journalistes.

— C'est ce que je faisais, mais l'un d'eux m'a interrogée sur Kyle. Il n'a rien à voir avec ça, ajouta-t-elle, indiquant la maison, les photographes, l'industrie du cinéma dans son ensemble. Je voulais juste tourner un film, pas entraîner ma famille dans les tabloïds.

Troy lui lança un sourire compatissant.

— Ça fait partie du succès, cependant. Et une fois que le génie est sorti de sa lampe, impossible de l'y remettre. Impossible de deviner le comportement de la presse ou l'intérêt des fans. Mais s'ils peuvent gagner de l'argent en racontant une histoire, tu ne peux rien y faire.

Elle gémit.

— Je ne veux pas ça pour eux. Surtout Kyle. Il ne mérite pas que sa vie amoureuse fasse l'objet de spéculations dans les médias.

— Il est sorti du placard ? Publiquement, je veux dire ?

— Quoi ? demanda-t-elle, stupéfaite.

Elle se reprit très vite.

— Non. Enfin, je ne crois pas. Il vient juste de nous dire, à sa sœur et moi, qu'il sortait avec Jackson. Je ne sais même pas si ses amis sont au courant, même si je pense que si. L'une de ses meilleures amies est lesbienne. Alors je ne vois pas pourquoi ils le lui auraient tu. Et ils n'ont aucune raison de se cacher de toute façon.

Se rendant compte qu'elle divaguait, elle s'interrompit.

— Désolée. Je suis déconcertée, c'est tout.

Il posa un bras sur ses épaules et l'attira contre lui.

— Pas besoin de t'excuser. La vie privée de ton fils est menacée. Je serais énervé, moi aussi.

Elle passa un bras autour de sa taille et le serra contre elle. Bien qu'elle soit toujours inquiète de ce que la presse pouvait faire, elle se sentait mieux, dans ses bras.

— Merci. Qui aurait cru que même être une célébrité de quatrième zone serait si stressant ?

Il pouffa.

— Chérie, tu es très loin d'être une célébrité de quatrième zone.

— Troy Bixby ! s'écria Prissy en apparaissant tout à coup dans le hall.

Elle portait une robe longue sans bretelles possédant une fente sur le côté gauche. Elle fit un grand sourire à Troy et s'avança droit vers lui sans même accorder un regard à Joy.

— Je mourais d'envie de vous revoir.

— Vous vous êtes déjà croisés ? demanda Joy.

Troy ne venait-il pas de lui dire qu'il ne connaissait pas Prissy ?

— Pas que je sache.

Il tendit la main à Prissy.

— Bonjour. Enchanté de vous rencon... revoir. S'il vous plaît, rafraîchissez-moi la mémoire. Où nous sommes-nous rencontrés ?

— Oh voyons, que vous êtes bête. Je suis sûre que vous vous souvenez de moi. Nous nous sommes rencontrés à votre vernissage à Los Angeles l'an dernier. Nous avions convenu d'aller boire un verre au *Chill*.

Troy fronça les sourcils.

— Le *Chill* ?

Il était clair qu'il ne feignait pas. Il ignorait totalement de quoi parlait Prissy.

— Ce nouveau bar sur le toit à Hollywood, vous savez ? Nous devions nous y rejoindre, mais, ensuite, votre frère vous a appelé, car sa voiture était en panne, alors nous avions convenu de reporter.

Elle glissa son bras contre le sien.

— J'imagine que le moment est venu ce soir.

Troy lança un regard paniqué à Joy.

— Euh, oui, ça me rappelle vaguement quelque chose. Mais, ce soir, je suis avec Joy, et je…

— Joy peut très bien s'occuper d'elle-même, n'est-ce pas, Joy ?

Prissy lui adressa un sourire de chatte.

— En plus, ce sera bon pour sa carrière de faire connaissance avec les autres personnes présentes.

— Je ne…

— Troy Bixby !

Un homme de haute taille, très familier, avec des cheveux d'un noir de jais, coupa Troy et s'avança vers lui pour le serrer dans ses bras. Lorsqu'il le relâcha, il lui prit un bras et lui tapota l'épaule.

— Ça fait combien de temps, mon frère ?

— Zack Hayes ! Ça remonte à longtemps, dis-moi !

Troy sourit à l'autre homme.

— Je ne crois pas t'avoir vu depuis la remise des diplômes, quand tu as percuté ce château gonflable avec ta mobylette. Bon sang, les gars de la fraternité t'en ont voulu à mort. Ils comptaient organiser un concours de tee-shirts mouillés dans ce truc.

Joy ricana. Cela ressemblait vraiment à ce qui aurait pu se produire à son université.

— Oh, Zack, dit Troy en évinçant Prissy. Je te présente ma copine, Joy Lansing. Joy, voici Zack Hayes. Nous étions à la fac ensemble.

Joy tendit la main au nouveau venu et faillit mourir sur place en réalisant qu'il ne s'agissait pas seulement de Zack Hayes, un ami de fac, mais aussi de Zack Hayes, star de télévision, connu pour sa participation à la série familiale populaire *Summer Creek*.

— C'est un plaisir, Joy, lui dit-il en lui serrant la main.

— Tout le plaisir est pour moi, répliqua-t-elle d'une voix rauque.

Prissy leva les yeux au ciel.

— Oh. Mon. Dieu. Ne me dis pas que tu es une groupie. J'ai vraiment honte pour toi.

Elle se tourna vers Zack.

— Toutes mes excuses. Le réalisateur de mon nouveau film s'est entiché des photos que Troy a fait d'elle, et maintenant, je me retrouve à jouer les mentors pour cette bleue. Je suis sûre que tu sais ce que c'est, Zack.

L'acteur la dévisagea en secouant la tête.

— Tu es vraiment quelque chose, Prissy.

Elle haussa les épaules.

— Je ne fais que dire la vérité. Ne me dis pas que tu n'en as pas marre que les gens se pâment devant toi. Je te connais trop bien, Zack. Personne ne devrait avoir à s'inquiéter de ça à cette fête.

Elle regarda Joy avec dégoût. Puis elle plissa les yeux et se pencha vers elle pour lui tapoter le menton.

— Dis à ta maquilleuse qu'elle a raté une zone.

La rage familière que ressentait Joy à chaque interaction avec Prissy remonta à la surface, et elle ravala son mépris avec peine. Et son envie de lui arracher les yeux. Cependant, elle était la plus mature des deux, et se battre avec sa partenaire dans le film ne ferait que causer davantage de problèmes. Elle se plaqua un sourire sur le visage.

— Merci de ton aide précieuse, Prissy. Je le lui dirai.

Zack observa Joy.

— De quoi est-ce que tu parles, Prissy ? Si tu veux mon avis, Joy est la plus belle femme de l'assemblée.

— Mais oui, c'est ça, grommela Prissy en prenant les bras des deux hommes. Ce soir, vous venez avec moi. J'ai quelqu'un à vous présenter, à tous les deux.

— Je passe mon tour. Comme je vous l'ai dit, je suis avec Joy, dit Troy en essayant de la repousser.

Sauf qu'elle tint bon.

— Oh, non. Vous n'allez pas vous échapper cette fois-ci, Troy Bixby. Vous me devez un verre. Joy sera toujours là quand nous aurons fini de parler affaires.

Il ouvrait la bouche pour protester à nouveau, mais Joy secoua la tête. Si Prissy n'obtenait pas ce qu'elle désirait ce soir-là, elle accumulerait les caprices le lundi lors du tournage. Or, si Joy avait demandé à Troy de venir en premier lieu, c'était pour apaiser l'actrice.

— Vas-y, Troy. Tout va bien. En plus, Prissy a raison. Je dois aller saluer certaines personnes.

— Tu es sûre ? l'interrogea-t-il, sur un ton légèrement suppliant.

Elle lui donna un petit sourire.

— Certaine, oui.

Il eut quelques difficultés, mais il parvint à se libérer de la poigne de fer de Prissy le temps de gratifier Joy d'un baiser torride. Lorsqu'il la lâcha enfin, elle en avait un léger tournis et les lèvres qui picotaient.

— Waouh.

Il lui fit un clin d'œil avant de se tourner vers Prissy.

— Très bien. Allons faire ce cinéma.

Prissy fusilla Joy du regard, puis se plaqua un immense sourire aux lèvres.

— Troy, aimez-vous les *blow jobs* ?

— Quoi ?

Il jeta un coup d'œil à Joy par-dessus son épaule et articula : « Les fellations ? Au secours ! »

— C'est un cocktail. Qui s'appelle *blow job*. C'est un peu le thème de la fête. Personne ne refuse les *blow jobs*.

Joy leva les yeux au ciel et articula en réponse : « Bonne chance ».

— Un *blow job*, ça me va, lança Zack. Bonne idée, Prissy.

Joy secoua la tête. Puis, plutôt que de se mêler à la foule comme Prissy le lui avait suggéré, elle se rendit au bar pour demander un verre de vin, sortit sur la terrasse et s'installa sur une chaise longue pour écouter les vagues.

CHAPITRE 13

*J*oy n'aurait su dire combien de temps elle resta installée sur cette chaise longue, mais elle aurait pu y demeurer toute la nuit. Échanger des banalités avec des gens suffisants au cours d'un cocktail était bien la dernière chose qu'elle voulait. Rêver cependant de posséder une maison sur la plage et d'y déguster un cocktail sur la terrasse chaque soir, voilà qui la tint occupée.

Malheureusement, Prissy la retrouva, gâchant sa bonne humeur en s'installant sur la chaise longue à côté et en poussant un grognement dégoûté.

— Qu'est-ce que tu fais, Joy ?

— Je me détends ? répliqua-t-elle.

— Tu es en train de foutre ta carrière en l'air, voilà ce que tu fais.

Elle lui tendit un verre à martini rempli d'un liquide rose.

— Tiens. Bois ça. Tu auras moins l'air d'une looseuse, au moins.

Joy se redressa et accepta le verre, mais plutôt que de la remercier, demanda :.

— Qu'est-ce que tu veux, Prissy ?

— Qu'est-ce qui te fait croire que je veux quelque chose ?

Elle haussait les sourcils et arborait une moue dégoûtée.

— À part peut-être que personne à ma fête n'ait l'air si naze qu'elle reste assise seule à noyer son chagrin dans l'alcool.

— Je ne me noie dans rien, rétorqua Joy en soupirant. En fait, je savourais le bruit des vagues sur le rivage. Et puisque tu as insisté pour nous faire venir, tout ça pour me voler mon rencard tout de suite, je fais ce que j'aime le plus en attendant que tu me le rendes.

Elle adressa un sourire doucereux à Prissy.

— Tu as ce que tu veux et moi aussi. C'est du donnant-donnant.

— Tu es pathétique, commenta Prissy en se levant. Savoure ta boisson. Et ne t'attends pas à revoir ton rencard avant minuit, au moins. J'ai des projets pour lui.

Sur un dernier sourire narquois, elle retourna dans la maison.

Joy la regarda partir et sentit tout le zen apporté par l'océan disparaître. Cette femme n'était que pure malveillance. Elle ne comprenait pas pourquoi, cependant. Joy ne lui avait rien fait. Et elle n'était pas une menace pour elle. Prissy était jeune, magnifique et une actrice très demandée. Joy, quant à elle, avait quarante-huit ans, était mère de trois enfants et venait de débuter dans le métier. Était-ce à cause de Troy ?

Regardant par la fenêtre, elle vit Prissy qui ne le lâchait pas d'une semelle. Troy, à sa décharge, semblait prêt à se scier lui-même le bras pour s'éloigner de la starlette. Il était temps d'aller le sauver. Elle vida le liquide rose que Prissy lui avait apporté et se mit en marche.

Ou du moins, elle *essaya*. Alors qu'elle s'apprêtait à retourner à l'intérieur via les grandes baies vitrées, quelqu'un la bouscula sur le côté et elle perdit l'équilibre. Poussant un petit cri, elle se sentit tomber. Deux mains puissantes l'attrapèrent avant qu'elle ne s'affale au sol et la redressèrent.

— Ouh là. Vous allez bien ? lui demanda l'homme.

— Oui. Merci. Me vautrer aurait été une humiliation de trop ce soir.

— Ravi d'avoir pu vous aider, madame, dit-il en riant.

Son riche timbre de baryton était un délice pour les oreilles. Elle lui sourit.

— Bien sûr, c'est de votre faute si j'ai failli me casser la cheville, mais puisque vous m'avez sauvée, je suis prête à oublier l'incident.

— Merci à vous.

Il lui indiqua le bar d'un signe de la tête.

— Je peux vous offrir un verre ?

Elle regarda l'endroit où se tenait Troy et fronça les sourcils en constatant qu'il n'y était plus. Ni Prissy et Zack.

— Avez-vous vu où est partie Prissy ? demanda-t-elle au nouveau venu.

Il agita la main vers le fond de la maison.

— Elle a entraîné son harem vers un photographe. Je suis sûr qu'elle va faire du chantage à quelqu'un afin de faire publier des photos d'elle se jetant sur eux.

— Son harem.

Elle eut un rire sans humour.

— Elle m'a volé mon rencard.

— Volé ? C'est lui l'imbécile, pour vous avoir délaissée pour elle. Cette femme est un cas.

Cette fois-ci, le rire de Joy fut sincère.

— J'apprécie, mais il ne le fait que pour me rendre service. Je dois travailler avec elle, et elle fait de ma vie un enfer.

— Alors… vous devez être Joy Lansing, n'est-ce pas ?

— Euh… oui.

Elle lui lança un regard interrogateur.

— Comment le savez-vous ?

— Je l'ai lu quelque part, répliqua-t-il, un petit sourire sexy aux lèvres.

Joy leva les yeux au ciel.

— Sérieux ? Vous lisez la presse à scandale ?

Il éclata de rire.

— Non. En général, non. En fait, j'ai été engagé sur le film. Donc je serai sur le plateau lundi. Quinn Redmond, ajouta-t-il en lui tendant la main. Enchanté.

— Quinn ?

Elle lui serra la main.

— Vraiment ? Vous êtes donc l'acteur jouant mon… hum… amant plus jeune ?

Elle ferma les yeux et secoua la tête.

— Pourquoi est-ce que ça me fait bizarre ?

Il se servit de sa main pour l'attirer contre lui et lui souffler à l'oreille :

— C'est à cause de la scène de sexe.

Elle grogna, ce qui les fit rire tous les deux.

— Oui. Ça va être terrifiant.

— Pas pour moi, plaisanta-t-il. Une femme sexy, des gens pour mater… que demander de plus ?

Si quelqu'un d'autre lui avait dit ces mots, elle n'en aurait sans doute pas ri. Cependant, son ton sarcastique lui indiquait qu'il serait aussi nerveux qu'elle.

— On va y arriver, n'est-ce pas ?

— Tant que Prissy ne nous regarde pas. Cette femme est si froide qu'elle pourrait enlever toute sa chaleur au soleil, si elle arrivait à s'en approcher assez, dit-il en mimant un frisson.

— Tu sais quoi, Quinn ?

— Non, quoi, Joy ?

— Nous allons devenir très bons amis. Et je suis ravie que tu fasses partie du casting.

Elle le prit par le bras, exactement comme Prissy l'avait fait avec Troy et Zack, et le regarda.

— Que dirais-tu de passer le reste de cette petite sauterie sur la terrasse ?

— Tu n'essaies pas de me draguer, quand même, Joy Lansing ? demanda-t-il en haussant les sourcils, soupçonneux.

— Dans tes rêves.

Elle lui donna une tape amicale sur le bras.

— J'essaie juste de survivre à cette fête sans croiser personne ayant abusé de l'alcool ou des drogues. Ce n'est pas ton cas, n'est-ce pas ?

— Non, non. Après toi, ajouta-t-il en indiquant le balcon.

Elle soupira de soulagement et s'empressa d'aller vers l'extérieur alors qu'un groupe d'actrices d'une vingtaine d'années se dirigeait droit vers lui, serrant leurs boissons à deux mains.

— Quinn ! s'écria l'une des filles. Je t'ai cherché partout. J'ai besoin de tes genoux pour m'asseoir.

— Vite ! insista-t-il.

Tous deux se frayèrent un chemin à travers la foule jusqu'à avoir retrouvé la terrasse déserte.

— Oh, bon sang, merci, dit Quinn alors qu'ils se tournaient vers la fête qui battait son plein à l'intérieur.

La nuée de femmes qui s'était dirigée vers lui avait été interceptée par un groupe d'hommes en chasse. Soit elles manquaient de discernement, soit elles étaient trop saoules pour s'en soucier. Vu que l'une d'elles s'enfilait l'équivalent de trois verres en un seul, Joy opta pour « trop saoules ».

— Si tu es Joy, ça veut donc dire que c'est avec Troy Bixby

que tu sors, n'est-ce pas ? la questionna Quinn alors qu'ils s'appuyaient contre la rambarde.

Elle lui accorda son attention.

— Et c'est quelque chose de mal ?

— Non.

Il leva les mains en signe de reddition.

— Ses photos sont exceptionnelles. Je me demandais juste comment vous vous étiez rencontrés. D'après les rumeurs, il ne fréquente plus vraiment les soirées de ce genre.

— Nous nous sommes croisés en ville. Il y possède une maison.

Elle fronça les sourcils.

— Qu'est-ce que tu voulais dire par « il ne fréquente plus vraiment les soirées de ce genre » ?

Il haussa les épaules.

— Son ex le traînait dans toutes les fêtes les plus branchées, mais au bout d'un moment, il a cessé de s'y rendre. En fait, je crois qu'il évite la publicité au maximum, sauf pour ses expositions ou des interviews programmées pour promouvoir son travail. D'après la rumeur, il a eu une dispute avec un paparazzi qui s'est mal passée.

Pourtant, Troy était venu au cocktail de Prissy sans hésiter, parce que Joy le lui avait demandé. Son cœur se réchauffa, et elle eut très envie de retourner dans la maison pour le libérer de Prissy et le ramener à la maison. Ou aller manger des douceurs, tant il était adorable. Cet homme était un saint. Elle s'apprêtait à le faire quand Quinn l'interrompit en posant une main sur son bras. Elle regarda sa main, puis lui.

— As-tu des nouvelles de Carly ?

Elle le dévisagea.

— Tu la connais ?

Il hocha gravement la tête.

— Nous étions dans la même pièce l'an dernier à Broadway. *Mamma Mia.* Elle était vraiment fantastique. Je connais sa nièce, aussi. Je n'arrête pas de penser à elles deux depuis qu'Harlow a disparu.

Plongeant la main dans sa poche, il en sortit son portable. Il farfouilla un peu dedans, puis le lui tendit.

Baissant les yeux, Joy vit une photo de Quinn, tenant Carly d'un côté et Harlow de l'autre. Tous trois souriaient comme s'ils venaient juste de rire. On pouvait pratiquement sentir l'affection qui irradiait d'eux. Elle leva la tête.

— Je l'ai vue. Elle va aussi bien qu'on pourrait s'y attendre. Elle tient bon, stoïque, mais elle est très inquiète.

— J'en suis malade. Harlow est…

Il détourna le regard et déglutit.

— Bref. Il faut qu'ils la retrouvent.

Il avait l'air si triste, si perdu qu'elle décida de lui serrer la main. Au même instant, le monde se mit à tourner sur lui-même. Lorsqu'il redevint stable, elle était de retour dans la chambre où était détenue Harlow. Sauf que celle-ci n'y était plus seule.

Un homme râblé aux cheveux blonds coiffés en pointe se tenait au-dessus d'elle, demandant sur un ton exigeant quand Carly comptait payer la rançon.

Harlow le fixa avec défi, sans répondre cependant. Joy aurait voulu l'applaudir. Cette jeune femme avait du cran et ne cédait pas malgré son enlèvement.

— *Fais en sorte qu'elle paie, ou bien c'est le patron qui va se pointer,* grogna le blond qui portait un jean usé et un tee-shirt noir. *Et crois-moi, quand il sera là, ça va chauffer.*

La scène se brouilla, et Joy fut de retour sur la terrasse de Prissy, agrippée au portable de Quinn, le souffle court.

— Joy, ça va ?

— Oui, très bien. J'ai juste…

Elle regarda autour d'elle, cherchant avec frénésie un stylo et un support pour dessiner. Elle attrapa une serviette à cocktail posée sur une petite table près des chaises longues puis demanda :

— Tu as un stylo ?

Il se tapota les poches et secoua la tête.

— Non. Pourquoi ?

— Il m'en faut un. Tout de suite.

Elle lui rendit son téléphone et retourna précipitamment dans la maison, se rendant droit au bar. Mais avant d'y parvenir, elle tomba sur Troy.

Il lui prit la main, l'interrompant dans son élan, et la regarda avec inquiétude.

— Qu'est-ce qui ne va pas, Joy ? Que s'est-il passé ?

— Il me faut un stylo. Tout de suite. C'est important.

Sans un mot, il en attrapa un en argent dans la poche de son costume.

— Merci, souffla-t-elle.

Elle se jucha sur le bord d'une chaise non loin et dessina le portrait de l'homme qu'elle avait vu dans sa vision.

— Il faut qu'on y aille, déclara-t-elle dès qu'elle eut terminé.

— Je te suis.

Il lui reprit la main, et ils quittèrent la fête sans avoir dit au revoir, rejoignant en vitesse la voiture de Troy, ignorant les caméras et la nuée de journalistes et leurs questions.

Une fois dans le SUV, il démarra.

— On va où ?

— Chez Carly. J'ai des informations pour elle.

Il la regarda en fronçant les sourcils.

— Tu sais qu'il est plus de onze heures, n'est-ce pas ?

— Je sais. Ça ne peut pas attendre.

Troy hocha la tête.

— Guide-moi.

CHAPITRE 14

— *L*à. La maison sur la droite, dit-elle, indiquant la location de Carly.

Troy se gara le long du trottoir et regarda autour de lui.

— Je pensais qu'il y aurait au moins quelques paparazzi, étant donné les événements.

Joy observa les alentours et soupira de soulagement. Elle s'était préparée à se faire à nouveau assaillir et s'était inquiétée de ce qu'en diraient les journaux à scandale ; cependant, Harlow était plus importante que ces histoires agaçantes.

— J'imagine qu'ils sont tous chez Prissy ce soir. Ce n'est pas très étonnant. Carly ne leur a pas vraiment donné du nouveau depuis qu'elle se terre chez elle.

Ils s'approchèrent en vitesse de la porte d'entrée, et au moment où Joy s'apprêtait à frapper, la porte s'ouvrit vivement sur Crâne Rasé, le garde du corps qui leur avait donné du fil à retordre à Hope et elle la veille.

— Qu'est-ce que vous foutez là ? aboya-t-il. Vous avez vu l'heure ?

Elle remarqua qu'il était pieds nus et portait un jean usé ainsi qu'une chemise à manches longues enfilée à la va-vite, comme en témoignaient les boutons mal mis.

— Oui, je sais. Il faut que je parle à Carly. C'est important.

— Revenez demain.

Il fit mine de claquer la porte, mais Troy posa la main dessus, interrompant le geste.

— Mme Lansing a dit que c'était important, intervint-il d'une voix dure. Nous ne partirons pas tant qu'elle n'aura pas parlé à Carly.

— Ah oui ?

L'homme tendit la main dans son dos et attrapa un Taser.

— C'est ce qu'on va voir. C'est une violation de propriété, et si vous ne partez pas d'ici tout de suite, je vais vous faire regretter cette décision.

Joy aurait voulu lui arracher les yeux.

— Cela concerne sa nièce. Vous vous souvenez de ce qu'il s'est passé la dernière fois que je suis venue et que vous avez essayé de m'empêcher de voir Carly ?

— Vous avez l'air de croire que Mme Preston s'est fâchée contre moi parce que je vous ai empêchée de la voir dans un premier temps. Mais vous vous trompez. La protéger des gens qui ne lui veulent pas du bien, c'est mon travail. Et de mon point de vue, ça concerne la plupart des gens, madame Lansing. Alors excusez-moi de ne pas vous rendre la tâche facile quand vous voulez envahir son intimité.

— Écoutez, Crâne Rasé, commença-t-elle.

— Gary, intervint Carly derrière l'homme, coupant Joy au passage. Tout va bien. Laisse entrer Joy et son jeune homme.

Il se tourna vers sa patronne en secouant la tête.

— Nous ne savons pas qui il est, et il est trop tard pour

pouvoir appeler quelqu'un pour vérifier. Ce qu'ils ont à dire peut attendre que j'aie fait un contrôle sur eux.

Carly lui tapota patiemment le bras.

— Pas besoin. J'ai confiance en eux.

Elle fit un signe à Joy.

— Entre. Et Troy aussi.

Joy adressa un sourire triomphant à Crâne Rasé en le dépassant. Mais sa bonne humeur disparut très vite. Pas besoin d'être mesquine avec un homme qui ne faisait manifestement que son travail, même si Joy le trouvait trop zélé et désagréable. Elle avait déjà vu ce que la presse pouvait faire à quelqu'un et remettait en question sa décision de devenir actrice. Carly, pour sa part, connue depuis des années et ayant eu son lot d'intrusions indésirables, avait passé sa vie scrutée par tout le monde.

Elle était vêtue d'un déshabillé assorti à son pyjama en soie blanche, et bien qu'elle ne porte aucun maquillage et un chignon désordonné, elle restait magnifique, s'il n'y avait pas eu les rides d'inquiétude au coin de ses yeux. Avec sa peau soyeuse, Joy aurait pu facilement lui donner moins que son âge réel.

— Asseyez-vous, les pria Carly en indiquant deux fauteuils en face du canapé blanc.

Joy s'exécuta, mais Troy choisit de rester derrière elle, les mains sur ses épaules, pour la soutenir en silence. Elle le regarda et lui adressa un sourire reconnaissant. Puis elle jeta un coup d'œil à Crâne Rasé, debout à l'entrée du salon, les bras croisés. Elle se tourna vers Carly.

— J'ai eu une nouvelle vision.

Elle adressa un nouveau regard à Crâne Rasé.

— Est-ce que tu veux que… (Elle agita la main vers l'autre homme.) Est-ce que tu veux qu'il entende ça ?

— Et pourquoi pas ? répliqua Carly, perplexe.

Parce que c'est lui qui voulait vendre une certaine histoire à la presse ? pensa Joy, qui le garda pour elle par tact.

— Hum… Tu veux peut-être discuter de ça en privé ?

Carly regarda son garde du corps, puis Joy, et la compréhension se lut sur son visage.

— Oh. C'est vrai. Concernant le… hum… problème évoqué hier, c'est réglé. Gary est digne de confiance.

Crâne Rasé – euh, Gary – adressa une œillade narquoise à Joy.

— Je ne raconte rien à la presse, moi. Quoi que votre amie ait cru entendre, elle se trompait.

Joy se trémoussa, mal à l'aise. Crâne Rasé ne lui avait donné aucune raison de lui faire confiance. Il avait été malpoli, vulgaire et irrespectueux. Pourquoi Carly le tolérait-elle chez elle ? Une pensée horrible la traversa. Et si Crâne Rasé lui faisait du chantage ou se servait d'informations concernant Harlow pour la manipuler ? Devait-elle faire sortir Carly d'ici ?

— Carly, dit-elle. Peut-on discuter en privé quelques minutes ?

Carly jeta un nouveau coup d'œil à son garde du corps, puis à Joy.

— Quoi que tu me dises, je le raconterai de toute façon à Gary. Ça va vraiment, Joy. Je te le promets.

Joy n'aimait pas ça. Pas du tout, même, mais elle n'avait pas le choix.

— Tu es sûre ? tenta-t-elle une nouvelle fois.

Carly opina et lui sourit d'un air rassurant.

— Certaine. Maintenant, que voulais-tu me dire ?

— J'ai eu une nouvelle vision. Et ça, ajouta-t-elle en tendant la serviette en papier comportant son dessin, c'est la personne qui se tenait avec elle.

Carly poussa un petit cri et porta une main à sa poitrine en étudiant le croquis. Elle leva la tête.

— Il lui faisait du mal ?

Joy secoua la sienne.

— Non. Pas physiquement, en tout cas. Il se tenait au-dessus d'elle et s'énervait à propos d'une rançon. Visiblement, il a fait ça pour l'argent.

L'actrice s'adossa au canapé en soupirant de lassitude.

— C'est ce que je craignais.

Elle regarda Crâne Rasé.

— Est-ce que tu étais au courant ? Pour la rançon ?

Crâne Rasé serra les dents et les doigts.

— Gary ? répéta-t-elle, plus exigeante. Ne me mens pas. Je suis déjà en colère que tu m'aies caché des choses.

— Très bien. Oui, je le sais.

Il lui rendit son regard, le visage dur.

— C'est une énorme somme d'argent. Si vous cédez et payez, ça va résoudre un problème, mais en créer des centaines d'autres. Si les gens découvrent que vous êtes prête à payer n'importe quelle somme pour sauver votre famille, ils vont prendre pour cible tous ceux que vous aimez en un rien de temps. Vous ne pouvez pas verser cette rançon. Je vous l'interdis.

— Oh, tu me l'interdis, hein ? répéta Carly sur un ton de défi. Qui t'a empêché de finir en taule cette semaine ?

— Je n'ai rien fait ! cria-t-il.

— Non, mais tu comptais le faire !

Se levant, elle reporta son attention sur Joy.

— Est-ce que je peux garder ça ?

— Oui. Mais je ne vais pas pouvoir la transmettre à l'inspectrice Coolidge, du coup.

— Je m'en charge. Je l'appellerai demain matin.

Carly vint l'embrasser sur la joue.

— Merci. Il faut que je passe un coup de fil.

Au détective privé, devina Joy. Après le départ de Carly, elle se concentra sur Crâne Rasé.

— Vous êtes qui, pour elle ? Et pourquoi alliez-vous finir en prison ?

— Ça ne vous regarde pas, rétorqua-t-il en reniflant. Visiblement, vous en avez fini ici. Je vous raccompagne.

Il agita la main pour indiquer que Troy et elle devraient rejoindre la sortie.

Joy ne bougea pas du fauteuil.

— Écoutez, Gary, dit-elle, espérant qu'il se comporterait un peu plus comme un être humain si elle employait son nom. Vous ne m'avez pas fait forte impression jusque-là. Vous prétendez chercher à protéger Carly, mais comment puis-je être sûre que vous n'essayez pas de profiter d'elle ?

— Profiter d'elle ? De prendre son argent, vous voulez dire ? demanda-t-il en se grattant le cou.

— Ou... pour d'autres choses, précisa-t-elle, en essayant de déchiffrer son expression pour savoir s'il se comportait de manière aussi inappropriée avec Carly qu'il l'avait fait avec Hope.

— Quelles autres choses ? la questionna-t-il, sincèrement perplexe.

— Vous savez, les *autres choses*, insista-t-elle, mais sa voix partit dans les aigus sur ces deux derniers mots qu'elle eut bien du mal à prononcer.

Les deux hommes la dévisagèrent tandis qu'elle déglutissait. D'où venait ce chatouillis au fond de sa gorge ? Comme Gary ne répondait pas, Troy mima un toussotement pour dire « Pour le sexe ».

Gary cilla. Puis, assimilant les propos de Troy, il arbora un air dégoûté et frémit de tout son être.

— Vous croyez que je cherche à me taper Carly ?

Joy haussa les épaules.

— Oh, bon sang. Non. Non, vraiment pas.

Il se couvrit les yeux à deux mains en secouant la tête.

— Cette image dans ma tête va causer ma perte.

— C'est bon ! Ça suffit, exigea Joy d'une voix vraiment éraillée.

Bon sang, elle n'avait pas besoin de ça. Sans tenir compte de sa voix qui se détériorait très vite, elle poursuivit :

— Il est clair que vous ne cherchez pas à coucher avec Carly. Personne n'est aussi bon acteur. Pas même Carly.

Il frémit à nouveau.

— Je ne joue pas, non.

— Visiblement.

Elle fit la grimace en sentant comme des couteaux s'enfoncer dans sa gorge et se leva, déterminée à continuer à s'en prendre verbalement à Crâne Rasé.

— Dans ce cas, dites-moi pourquoi vous sembliez si déterminé à ne pas l'aider. Ou, du moins, à m'empêcher de la voir.

Elle déglutit et s'obligea à poursuivre, malgré sa douleur.

— Je ne cherche qu'à l'aider.

— Oui ? Eh bien, moi aussi. Et si je dois me baser sur son passé, Carly ne peut pas faire confiance aux inconnus. Et vous en êtes une. Tout ce que je fais, c'est protéger ma... cliente, conclut-il, comme s'il s'apprêtait à dire autre chose.

Amie ? Petite amie ? Machine à sous ? Joy l'ignorait, mais elle n'aurait pas l'opportunité de le découvrir, puisque Gary leur ouvrait déjà la porte.

— Bonne nuit, madame Lansing. Bonne nuit, monsieur Bixby.

— Dites à Carly de m'appeler si elle a besoin de moi.

— Je lui transmettrai le message, répliqua-t-il sèchement. Maintenant, partez avant de nous infecter de vos microbes.

Elle le fusilla du regard. Troy l'entraîna loin de la maison.

De retour en voiture, il demanda :

— Ça va ?

Elle secoua la tête en grimaçant.

— Non. Je ne sais pas d'où ça vient, mais je vais avoir besoin de soigner ma voix.

— Tu as des herbes chez toi ?

Elle opina, déglutit et grimaça encore à cause de la douleur. Elle posa la tête contre la vitre.

Troy lui prit la main.

— Détends-toi. Quand nous serons chez toi, je te préparerai le remède secret de ma mère pour les gorges douloureuses.

Elle haussa un sourcil.

— Elle t'a appris des remèdes aux plantes ?

— Oui. C'est elle qui m'a enseigné tout ce que je sais en cuisine. Elle était une sorcière terrestre, donc elle avait un tas d'astuces. C'est grâce à tout le temps passé avec elle quand j'étais adolescent que j'adore cuisiner.

Il lui serra les doigts.

Elle se souvint tout à coup qu'il avait promis de préparer le dîner le lendemain, mais cela lui semblait compromis si elle avait une angine. Elle espérait ardemment que non, car elle avait très envie de voir cet homme dans un tablier.

CHAPITRE 15

La sonnerie du téléphone sortit brusquement Joy du meilleur rêve qu'elle avait fait depuis des mois. Elle regardait Troy évoluer dans sa cuisine, entièrement nu à l'exception du tablier « Embrassez la cuisinière ! » de Joy. Et bon sang, il était magnifique. Elle avait particulièrement adoré mater son fessier musclé alors qu'il lui tournait le dos pour touiller les herbes destinées à sa gorge. Elle était sur le point de le rejoindre pour empoigner ces superbes globes quand son fichu portable l'avait réveillée.

La sonnerie s'arrêta juste avant qu'elle ne parvienne à attraper l'appareil. Elle roula sur elle-même et gémit en constatant qu'il n'était même pas encore huit heures. Qui l'appelait si tôt un dimanche matin ?

Le portable recommença à sonner, et le malaise l'envahit en voyant le nom de Paul sur l'écran. Quelque chose n'allait pas. Il ne l'appellerait jamais si tôt, autrement.

Hunter.

Son souffle se bloqua dans sa gorge à cette pensée. Est-ce

qu'il allait bien ? Ses deux autres enfants étaient chez elle, en sécurité. Elle décrocha en vitesse.

— Paul ? dit-elle de sa voix rauque, à peine audible.

Au moins, la douleur avait disparu. Elle se racla la gorge et réessaya.

— Paul ?

Ce fut un peu plus clair, même si elle avait toujours la voix rocailleuse.

— Qu'est-ce qui ne va pas ?

— *Qu'est-ce qui ne va pas ?* tonna-t-il à l'autre bout du fil. *Qu'est-ce qui ne va pas ? Demande-moi ce qui va, plutôt !*

Elle sortit du lit et prit un jean dans son placard. L'irritation monta en elle.

— Je ne sais pas, Paul. Et si tu me le disais au lieu de me sauter à la gorge ?

— *Tu es responsable de ce qui arrive à notre famille, Joy. As-tu pris un instant pour penser à ce qui nous arriverait aux enfants et à moi quand tu as décidé de fréquenter ces gens d'Hollywood ?*

— Qu'est-ce que j'ai fait ?

Elle attrapa sa brosse à dents et y versa du dentifrice.

— Je ne sais vraiment pas de quoi tu parles.

— *Tu n'as qu'à lire* Perspectives de Prémonition. *Je serai là dans dix minutes.*

Il mit abruptement fin à l'appel, et elle resta à fixer le téléphone, dégoûtée.

— Tu te prends pour qui ? demanda-t-elle au portable en le jetant sur le meuble de la salle de bains.

Elle prit un moment pour se calmer, puis s'observa dans le miroir. Elle avait l'air épuisée et en manque de soin du visage, mais, au moins, les points violacés s'étaient estompés presque entièrement. C'était le seul point positif depuis son réveil brutal. Elle se livra à sa routine matinale, puis sortit de sa chambre avec son jean et son tee-shirt et se dirigea droit vers la cafetière.

— Tu t'es levée tôt, commenta Britt, assise à table.

Elle avait enfilé un legging et un pull long, et avait un pied sur une chaise et l'autre au sol.

— Pas tant que ça. Je ne dors jamais toute la matinée de toute façon.

— Tu as fumé tout un paquet de cigarettes hier soir ou quoi ? On dirait Mme Barker, ajouta Britt, faisant référence à la vieille dame de quatre-vingt-quatorze ans qui vendait de l'encens et des bracelets de l'amitié au Marché des Artistes.

Joy secoua la tête.

— Je couve quelque chose depuis hier soir, mais Troy m'a préparé un remède aux plantes qui a réglé le problème. J'ai juste une voix de déterrée, maintenant.

— Pas de déterrée, non, répliqua Britt en enfilant un bonnet en laine.

La brise froide de l'océan entrait par la fenêtre ouverte.

— Plutôt d'une employée du téléphone rose.

Ricanant, Joy se servit du café déjà préparé par sa fille et prit un donut dans la boîte posée sur la table.

— C'est toi qui es allée chercher ça ?

Britt secoua la tête.

— Lex les a laissés hier soir quand elle est venue voir Kyle.

— C'est gentil de sa part.

Joy but une longue gorgée de café puis croqua dans un donut. En peu de temps, le mélange sucre et caféine fit des miracles et elle se sentit à nouveau humaine. Elle regarda sa fille.

— Très bien. C'est mauvais à quel point ?

— Qu'est-ce qui est mauvais ? répliqua Britt sur un ton censé être innocent.

— Ne te fiche pas de moi. Ton père m'a déjà appelée pour me hurler dessus. Je sais qu'il y a quelque chose dans les journaux.

Britt soupira, puis souleva une fesse pour récupérer le journal dessous. Elle le tendit ensuite à sa mère, la mine chiffonnée.

— C'est plutôt mauvais. Surtout pour Kyle.

— Kyle ?

Le café se souleva dans son estomac. Ils avaient parlé de son fils. Les enfoirés !

Britt fronça les sourcils.

— Il y a aussi quelques photos peu flatteuses de toi.

Joy agita la main, peu concernée par ça. Tout ce qui lui importait, c'était de protéger ses enfants. Elle posa son café et son donut, ouvrit la feuille de chou et grimaça en voyant la photo. Elle était en train de grimper dans la voiture de Troy, si bien que le photographe l'avait immortalisée les jambes ouvertes, donnant une vision très claire de sa culotte noire. En prime, elle avait la bouche ouverte comme si elle hurlait sur quelqu'un. Elle donnait ainsi l'impression de fuir les paparazzi et de jouer les divas.

— C'est vendeur, commenta-t-elle sèchement.

— Désolée, maman, dit Britt en lui rapprochant le donut. Tu veux peut-être finir avant de lire l'article.

— J'en doute. Je suis déjà à deux doigts de vomir ce que je viens d'avaler.

Elle se concentra sur le gros titre.

« *Joy Lansing, récemment divorcée et déjà en couple, fuit les questions des journalistes concernant son fils gay perturbé.* »

Elle poussa un petit cri.

— C'est quoi ce bordel ?

— Je t'avais dit que ce n'était pas bon.

Britt se choisit un nouveau donut et le fourra dans sa bouche.

L'article qui suivait était un mélange de mensonges et de propos orduriers.

« *Joy Lansing a connu trente années d'un mariage chaotique. En six mois depuis que son mari l'a quittée, elle a posé pour des photos osées, obtenu un rôle secondaire dans un film dans des circonstances suspectes et abandonné son fils blessé après qu'il lui a révélé son homosexualité. C'est une femme à problèmes, et c'est peu de le dire.* »

— Une femme à problèmes ? C'est le plus grand ramassis de conneries sexistes, misogynes et homophobes que j'ai lu de toute ma vie. Comment peuvent-ils raconter de telles inepties ? cria-t-elle en regardant autour d'elle, comme si elle s'exprimait devant un public composé de bien plus que sa seule fille.

Britt quitta sa chaise pour se précipiter vers elle et l'enlacer très fort.

— Tout n'est que mensonges, maman. Tous ceux qui te connaissent n'en croiront jamais un mot. Tu le sais, n'est-ce pas ?

— Oui, mais ça va m'ôter tout espoir de faire carrière si des histoires comme celle-ci ne cessent de circuler. Qui voudrait embaucher une *drama queen* de quarante-huit ans ?

Britt s'apprêtait à répliquer quand la porte d'entrée s'ouvrit vivement.

— Joy ! hurla Paul.

— Oh, merde, marmonna-t-elle en se cachant le visage à deux mains.

Britt lui caressa le bras pour la réconforter.

— Ne t'en fais pas. Il va s'en remettre.

Paul entra en trombe dans la cuisine en agitant une copie du *Perspectives de Prémonition*.

— Qu'est-ce qui t'a pris de te rendre à moitié nue à une fête hollywoodienne où circulait de la drogue ?

— Papa ! cria Britt en se tournant vers lui. Tu n'as rien à dire !

Paul, cet homme élancé aux épais cheveux noirs et aux lunettes à monture noire, fut surpris de voir sa fille dans la cuisine de Joy.

— Britt. Qu'est-ce que tu fais là si tôt ?

Les mains sur les hanches, elle le fusilla du regard.

— Je suis venue rendre visite à ma mère pour le week-end. Si tu ne l'avais pas quittée sans raison, c'est aussi à toi que je rendrais visite, là.

— Britt ! la réprimanda-t-il en se renfrognant. C'est inutile de parler de ça maintenant.

— Ah oui ? rétorqua-t-elle, énervée. Comment oses-tu venir ici et crier sur maman alors que tu mènes ta propre vie sans nous ?

Il recula d'un pas, stupéfait.

— Ce n'est pas...

Britt leva la main pour l'interrompre.

— Non. Je ne veux pas parler de ça maintenant. J'ai plus important à faire.

Elle se tourna vers sa mère.

— Je vais voir Kyle.

Joy opina et fixa son ex jusqu'à ce que Britt eut disparu dans le couloir.

— Elle ne m'avait jamais parlé de la sorte, commenta-t-il froidement.

Les bras croisés, il la regarda de haut.

— Tu vois le genre d'exemple que tu montres à ta fille ?

— Le genre d'exemple que *je* montre ? répéta-t-elle, incrédule.

Il avait perdu la tête.

— Tu as un de ces culots.

— Moi ? se renfrogna-t-il. Ce n'est pas moi qui me conduis de manière ridicule en public pour retrouver un semblant de jeunesse.

La rage qui l'envahit était presque plus qu'elle ne pouvait en supporter. Elle vibrait de tout son être et devait se retenir de le frapper. Elle prit une grande inspiration pour se calmer, et reprit de sa voix la plus neutre :

— Tu n'as aucune idée de ce que je fais. Tu as perdu le droit de le savoir lorsque tu as décidé que tu ne voulais plus être marié avec moi. Alors garde tes sermons pour quelqu'un d'autre. Je ne les tolérerai pas.

— Le monde entier sait ce que tu fais ! grogna-t-il en brandissant le journal. Quand tu te comportes comme une pute de vingt ans et que nos enfants y sont mêlés, ne crois pas que je ne vais pas intervenir !

— Une pute ?

Elle rit à gorge déployée.

— C'est impayable. Depuis quand es-tu misogyne ?

— Je dirais à peu près depuis le moment où il est devenu homophobe, lança Kyle, derrière son père.

Il était entièrement habillé et coiffé et se tenait sur ses béquilles.

Paul se recroquevilla un peu en entendant son fils. Il se tourna et l'observa avec prudence.

— Kyle. Je ne savais pas que tu étais là.

— Pourquoi tu l'aurais su ? Tu n'as même pas appelé pour prendre de mes nouvelles depuis l'accident. J'imagine que tu t'en fous. Sinon tu serais venu, tu aurais envoyé un message ou, même, demandé à maman comment je vais. Mais non, je pense que tu es trop mal à l'aise avec le fait que je sorte avec un mec.

Comparé à ça, on s'en fout que je me sois cassé la jambe, n'est-ce pas, papa ?

— Je ne suis pas homophobe, insista Paul. Absolument pas.

Joy renifla avec dérision.

— C'est pour ça que tu lui as dit qu'il devrait se trouver quelqu'un exerçant un meilleur emploi, et de préférence une femme pour pouvoir fonder une famille ?

Paul s'assit sur une chaise de la cuisine et se passa la main dans les cheveux. Avec ses joues pâles et creuses, Joy ne lui avait jamais trouvé l'air aussi vieux.

— Je n'ai rien contre Jackson, dit-il à Kyle. Je ne pense juste pas qu'il te soit égal sur le plan intellectuel. Ça va déjà être difficile de sortir avec quelqu'un du même sexe. Tu n'as pas besoin en plus d'ajouter quelqu'un qui ne te stimule pas.

Joy croisa le regard de Kyle, si plein de douleur qu'elle aurait voulu éviscérer son ex. Mais bien qu'elle ait le cœur brisé pour son fils et l'envie irrépressible de découper Paul en morceaux, elle devait laisser Kyle mener ses propres batailles. Malgré tout, elle restait sa mère, et ne pouvait donc pas se taire sur tout.

— Quelle que soit ton opinion concernant Jackson, tu aurais au moins pu demander des nouvelles de ton fils, Paul. Il s'est cassé la jambe, après tout.

— Merde, marmonna-t-il en se tournant vers Kyle. Comment va ta jambe ?

Kyle leva les yeux au ciel.

— Elle guérit. Maman, Britt et surtout Jackson s'occupent bien de moi.

Paul opina.

— C'est bien.

— C'est bien, répéta calmement Kyle, qui semblait avoir perdu toute colère.

Il avait surtout l'air triste.

— Tu sais ce qui est bien, aussi, papa ?

— Non ?

— Ma relation avec Jackson. C'est mon meilleur ami et un mec vraiment génial. Il est aussi ambitieux et bien plus qu'un type bossant simplement dans un café. Ça m'est égal, cela dit. Mais sache qu'il est en train de monter sa propre boîte de graphisme. Il est intelligent, gentil, et la meilleure personne que je connaisse. Alors, si tu espères garder une relation avec moi, je t'interdis de redire une seule fois qu'il n'est pas assez bien pour moi. Compris ?

Le cœur de Joy se gonfla de fierté. Son petit garçon avait grandi et était devenu un jeune homme courageux qui n'avait pas peur de dire ce qu'il pensait.

— Je n'ai jamais dit ça, insista Paul.

— Si. Et tant qu'on y est, je n'irai pas en fac de droit, je veux écrire. Je ne sais pas encore dans quel domaine, mais c'est ce que je veux faire. Si ça ne marche pas, je trouverai quelque chose d'autre. Mais ne t'avise pas de me dire que la profession que j'ai choisie n'est pas assez bien. Cela ne ferait que creuser davantage le fossé entre nous.

Kyle dévisagea son père un long moment. Comme celui-ci ne répondait pas, il regarda ensuite Joy.

« *Je t'aime* » articula-t-elle à l'intention de son fils.

Il lui adressa un petit sourire. « *Moi aussi.* »

Paul se leva.

— Je l'ai bien mérité, j'imagine.

— Un peu, oui, déclara Joy, incapable de se retenir plus longtemps. Et si je t'entends ne serait-ce que penser à dévaloriser notre fils ou sous-entendre que quelque chose cloche dans la personne qu'il aime, notre prochaine conversation sera beaucoup moins amicale. C'est compris ?

L'ignorant, Paul s'approcha de Kyle les bras grands ouverts.

— Est-ce que je peux avoir un câlin ?

Kyle fronça les sourcils, mais opina.

— Oui.

Enfin, l'homme que Joy avait autrefois épousé apparut et enlaça longuement son fils en lui tapotant le dos. Puis il s'écarta.

— Je suis désolé pour ma réaction. C'était déplacé, et je suis fier de ton attitude d'aujourd'hui.

— Très bien, dit Kyle, visiblement toujours énervé contre le comportement de son père, mais essayant de faire la paix. Merci pour ça. Mais, honnêtement, tu as traité maman bien pire ce matin que moi l'autre jour quand je suis venu te voir. Elle ne mérite pas ta colère. Tout ce qu'elle a fait, c'est jouer dans un film et fréquenter un type sympa. Si tu n'arrives pas à le gérer, c'est ton problème. Elle a bien le droit d'être heureuse.

— Ce n'est pas exactement ce qu'elle a fait, répliqua Paul en agitant la feuille de chou. Elle a mis la honte à notre famille et t'a valu des commentaires haineux sur ton mode de vie. Elle doit…

— La seule chose qu'elle doit faire, c'est finir ce film. Tout le reste, y compris sa relation avec Troy, ne regarde qu'elle, rétorqua Kyle. Quant aux fameux commentaires haineux me concernant, tu crois que je suis tellement naïf que j'ignorais que certaines personnes diraient de la merde sur ma relation avec un homme ? Franchement, papa, ne me prends pas pour un idiot.

Paul se leva, bouche bée.

Joy secoua la tête pour l'empêcher de parler et alla enlacer son fils. Alors qu'elle l'étreignait fortement, elle murmura :

— Je suis sincèrement très fière de toi.

— Moi aussi, maman. Il n'a rien à te reprocher. J'ai vu cet article, ce n'est que de la merde. Ignore-le.

Il l'embrassa sur la joue, puis la repoussa doucement.

— J'ai dit tout ce que j'avais à dire. Maintenant, je vais aller reposer ma jambe. Essayez de ne pas vous entretuer, d'accord ?

Joy lui fit un signe de la main, et il partit en clopinant.

Paul se tourna vers elle.

— Depuis quand a-t-il grandi autant ?

Elle s'assit sur une chaise en soupirant.

— Un moment, Paul. Mais tu ne faisais pas attention.

Il serra le dossier d'une chaise entre ses mains, comme agacé. Puis il se détendit.

— Tu as raison. Est-ce qu'on peut sortir ? Je crois qu'on a des choses à se dire.

Elle avait beau avoir très envie de le virer à coups de pied au cul pour sa façon de faire irruption ainsi dans sa maison, le léger désespoir qu'elle vit sur son visage et toutes leurs années de mariage l'empêchèrent de refuser. Elle se leva, prit son café et son donut à terminer, et dit :

— Suis-moi.

CHAPITRE 16

*J*oy se blottit sur la balancelle tandis que Paul semblait inspecter le jardin. Elle sirota son café tiède et attendit. Elle n'avait pas grand-chose à lui dire, à part peut-être de se barrer de chez elle et de ne jamais revenir. Elle savait cependant que ce ne serait que sous l'effet de la colère. Elle avait aimé cet homme de nombreuses années. S'il voulait avoir une discussion d'adulte avec elle, elle pouvait bien accepter… tant qu'il se comportait bien.

Paul s'arrêta près du brasero et, sans la regarder, déclara :

— Il fallait que je parte.

— C'était plutôt évident.

Il se passa à nouveau la main dans les cheveux, ébouriffant ses boucles brunes.

— Non, Joy. Il *fallait* que je parte.

Il se tourna pour la fixer droit dans les yeux.

— Je ne te donnais pas ce dont tu avais besoin, et ça me tuait. J'ai passé les cinq voire dix dernières années à essayer de comprendre pourquoi je ne pouvais pas être la personne dont tu avais besoin.

Joy serra les dents et sa tasse plus fort entre ses doigts.

— Est-ce un nouveau sermon pour me dire en quoi ton départ est de ma faute ? Si oui, tu peux te le garder, d'accord ? Je n'ai pas besoin de l'entendre une nouvelle fois. J'ai saisi. J'étais trop exigeante, et tu ne supportais pas la pression. Peu importe, tu es libre. Tu es parti et je t'ai laissé faire. C'est fini. Mais arrête d'ignorer nos enfants ou de te mêler de ma vie, et tout ira bien, d'accord ?

Elle se leva, prête à retourner dans la maison.

— Joy ! Attends !

Il s'élança et la prit par le poignet afin de l'empêcher de fuir cette conversation.

— Ce n'était pas ce que je voulais dire. Est-ce que tu peux, s'il te plaît…

Il soupira.

— Laisse-moi essayer de m'expliquer avant de me faire ma fête, d'accord ?

— Euh… dit comme ça, oui, j'imagine que je peux.

Elle se rassit sur la balancelle, les jambes croisées, et attendit.

Paul recommença à faire les cent pas, puis il s'interrompit et vint s'asseoir en face d'elle, sur l'une des chaises longues.

— Il y a dix ans à peu près, j'ai réalisé que le sexe ne m'intéressait pas vraiment.

Elle haussa un sourcil, surprise qu'il aborde ce sujet. Elle n'aurait sans doute pas dû, cela dit. Leur vie sexuelle, ou leur absence de vie sexuelle plus exactement, avait été l'un de leurs problèmes majeurs. Ils n'en avaient jamais eu une particulièrement active, mais quand les enfants étaient jeunes, Joy n'avait pas d'énergie à y consacrer et n'y réfléchissait pas vraiment. À mesure que les enfants avaient grandi toutefois et qu'elle atteignait la fin de la trentaine, elle avait eu désespérément envie de raviver la flamme. Rien n'avait fonctionné. Malgré tout, elle n'avait jamais envisagé de le quitter. Même si elle avait tout essayé, que ce soit de nouvelles choses ou de l'emmener voir un conseiller conjugal. Paul avait été rétif.

— D'accord. J'ai toujours cru que tu satisfaisais tes besoins devant du porno. Pourquoi n'as-tu rien dit ?

Il rit, sans joie.

— Comment étais-je censé dire à ma femme, que j'aime, que je ne la désirais pas sexuellement ?

Ce fut comme un coup de poignard en plein cœur, ce qu'il dut voir sur son visage, parce qu'il fit la grimace et gémit.

— Je suis désolé, Joy. Ça n'a vraiment rien à voir avec toi et tout avec moi.

Elle haussa les épaules.

— Très bien. Alors, pourquoi ne me le dire que maintenant ?

— Parce que tu mérites la vérité.

Elle détourna le regard pour rassembler ses pensées. Puis, sans se tourner vers lui, elle reposa la question qu'elle lui avait posée quand il lui avait annoncé son départ.

— Il y a quelqu'un d'autre ?

— Je t'ai déjà dit que non.

C'était vrai. Il avait toujours nié avoir eu une aventure, pourtant, elle ne l'avait pas vraiment cru. Maintenant, toutefois, elle le fixa et comprit qu'il était tout à fait honnête.

— D'accord. Et c'est pour ça que tu es parti ? Parce que tu ne voulais pas avoir de relations sexuelles ?

— Oui. Non. Peut-être les deux ?

Il s'adossa à la chaise et regarda le ciel bleu.

— Je suis allé voir un thérapeute.

— Quoi ? s'écria-t-elle en se penchant vers lui, choquée par cet aveu. Tu disais que tu ne voulais pas faire ça !

— Je t'ai dit que je ne voulais pas aller voir de conseiller conjugal. J'avais peur de te dire ce que je ressentais. Joy, imagine-toi devoir dire à ta partenaire que tu n'es pas attiré par elle physiquement même si tu en as désespérément envie. J'ai tout tenté. J'ai regardé tous les types de pornos possibles pour me mettre dans l'ambiance. Tu te souviens quand tu as trouvé le lien des plugs anaux ?

Joy se sentit rougir ; elle se souvenait encore en avoir commandé pour essayer, et qu'ils avaient été interceptés par sa belle-mère à leur arrivée. Par chance, celle-ci n'avait pas su de quoi il s'agissait. Malgré tout, elle en avait été mortifiée.

— Oui. Je ne suis pas près de l'oublier.

— Je regardais ça en tentant de déterminer si ça pourrait m'aider. Ou si je n'étais pas en réalité attiré par les hommes. Ou… je ne sais pas. En fait, c'est juste que *rien* ne m'intéresse. Et pire, je n'ai pas envie de m'y intéresser.

— Donc tu es en train de me dire que tu as quitté ta famille parce que tu es… asexuel ?

Il vint s'asseoir à côté d'elle sur la balancelle et lui prit la main.

— Oui, c'est ce que j'ai compris pendant la thérapie. Enfin. J'ai eu pas mal de travail à faire sur moi-même et sur l'image de l'homme que je devrais être. Et toi, à côté de ça, tu es une femme splendide qui mérite d'être vénérée. Je… Je ne pouvais plus faire semblant. Je voulais vivre comme j'en avais besoin.

Joy était blessée, éviscérée par cet aveu. Pas du fait qu'il n'était pas attiré par elle ; elle en savait assez pour comprendre que la sexualité se situait sur un spectre qui pouvait évoluer. Non, ce qui la bouleversait, c'était qu'il ne lui ait rien dit. Qu'il ait dû partir, mettre un terme à leur vie commune pour se sentir entier.

— Hum. Je ne sais pas quoi dire.

— Tu n'es pas obligée de dire quoi que ce soit. J'ai juste estimé qu'il était temps que tu connaisses la vérité. Ce n'était pas de ta faute. C'était entièrement de la mienne. Et à la fin, j'ai compris que je nous rendais malheureux tous les deux.

— Et pour changer ça, tu as ressenti le besoin de partir.

Elle savait qu'ils tournaient un peu en rond, mais elle avait besoin de traiter l'information. Ce n'était pas facile d'apprendre que l'homme qu'elle avait aimé et avec lequel elle comptait passer la fin de sa vie ne la désirait pas, même si elle comprenait logiquement que ce n'était pas de sa faute.

— Oui.

Il lui lâcha la main et se décala, pour lui donner de l'espace.

— Je suis désolée, répliqua-t-elle machinalement. C'est juste que... C'est dur à entendre pour moi. Je saisis, cela dit, et j'apprécie que tu me l'aies dit.

Il hocha la tête.

Ils restèrent un long moment en silence, perdus dans leurs pensées.

— Ce n'est pas pour ça que tu es venu aujourd'hui, lança-t-elle tout à coup.

— Non. Pas du tout.

Paul se frotta les yeux et poussa un long soupir.

— J'ai eu tort de débarquer comme ça.

— Alors pourquoi l'as-tu fait ? demanda-t-elle, curieuse. Ça ne te ressemble pas.

Il baissa la tête.

— Quand j'ai vu toutes ces conneries dans les journaux, j'ai perdu la tête. Savoir que n'importe qui pouvait voir et commenter nos histoires de famille, ça m'a terrifié, et je m'en suis pris à toi.

— Tu te rends compte qu'il n'y a rien de vrai là-dedans, n'est-ce pas ? répliqua-t-elle sur un ton de défi. Ce ne sont que des âneries destinées à faire vendre.

— Oui, je sais, confirma-t-il en se tournant vers elle. Je suis désolé. En fait, je suis fier de toi et du fait que tu réalises ton rêve. D'ailleurs, c'est aussi pour ça que j'ai décidé qu'il était temps que nos chemins se séparent. Je voulais que tu aies la liberté de vivre ta vie, de t'épanouir et de devenir la personne que tu étais toujours censée être.

Quel tissu de conneries, songea-t-elle. Elle ne croyait pas à ces fausses excuses. Il était évident, pour elle, que c'était *pour lui* qu'il devait s'en aller. Quels que soient les problèmes, sa sexualité ou la prise de conscience de Paul de son envie de vivre une nouvelle vie, c'était pour lui-même qu'il l'avait quittée. Il se pensait peut-être plein de noblesse à lui donner l'espace nécessaire pour qu'elle mène sa nouvelle vie, mais le fait était qu'il l'avait blessée en l'évinçant pendant les dernières années de leur vie commune. S'il était vraiment parti pour elle, elle aurait dû avoir son mot à dire. Sauf qu'il ne lui avait laissé aucun choix. Et maintenant, c'était terminé.

Elle ne voulait toutefois plus en parler. S'il avait besoin de présenter ça comme s'il avait fait quelque chose de bien pour elle, afin de se sentir mieux lui-même, elle pouvait le lui accorder. Elle avait accepté sa vie sans lui. Il était temps qu'ils aillent tous les deux de l'avant.

— Alors, à quoi occupes-tu ton temps libre en ce moment ?

Un sourire étira lentement les lèvres de Paul, et une étincelle jaillit dans ses yeux.

— Beaucoup de golf, du poker une fois par semaine, et je

me suis mis à la pêche, dans la rivière. Et j'ai découvert que j'adorais y rester des heures.

— C'est logique.

Il avait toujours aimé sa solitude. Elle lui tapota le genou et se leva de la balancelle.

— Je suis contente pour toi. Tu as l'air plus en paix.

— C'est le cas.

Il se mit debout et la suivit dans la maison. Elle le raccompagna jusqu'à la sortie et lui tapota le torse.

— Merci pour ton honnêteté. Cela explique beaucoup de choses.

— Je m'en doutais.

Elle lui sourit.

— Tout va bien entre nous, Paul. Mais n'oublie pas de résoudre aussi tes problèmes avec les enfants, et leur reprocher leurs choix de vie en hurlant, ça ne va pas arranger les choses. Essaie d'être patient et compréhensif, d'accord ?

Il pinça les lèvres et plissa les paupières.

— Ça m'aiderait si tu me soutenais.

Cette fois-ci, elle leva les yeux au ciel sans s'en cacher.

— Paul, si tu savais le nombre de fois où j'ai pris ta défense, tu me baiserais les pieds. Je leur ai dit à maintes reprises que ce qui se passait entre nous n'avait rien à voir avec eux et que tu les aimais toujours. Maintenant, c'est à toi de jouer à partir de là, compris ?

— Euh, oui. Compris.

Il la serra dans ses bras, s'excusa et s'en alla.

Elle le regarda s'éloigner, puis ferma doucement la porte sur leur passé.

CHAPITRE 17

*L*a vie était amusante, parfois. Joy avait passé la matinée à écouter son ex piquer une crise à propos d'âneries qu'il aurait dû démasquer tout de suite. Et ce même soir, elle se trouvait dans une magnifique maison en bord de plage, blottie sur un canapé en cuir incroyablement confortable, à accepter le verre de dirty martini que lui tendait un homme très sexy. Un feu crépitait dans la pièce, conférant à l'ambiance une aura de romance épique.

— Merci, dit-elle en souriant à Troy, contente d'avoir retrouvé sa voix.

Elle avait été râpeuse une grande partie de la journée, mais suite à un coup de fil à Gigi qui avait entendu le problème, son amie était venue lui livrer un tonique qui avait réglé les choses tout de suite.

Joy sirota sa boisson.

— Elle est parfaite. Tu as été barman à la fac ?

— Après, en fait.

Le visage de Troy s'illumina à ce souvenir.

— C'était dans une petite ville à l'est. Ça me permettait de payer mon loyer pendant mon apprentissage auprès d'un photographe de renommée mondiale. C'était un vrai connard, alors c'était agréable d'avoir un endroit où relâcher la pression, même si c'était moi qui devais tenir le bar.

— Tu m'as dit aussi que c'était ta mère qui t'avait appris à cuisiner ?

Troy n'avait pas menti : il était un excellent cuisinier et avait préparé un délicieux risotto au saumon. C'était le meilleur qu'elle ait jamais mangé, et elle avait peut-être même gémi en dégustant son plat.

Troy opina et sirota sa bière.

— Ma mère était chef cuisinier. Elle possédait son propre restaurant, et je venais l'aider le week-end.

— Tu es un homme aux nombreux talents.

Elle le détailla du regard et vit l'étincelle qui s'alluma dans le sien.

— Revenons-en à toi, Joy Lansing. Mannequin, actrice, voyante et mère fantastique. Dis-moi, y a-t-il une seule chose que tu ne puisses pas faire ?

— Eh bien, il s'est avéré que je n'étais pas douée pour semer les paparazzi. Ces connards ont réussi à prendre de moi les photos les moins flatteuses de la terre entière. Et j'ai montré mes dessous au monde entier, donc je ne suis pas très douée pour éviter ça non plus.

Elle leva son verre pour porter un toast moqueur. Comme il ne trinquait pas avec elle cependant, elle fronça les sourcils.

— Quelque chose ne va pas ?

— Quoi ? Non.

Il secoua la tête.

— Bien sûr que non.

Il la dévisagea un instant.

— Cette photo n'était pas si mauvaise. Au moins, tes jambes sont superbes.

Elle leva les yeux au ciel et lui jeta un coussin.

— Tu as vu l'article, alors ?

Troy perdit toute trace d'humour. Ses yeux s'assombrirent.

— Je l'ai vu, oui. Il résumait les plus mauvais aspects de cette industrie. Je suis désolé, Joy. Ton fils et toi ne méritez pas ça.

— Non, c'est vrai. Mais Kyle va bien. J'imagine que ça a des avantages de grandir à l'époque des réseaux sociaux. Il est très doué pour ignorer ce qui le dérange et poursuivre sa vie. Moi, en revanche… J'étais à deux doigts d'aller dans cette rédaction pour arracher quelques têtes.

— Je comprends.

Il tendit la main pour entrelacer leurs doigts.

— Tu ne l'as pas fait, si ?

— Bien sûr que non. Ça n'aurait fait qu'ajouter de l'eau à leur moulin.

Elle haussa une épaule.

— Ce n'est pas comme si le *Perspectives* était un magazine national. J'espère que si nous continuons à les ignorer, leurs mensonges ne se répandront pas quand le film sortira.

Il fit la grimace.

— Tu me trouves naïve, à ce que je vois.

Troy porta sa bouteille de bière à ses lèvres et en avala la moitié avant de répondre.

— Peut-être. Mais seulement parce que j'ai été la cible de ce genre de ragots sordides. J'ai fait comme toi maintenant : je les ai ignorés en espérant qu'ils me lâcheraient. Mais ça n'est jamais arrivé. Enfin, seulement quand j'ai disparu quelque temps.

— Il paraît que tu es allergique aux fêtes de ce milieu et aux photographes.

Il éclata de rire.

— Oui, on peut dire ça.

Joy pencha la tête pour l'étudier.

— Dans ce cas, pourquoi as-tu accepté de m'accompagner au cocktail de Prissy ?

L'expression de Troy s'adoucit et il lui serra les doigts.

— Parce que tu avais besoin de mon aide. Et je me suis dit que ça ne pouvait pas être si terrible, puisque nous sommes à Prémonition et non à Hollywood.

Il pouffa.

— J'imagine que je me suis trompé.

— Je suis désolée.

Elle vida son dirty martini et le posa sur la table.

— J'apprécie vraiment que tu sois venu, même si je commence à comprendre que, quoi que je fasse, Prissy n'arrêtera jamais ses petits jeux.

— Elle est trop diabolique.

Troy lui fit un clin d'œil.

— Tu ne t'es pas amusée, alors ? Même quand tu as rencontré Zack Hayes ?

— Par les déesses, non ! Je déteste ces cocktails mondains. Surtout quand je suis entourée par tout un tas de prétentieux. Pendant que tu soignais ton relationnel en compagnie de Prissy, j'ai passé la plus grande partie de ma soirée à me cacher sur le balcon.

— Ah oui ? (Il s'esclaffa.) C'est justement là que j'aurais aimé être. Au lieu de ça, j'ai dû écouter Prissy parler de ses vacances aux Caraïbes et me dire qu'il lui tardait de me montrer ses lieux favoris. J'ai cru qu'elle comptait m'enlever à la fin de la soirée et me cacher sur le yacht privé de quelqu'un d'autre.

— Quelqu'un d'autre ?

— Oui, dit Troy en repoussant ses cheveux de ses yeux. Prissy claque tout son argent en maisons sur la plage et fêtes sur tapis rouge. Les voyages ou les yachts, c'est toujours quelqu'un d'autre qui les lui offre ou les lui prête. Dans ce monde, tout n'est qu'illusion. Tant que tu as l'air riche, tu feras partie du club. Dès l'instant où tu dis que tu ne peux pas te payer quelque chose, tu te retrouves jeté comme une vulgaire chaussette.

La soudaine amertume de Troy la prit par surprise.

— On dirait que tu parles par expérience, commenta-t-elle, curieuse.

Il vida sa bière, puis se pencha vers Joy, prenant sa joue entre ses paumes.

— J'avais une vie à Los Angeles avant d'emménager ici. Tu le sais sans doute.

— Je m'en doutais, en tout cas, répondit-elle, saisie par son regard intense. Mais je ne sais rien à ce sujet.

Il cilla, et un grand sourire étira ensuite ses lèvres.

— Tu ne m'as pas cherché sur Google ?

Elle gloussa.

— Peut-être un peu. Mais c'était pour te suivre quand tu étais en Europe. Tu vois, pour essayer de savoir dans quelle ville tu étais et essayer de deviner quand tu serais de retour.

L'émerveillement fit briller les magnifiques yeux bleus de Troy, et elle eut soudain très envie de l'embrasser. Elle ne voulait cependant pas détourner la conversation. Maintenant qu'il avait abordé son passé, elle mourait d'envie d'en connaître les détails.

— Tu aurais pu m'appeler, dit-il en lui caressant la lèvre.

Elle ferma les yeux un instant, touchée par ce geste tendre. Lorsqu'elle les rouvrit, elle avoua :

— Oui, mais alors, j'aurais perdu toute chance de jouer les inaccessibles.

— J'ai un scoop pour toi, Joy Lansing. Je ne t'ai jamais trouvée très dure à obtenir, depuis notre première rencontre.

— Ah oui? répliqua-t-elle, amusée. Tu es en train de dire que je suis facile?

— Non. Que notre alchimie est hors du commun et qu'aucun de nous n'a pu résister à l'autre.

— La vache, tu t'es bien rattrapé.

Elle embrassa doucement le pouce qui lui caressait les lèvres.

— C'est ce que je pensais.

Il s'écarta et laissa retomber sa main, à sa grande déception. Cependant, c'était pour continuer à évoquer son passé, alors ça en valait la peine.

— Lorsque j'ai commencé à me faire un nom à Los Angeles, je suis sorti avec une mannequin. Elle avait très à cœur d'être vue partout et aux bras de tous les célibataires les plus convoités de la ville. Elle disait que ça l'aiderait pour trouver du travail.

— C'était le cas?

Joy était tellement nouvelle dans ce domaine qu'elle ignorait si une telle exposition pouvait vraiment aider ou bien si ce n'était que bon pour l'ego.

— Peut-être? Qui sait? Elle a commencé à faire un tas de couvertures de magazines et a été invitée à participer à des défilés. Le problème ne venait pas de sa carrière. Mais comme elle « fréquentait » toutes les personnes en vue, des articles ne cessaient de paraître au sujet de notre relation. Ils ont tout inventé, du ménage à trois jusqu'aux violences conjugales.

— Par les déesses, Troy. C'est horrible, s'écria Joy, horrifiée pour lui.

Il opina.

— J'avais des galeries dans tout le pays. Tout se passait bien pour moi, et si on ne tient pas compte de cette avalanche d'articles à notre sujet, notre relation aussi était au beau fixe. Du moins, c'était ce que je croyais.

— Ce n'était pas vrai ?

— Non. Pas du tout, même. En réalité, elle me trompait, et quand la nouvelle s'est répandue, toutes les histoires racontées sur nous ont soudain eu un vent de vérité, et les requins ont senti l'odeur du sang. C'est devenu incontrôlable. J'ai fini par annuler des expositions et par venir m'installer ici pour échapper à tout ça.

Joy aurait eu envie de mettre une gifle à cette garce qui avait osé le tromper et profiter de sa générosité. Comment pouvait-on faire ça à Troy ? Cette fois, ce fut elle qui lui posa la main sur la joue, savourant la sensation de son chaume sous sa paume.

— Elle ne te méritait pas.

— J'en suis venu à la même conclusion… au bout d'un moment.

Il s'appuya contre sa main et lui adressa un regard brûlant.

— Et malgré tout ça, tu t'es quand même rendu à la fête de Prissy et tu as supporté toutes ces conneries que tu avais laissées de côté, commenta-t-elle, s'émerveillant de la chance qu'elle avait eue de le croiser ce jour-là à la fête de Gigi.

— C'était pour toi, répliqua-t-il simplement. Et je peux affirmer sans l'ombre d'un doute que tu en vaux la peine.

— Maudis sois-tu, Troy Bixby. Tu sais toujours parfaitement quoi dire.

Ses yeux pleins de fougue soutinrent ceux de Joy, qui ne s'était jamais sentie aussi attirée par un homme. Elle écarta les lèvres et, sans réaliser son geste, elle prit les joues de Troy et l'embrassa à perdre haleine.

Il lâcha un gémissement et lui rendit son baiser, la touchant de sa langue, l'explorant, la dévorant, jusqu'à ce qu'il se mette debout, la prenne dans ses bras et la porte jusqu'à sa chambre.

CHAPITRE 18

$\mathcal{L}$e lundi matin fut brutal. Après plusieurs jours chargés en émotions, des couchers tardifs le soir, et les visions quotidiennes d'Harlow, tout ce que Joy aurait voulu faire lorsqu'elle se réveilla ce matin-là dans les bras de Troy était de se retourner et de se rendormir.

Du moins était-ce son envie avant que Troy ne la prenne dans ses bras pour lui refaire l'amour.

Elle sourit en pensant tendrement à cet homme lui préparant ensuite le petit déjeuner et lui confiant un thermos de café avant de lui dire au revoir. C'était le plus beau matin de ces quarante-huit dernières années.

Malheureusement, les choses se gâtèrent rapidement quand elle arriva sur le plateau. En entrant dans sa caravane, elle découvrit l'endroit saccagé, comme si un groupe de ratons laveurs avait envahi les lieux et laissé un tas d'ordures puant si fort que Joy s'empressa de ressortir de là, saisie de haut-le-cœur. C'était même un miracle qu'elle n'ait pas rendu son déjeuner.

La voilà donc forcée de cohabiter avec Prissy, qui piquait

une crise à l'idée de partager son sacro-saint espace.

— C'est juste le temps que l'équipe puisse la nettoyer, l'aérer et découvrir comment les rongeurs sont entrés, déclara l'assistante de tournage, essayant de la calmer.

— Je ne comprends pas comment ces ordures se sont retrouvées là, déclara Joy pour la cinquième fois. Je mange très rarement dedans, et quand ça m'arrive, ce n'est jamais du fast-food ou de la pizza.

Or, les déchets avaient ressemblé à ceux d'un étudiant de fraternité engloutissant des calories pour le fun.

— Pas la peine d'être gênée par tes choix culinaires, Joy, répliqua Prissy en reniflant.

Elle avait une serviette sur la tête et portait un peignoir en soie qui cachait à peine ses atouts. Un seul geste de Prissy dans la bonne direction permettrait à Joy de voir si sa collègue préférait l'épilation brésilienne ou bikini.

— À vrai dire, ça explique même grandement ton teint. C'est un miracle que tu ne grossisses pas davantage. D'ailleurs, tu ne te fais pas vomir volontairement, si ? Si c'est le cas, je peux te conseiller quelqu'un à qui parler.

— Je ne me purge pas, rétorqua Joy, les dents serrées. Et ce n'étaient pas mes poubelles.

— Oh, ma douce, dit Prissy en lui tapotant la main. Tu te mets dans l'embarras toute seule, là.

Joy se tourna vers l'assistante.

— Je serai dans la tente du maquillage, si tu me cherches.

— Très bien. Va aussi voir ta tenue. Il y a eu un changement dans la scène que tu tournes ce matin.

Joy était trop pressée pour se soucier des modifications. Il fallait qu'elle s'éloigne très vite de Prissy, la femme la plus condescendante et immature qu'elle ait jamais rencontrée. Elle se rendit à la tente de maquillage, où Sam fut contente de voir que sa peau s'était débarrassée de ses impuretés, puis alla à côté, dans la tente contenant les tenues de tournage.

— Salut, dit-elle à Vince, le styliste.

Le petit brun portait un jean moulant, une veste et un nœud papillon, adorable comme toujours.

— Il paraît que tu as besoin de moi.

— Oh, que la déesse soit louée.

Vince se précipita vers un portant et en sortit un cintre avec deux pièces de cuir.

— Tu dois essayer ça.

Joy observa, bouche bée, ce qui ressemblait à un soutien-gorge en cuir et un string. C'était difficile à affirmer avec certitude, puisqu'il s'agissait surtout de bandes de tissu.

— Tu n'es pas sérieux.

— Oh, si, confirma-t-il en hochant la tête. La scène de sexe a changé. Finn veut que ton personnage explore un nouveau fantasme pour la première fois avec son amant. Le nouveau script est là, sur la table.

Il lui prit le cintre des mains puis plaça les triangles de tissu devant ses seins.

— Ils couvrent à peine mes tétons, commenta-t-elle en grimaçant. Tu n'as pas un corset sexy et des cuissardes, par hasard ?

Même elle, elle remarqua la panique dans sa voix.

— Pas pour une dominatrice. Il y en a un blanc à lacets et un rouge sexy, mais Prissy les a déjà portés. Tu ne peux pas donner l'impression d'emprunter les fringues de ta fille pour séduire un homme plus jeune. Ce serait un peu trop.

— Séduire ? répéta-t-elle d'une voix suraiguë. Je croyais que c'était lui qui devait me séduire ?

Elle jouait le rôle d'une femme forte et sûre d'elle, mais censée se montrer hésitante à se dénuder devant son amant, suite à d'anciennes expériences. Joy ne pouvait concevoir un scénario faisant passer son personnage pour une dominatrice vêtue de cuir. Elle s'empressa d'aller lire la nouvelle scène, puis elle poussa un gémissement.

— Ça va être un désastre.

— Ça va être drôle, Joy. Allez. Ce n'est pas grand-chose, dit-il en attrapant une paire de bas en dentelle, un gentil sourire aux lèvres. Tu vas enfiler cette tenue, dire des inepties sur le plateau quelques minutes, et ce sera terminé. Pas besoin d'être actrice pour ça.

— Tu n'as pas tort.

Joy avait voulu tester de nombreuses choses pour éveiller l'intérêt de son mari ces dernières années, mais le cuir et les fouets n'en avaient pas fait partie. Sans doute parce que Paul n'aurait jamais été partant. Elle parcourut à nouveau le script du regard.

— Il est écrit que je dois l'attacher à un cheval. C'est quoi ce truc ? Pourquoi y a-t-il tout à coup un cheval dans ce film et pourquoi est-ce que je devrais faire ça ?

Vince ricana.

— Je pense plutôt qu'il s'agit d'un cheval d'arçon, Joy. Comme deux tréteaux rembourrés et assez grands pour qu'un être humain s'appuie dessus.

— Oh. Oh ! Ce… n'est pas vraiment comme ça que j'imaginais ce film, avoua-t-elle, se taisant un instant pour essayer de comprendre pourquoi Finn irait dans cette direction. Je croyais que c'était censé être un film émouvant, pas burlesque. Parce que c'est clairement ce que ça va devenir si vous m'obligez à porter ça, les gars.

Elle indiqua du doigt les « vêtements » qui ne cachaient rien.

— C'est juste un moment de légèreté. Si ça ne fonctionne

pas, ils retourneront la scène, j'en suis sûr.

— Parfait. Pile ce que je voulais entendre. Je vais pouvoir me ridiculiser deux fois, comme ça, grommela-t-elle alors que Vince la menait vers les salles d'essayage.

— Détends-toi, Joy. Les scènes de sexe sont en général tournées avec des équipes réduites, pour préserver l'intimité des acteurs. Ce ne sera pas aussi désagréable que tu le crois.

Justement ce qu'il ne fallait pas dire.

Une heure plus tard, Joy se tenait sur le plateau, un fouet à la main, et frissonnait. Ses seins s'échappaient du soutien-gorge en cuir. Vince, qui avait eu pitié d'elle, lui avait tendu un petit short en cuir au lieu du string, mais elle le soupçonnait d'avoir surtout voulu cacher sa cellulite plutôt que préserver son intimité. Malgré tout, cette tenue ne laissait pas beaucoup de place à l'imagination, et elle se sentait idiote. Quinn, qui jouait son amant, portait pour sa part un slip échancré couleur chair, et rien d'autre, exposant quatre-vingt-dix kilos de muscles.

La plupart des femmes ne regarderont ce film que pour cette scène, pensa-t-elle. Pas elle. Quinn avait vingt ans de moins qu'elle, et baver sur un homme presque du même âge que son fils aîné lui donnait l'impression d'être une perverse.

— Quinn, allonge-toi sur le cheval d'arçon, tourné vers le haut, indiqua Finn. Parfait. Oui, descends juste un peu pour être au centre du cadre. Comme ça.

Finn s'adressa ensuite à Joy.

— Tu es prête ?

Elle déglutit et hocha la tête.

— Quand je dirai « action », agenouille-toi devant lui et prends tout ton temps pour attacher ses poignets aux boucles du cheval.

— D'accord.

Elle saisit les rubans rouges en soie que Vince lui avait donnés et attendit le signal.

— Et… Action ! cria Finn.

Joy s'avança lentement vers Quinn en ondulant des hanches et se léchant les lèvres, comme si elle était une sorte de prédatrice. Arrivée jusqu'à lui, elle demanda :

— « Dis-moi ce qui te rendrait fou. »

Quinn lui lança un regard de braise.

— « Attache-moi à ce cheval et chevauche-moi comme un poney. »

Elle eut tout à coup envie de rire, et fit de son mieux pour la ravaler. Cependant, quand il ajouta « Et n'oublie pas de me fouetter fort quand je me comporte comme un mauvais garçon », elle ne put se retenir. Elle toussa, pour essayer de cacher son hilarité, en vain.

Finn soupira très fort.

— Sois professionnelle, Joy, tu veux ? On n'a pas toute la journée.

— Désolée. Je me suis calmée, répondit-elle, mortifiée de n'avoir pas pu se retenir.

Mais, franchement, comment était-elle censée garder son sérieux alors qu'ils lui avaient confié une scène de *soft porn* ?

— Reprenez depuis le début, ordonna Finn.

Joy se leva et se remit sur sa marque. Quand il cria « Action ! », ils répétèrent la scène, Joy exigeant de Quinn qu'il lui dise quoi faire tandis qu'elle incarnait une dominatrice mal à l'aise. La scène prit fin quand elle trébucha sur lui et qu'ils se cognèrent la tête, atterrissant tous les deux sur le cheval d'arçon et gémissant de douleur.

— Coupez ! s'écria Finn, qui fronçait les sourcils, les mains sur les hanches. Je ne crois pas que cette scène va convenir.

— Désolée, s'excusa Joy. Je peux essayer de la rendre plus

sexy, si tu veux.

Il sursauta comme si elle l'avait giflé.

— Seigneur, non. Hors de question de revoir ça.

— C'était horrible, n'est-ce pas ? commenta Prissy en apparaissant de derrière les caméras. Mais tu n'as rien à reprocher à Quinn. Ça doit être dur de rentrer dans son personnage quand on est censé être attiré par une mère de famille.

Elle adressa ensuite un écœurant sourire sirupeux à Joy et lui tendit un muffin.

— Je me suis dit qu'un petit remontant pourrait te faire du bien après la honte que tu viens de subir.

Joy la fusilla du regard sans un mot et posa la gourmandise sur le cheval d'arçon, avant d'enfiler son peignoir. Puis elle se tourna vers le réalisateur.

— Avons-nous fini pour aujourd'hui ?

— Quinn et toi, oui. Nous allons devoir retravailler cette scène de séduction pour qu'elle soit moins… embarrassante.

Il fit un signe à Prissy.

— Tu es prête pour la scène de la plage ? Et Carly ?

— Moi, oui. Carly est sans doute toujours au maquillage. Tu sais le temps que ça leur prend de la rendre présentable. C'est ce qui arrive aux actrices vieillissantes.

Joy l'en aurait frappée sur le crâne. Cette femme se montrait garce sans raison, si ce n'était couvrir ses propres complexes.

— Au fait, Joy, l'interpella Prissy, qui s'éloignait avec le réalisateur.

Joy haussa un sourcil interrogateur.

— Dis à Troy que ça m'a fait plaisir de le voir à ma fête et que je suis impatiente d'accepter son offre de faire quelques photos en privé.

Elle agita les doigts puis repartit de sa démarche sautillante.

Un grognement remonta de la gorge de Joy, qui fit rire Quinn. Elle lui lança un regard assassin.

— Tu as quelque chose à dire ?

Il leva les deux mains en signe de capitulation.

— Non. À part que, ouah, Prissy a du culot. À sa place, j'y réfléchirais à deux fois avant de m'en prendre à toi.

— Ah oui ? s'étonna-t-elle, perplexe.

Elle défendait férocement ses convictions, mais elle ne comptait pas descendre sa collègue pour autant.

— Oui. Si elle insiste trop, je suis prêt à parier que tu vas trouver le moyen de la démolir, et pas avec des commentaires mesquins.

Joy nia de la tête.

— Me disputer avec elle ne m'intéresse pas. Je veux juste faire ce film et passer à autre chose.

Il enfila un peignoir, puis récupéra le muffin qu'elle avait laissé sur le cheval d'arçon.

— C'est généreux de ta part.

Tendant la pâtisserie, il demanda :

— Tu comptais le manger ?

Elle secoua la tête.

— Il est tout à toi.

— Merci. Et au fait, tu étais géniale dans cette scène.

Elle gémit.

— Tu délires. J'étais mal à l'aise et totalement hors de ma zone de confort.

— C'était ton rôle. C'était ce qu'exigeait la scène, et tu l'as brillamment jouée.

Il mordit dans le muffin et poursuivit.

— Si ça n'a pas marché, c'est parce que ça ne convient pas à ton personnage. Cette réécriture était mauvaise. Ne t'en fais pas. La prochaine sera meilleure.

— C'était… merci, Quinn. Ça m'aide à me sentir mieux.

Elle commençait à partir, désireuse d'aller n'importe où sauf sur le plateau, quand elle perçut des bruits de vomissements.

Pivotant, elle vit Quinn penché au-dessus d'une poubelle à rendre le contenu de son estomac. Celui de Joy se souleva par sympathie, et elle dut reculer d'un pas pour ne pas faire comme son collègue. Lorsqu'il se redressa, il était blême et transpirait.

— Oh, par les déesses, Quinn, ça va ?

Il se posa une main sur le ventre en secouant légèrement la tête.

— Je crois que c'était le muffin.

Ils fusillèrent tous les deux du regard la pâtisserie à moitié mangée, posée sur le cheval d'arçon.

Ce même muffin que Prissy avait acheté à Joy.

— Quinn ?

— Oui ?

Il serrait entre ses doigts une bouteille d'eau trouvée sur une petite table non loin.

— Est-ce que Prissy t'a déjà acheté à manger ou du café ?

Il sursauta, comme s'il s'apprêtait à vomir à nouveau.

— Non, jamais.

— Hum. Intéressant.

Joy repensa à Prissy lui apportant du café, le muffin, et même le cocktail rose à la fête. Après chaque occasion, elle avait souffert d'une petite maladie. Enfin, c'était Quinn qui subissait les conséquences du muffin, mais Joy avait connu une poussée de boutons et un mal de gorge mystérieux. Était-il possible que sa co-star cherche à la saboter ? Oui, totalement, et il était temps que Joy y mette un terme.

CHAPITRE 19

*D*ès que Joy eut troqué sa tenue de dominatrice contre un jean et un sweat, elle retourna en vitesse à la caravane qu'elle partageait désormais avec Prissy. Comme celle-ci était en tournage sur la plage, Joy avait l'endroit pour elle seule. Elle fouilla rapidement tous les tiroirs et les meubles, cherchant quelque chose qui prouverait que Prissy lui avait jeté des sorts la condamnant à de puériles maladies.

Comme Joy ne trouva rien dans la pièce principale, elle se dirigea vers le dressing et fit la moue en voyant le bazar laissé par la starlette. Des vêtements dans tous les coins et des culottes sales au sol.

— Classe, marmonna Joy en enjambant la zone.

Elle fouilla différents tiroirs, puis ouvrit le dernier, le plus près du sol. Elle fit la grimace. S'y trouvaient un tas de préservatifs, du lubrifiant et ce qui ressemblait à des sous-vêtements comestibles. Alors qu'elle s'apprêtait à refermer, elle aperçut une boîte avec un pentagramme sur le dessus.

Elle s'en saisit avec empressement et la sortit du tiroir. Sur la boîte noire dotée d'un crâne et d'os croisés en dessous, un message proclamait : « Sorts Légers Pour Manquer le Travail ». Un petit texte précisait : « *Besoin d'un congé maladie ? Pas besoin de craindre un refus du médecin. Prenez une pilule de SLéPMaT et attendez que votre maladie apparaisse. Jusqu'à 32 heures d'efficacité.* »

— Trouvé ! s'écria-t-elle.

Elle fourra la petite boîte dans la poche de son sweat et retourna en vitesse dans la partie principale de la caravane. Alors qu'elle ouvrait la porte d'entrée, elle se trouva nez à nez avec son ennemie jurée.

— Tu as trouvé quoi ? lui demanda Prissy, soupçonneuse. Si tu m'as volé l'herbe dans la boîte à cookies, les choses vont vraiment s'aggraver.

— Ton herbe ? Quoi ?

— Oh, pour l'amour des déesses, râla Prissy. Tu es si coincée que ça ?

— Très, oui, confirma Joy. Maintenant, si tu veux bien m'excuser. Il faut que j'y aille.

— Je m'en fous.

Sa co-star agita la main et se laissa tomber sur un fauteuil.

Bien qu'elle sache qu'il aurait mieux valu qu'elle s'en aille, Joy ne put s'empêcher de demander :

— Qu'est-ce que tu fais là, au fait ? Tu n'avais pas un tournage ?

— Carly avait besoin d'un peu de temps, expliqua l'autre en haussant une épaule dédaigneuse. Je m'en fiche. J'ai bien besoin de faire une sieste.

Elle étudia Joy de près.

— Comment est-ce que tu te sens ? Tu as l'air un peu verdâtre.

— Ah bon ? s'étonna Joy. Ça doit être l'éclairage. Je me sens bien.

— Est-ce que tu as… hum… mangé, aujourd'hui ?

— Oui, mentit-elle. Délicieux, ce muffin. Merci.

— Euh, oui. O.K. On se voit demain.

Prissy observa ses ongles comme si sa manucure était la chose la plus intéressante sur terre, sans cesser cependant de jeter des regards soupçonneux à Joy.

— À plus tard.

Joy sauta de la caravane et percuta l'inspectrice Coolidge de plein fouet.

— Oumf.

La policière la retint pour l'empêcher de tomber.

— Doucement.

— Désolée, s'excusa Joy en reculant pour reprendre l'équilibre. Est-ce que je peux vous aider ?

— À vrai dire, oui, répliqua froidement l'inspectrice. J'aimerais que vous m'accompagniez au poste pour répondre à quelques questions.

— Sur mes visions ?

— En quelque sorte.

Coolidge sortit ses menottes, bloqua les bras de Joy derrière son dos et dit :

— Vous avez le droit de garder le silence…

— Le silence ? À propos de quoi ? s'écria Joy. Pourquoi est-ce que vous m'arrêtez ?

Avant qu'elle ne puisse répondre, Carly apparut.

— Qu'est-ce qui se passe ici ? demanda-t-elle sur un ton péremptoire si colérique que Joy peina à reconnaître sa voix.

— Joy Lansing est en état d'arrestation pour obstruction à la justice.

— Quoi ? Vous vous fichez de moi ! s'exclama Joy, incrédule.

— Joy, ne lui dis pas un mot, ordonna Carly. Tu m'entends ?

Pas un mot. Je vais contacter mon avocat et te faire sortir de là le plus vite possible.

— Je n'ai…, commença-t-elle, mais Carly la coupa.

— Non. Pas un mot. Ils essaient de monter leur dossier contre toi parce qu'ils sont à court de pistes.

— Très bien, accepta-t-elle, se sentant gagnée par l'anxiété.

Était-elle vraiment en état d'arrestation ? Ou bien était-ce un cauchemar ? Qu'est-ce qui pouvait bien pousser l'inspectrice à croire qu'elle avait quelque chose à voir avec l'enlèvement de la nièce de Carly ? La peur élut domicile dans son ventre et la tête lui tourna.

— Par les déesses, intervint Prissy. Évidemment que tu es une criminelle. Je savais que cette attitude de sainte-nitouche n'était que du vent.

— Tu oses me traiter de criminelle ? s'énerva Joy, rattrapée par le stress de la journée. C'est toi qui as empoisonné mes boissons et mes repas avec des sorts gâchant ma peau ou me rendant malade. Qu'est-ce qui ne va pas chez toi ? Tu as besoin de cachets ? Qui peut bien avoir l'idée de faire ça ?

— Moi ? répliqua Prissy en mimant le choc, une main sur le cœur. Qu'est-ce qui te fait croire que je pourrais faire quelque chose comme ça ?

— J'ai trouvé ton stock dans ton tiroir à accessoires sexuels ! expliqua froidement Joy. Il est dans la poche de mon sweat.

— Voleuse ! s'écria Prissy en s'approchant d'elle pour lui fouiller les poches.

L'inspectrice Coolidge s'interposa.

— Reculez, mademoiselle. Ceci est une affaire officielle impliquant la police.

— Elle m'a pris mes sorts pour vomir. Elle me les a volés ! cria l'intéressée. Arrêtez-la !

— Très bien, ça suffit, Prissy, intervint Finn Chance, qui s'était approché en entendant l'agitation.

Il fixa Prissy d'un regard dur.

— Retourne dans ta caravane. Maintenant.

Elle souffla et s'exécuta à pas énervés.

Il se tourna ensuite vers Joy et regarda les menottes.

— Vous ne pouvez pas arrêter mon actrice, dit-il à l'inspectrice. Quoi qu'elle ait pu faire d'après vous, vous vous trompez. C'est la personne la plus honorable de ce tournage. Si vous l'embarquez, l'information fera le tour des tabloïds, et quand vous aurez à reconnaître votre erreur, tout votre service sera tourné en dérision.

L'ignorant, Coolidge entraîna Joy vers la voiture de patrouille garée non loin. Joy jeta un coup d'œil en arrière et en perdit l'équilibre. Elle serait tombée si Coolidge ne l'avait pas tenue aussi fort par le coude et ne l'avait retenue.

— Ne dis rien, Joy! Pas un mot! l'interpella à nouveau Carly.

— Elle semble assez insistante là-dessus, commenta Coolidge sur le ton de la conversation.

Joy grogna.

— Rien à dire, alors? Je doute que cela vous rende service, étant donné les preuves dont nous disposons, mais allez-y, continuez à garder le silence. Nous découvrirons bien ce qu'un juge a à dire. Il devrait vous assigner à comparaître d'ici… oh, soixante-douze heures peut-être.

— Soixante-douze heures! Vous êtes sérieuse?!

— Très.

Coolidge ouvrit la portière arrière de sa voiture et y fit entrer Joy. Dès qu'elle s'assit sur la banquette arrière, un flash l'éblouit, et elle grimaça. Parfait. Dans deux heures, ce serait dans tous les tabloïds. Sa vie était passée d'un tranquille anonymat à mannequin mystérieuse jusqu'à actrice scandaleuse en quelques mois à peine. Même si elle parvenait à éviter la case prison, les probabilités de se faire à nouveau engager quelque part étaient proches de zéro. Elle s'appuya à son siège et grimaça à cause de la douleur dans ses poignets. Elle ferma les paupières. Peut-être que le cauchemar serait terminé quand elle les rouvrirait.

COOLIDGE S'ASSIT en face de Joy dans la même salle de réunion que la semaine précédente. L'inspectrice se pencha vers elle et lui présenta deux photos.

— Pouvez-vous m'expliquer ce que c'est, madame Lansing ?

Joy observa les deux dessins qu'elle avait faits suite à ses visions. Celui de la maison et celui de l'homme détenant Harlow. Ce n'étaient pas les originaux. Cela ressemblait davantage à des copies informatisées. Comment la police les avait-elle obtenues ? Joy leva la tête sans dire un mot.

— Est-ce vrai que vous nous avez tu ces visions tout ce temps ?

Non. Ce n'était pas vrai du tout. Mais elle hésitait à répondre. Si elle disait à Coolidge que Carly lui avait promis de parler à la police, son amie aurait-elle des ennuis, vu qu'elle n'était clairement pas leur source ?

— Qui est cet homme ?

L'inspectrice montra l'image devant elle. Comme Joy ne répondait pas, Coolidge insista :

— Où est la maison ? Pourquoi l'avez-vous dessinée ?

Joy continua à garder le silence. Alors l'inspectrice essaya de faire appel à son instinct maternel.

— Nous pouvons continuer toute la journée, madame

Lansing. Mais je suis sûre que vous préféreriez rentrer chez vous. Votre fils vient juste de se casser la jambe, non ? Il doit avoir besoin d'aide.

Joy plissa les yeux et pensa « quelle garce manipulatrice ».

— Je voudrais mon avocat. Je ne répondrai à aucune question sans assistance légale, surtout si vous fourrez le nez dans ma vie personnelle.

Coolidge s'adossa à son siège et croisa les bras.

— Vous vous rendez compte que votre vie a été racontée en détail par *Perspectives de Prémonition* ?

Bordel de... Évidemment. L'accident de Kyle y avait été décrit comme l'acte d'un enfant imprudent ayant fui la maison après avoir avoué son homosexualité à son père.

— Donc vous pensiez que vous servir de la blessure de mon fils pour me pousser à parler serait une bonne idée ? C'est un coup bas, madame.

La porte s'ouvrit à la volée, et un homme de haute taille, aux cheveux bruns et muscles proéminents, observa Coolidge d'un regard sévère et aboya :

— Dans mon bureau. Tout de suite !

— Mais, monsieur...

— Fermez-la, Coolidge, ou je vous vire sur-le-champ.

Sur ces mots, le chef de la police tourna les talons et sortit de la pièce, convaincu qu'elle obéirait.

Au même moment, un autre homme entra, vêtu d'un trois-pièces coûteux et doté d'une mallette et d'un gentil sourire.

— Joy Lansing ?

Elle opina.

— Je suis votre avocat. C'est Carly Preston qui m'envoie. Êtes-vous prête à partir ?

— Oui. J'ai le droit ? demanda-t-elle, le cœur battant d'impatience.

Ils ne l'avaient pas vraiment arrêtée. Coolidge l'avait simplement escortée jusqu'à la salle de réunion avant de lui demander n'importe quoi. Personne ne pouvait la forcer à raconter ses visions à la police. Ce n'était pas de l'obstruction à la justice. Il aurait fallu l'arrêter pour l'obliger à parler.

— Vous en avez le droit. J'ai discuté avec le chef, qui a convenu qu'ils n'avaient aucune raison de vous garder.

— Oh, que le ciel soit loué.

Joy se leva et observa ses poignets menottés.

— Je crois que nous allons avoir besoin d'un peu d'aide.

— Je m'en charge, intervint un jeune policier en uniforme en s'avançant et en la détachant en vitesse. Je suis désolé de ce que vous avez eu à subir, madame Lansing.

Elle hocha la tête en gémissant de soulagement.

— Merci.

— Est-ce que je… euh… Est-ce que vous pourriez me signer un autographe ? demanda-t-il nerveusement en lui tendant une serviette en papier.

Hésitante, Joy regarda l'avocat. Elle n'avait qu'une seule envie : s'en aller ; cependant, c'était la première fois que quelqu'un lui demandait son autographe, et elle ne voulait pas refuser. Elle souhaiterait avoir ce souvenir pour contrebalancer la colère qu'elle avait éprouvée une bonne partie de l'après-midi.

Son avocat opina une fois.

— Bien sûr, dit-elle alors au policier.

Retournant s'asseoir, elle commença à rédiger un petit mot, mais son monde devint soudain noir. Lorsque sa vision s'éclaircit à nouveau, elle vit Carly devant la maison victorienne où Harlow était détenue, avec Crâne Rasé à ses côtés.

— $\mathcal{M}$me Preston m'a demandé de vous dire qu'elle vous appellerait ce soir, indiqua l'avocat en raccompagnant Joy hors du commissariat.

Une horde de journalistes de l'autre côté de la rue les repéra et prit des photos. Joy faillit hurler. N'avaient-ils pas de meilleures histoires à raconter ? Elle se doutait cependant que son arrestation ferait le buzz. Au moins, ils étaient de l'autre côté de la route. Il devait y avoir une loi les obligeant à garder une certaine distance avec le commissariat, sinon nul doute qu'ils lui auraient sauté dessus comme toujours.

Joy observa l'homme élégant, toujours perturbée par sa vision. Lorsqu'elle avait repris ses esprits à la salle de conférence, elle respirait fort, son cœur battait la chamade, et elle avait été saisie de la conviction qu'elle devrait garder ses visions pour elle.

— Est-ce que vous savez où elle est ?

L'homme secoua la tête.

— Son message était bref. Elle m'a demandé de vous faire

sortir d'ici et de vous dire qu'elle vous contacterait au plus vite. Voulez-vous que je vous dépose quelque part ?

— Oui, je…

Une Lexus argentée arriva bien trop vite dans le parking et pila juste devant eux. Le pouls de Joy se calma légèrement quand elle vit Gigi en descendre.

— Joy ! Par les déesses. Tu vas bien ?

Gigi l'enlaça fort et lui souffla :

— C'est qui ce crétin ? Tu as besoin que je t'en débarrasse ?

— Il est de mon côté, répliqua Joy en pouffant de soulagement. Mais merci de surveiller mes arrières.

Gigi la lâcha.

— C'est quand tu veux.

Elle se tourna alors vers l'avocat, la main tendue.

— Bonjour, je m'appelle Gigi Martin. Je suis une amie de Joy.

— Sebastian Knight. L'avocat de Joy.

Il lui serra la main et la conserva, comme s'il rechignait à la lâcher.

Gigi poussa un petit cri et observa l'homme, les yeux écarquillés.

— Sebastian ? souffla-t-elle alors. C'est bien toi ?

Il hocha lentement la tête et la détailla du regard, avant de lâcher sa main tout à coup et de reculer d'un pas.

— Ça fait longtemps, Clarity.

Clarity ? pensa Joy. D'où est-ce que ça vient, ça ?

Gigi se racla la gorge.

— C'est Gigi, maintenant. Et oui, ça fait bien trop longtemps. Je n'en reviens pas de ne pas t'avoir reconnu. C'est à cause des cheveux, ajouta-t-elle avec un sourire plus doux. Et du costume. Je crois que je t'avais surtout vu porter des jeans et des tee-shirts de concerts.

Les lèvres de l'avocat tressautèrent.

— Le lycée remonte à longtemps.

Comme son portable vibrait, il s'excusa et regarda.

Joy jeta un coup d'œil à Gigi et articula : « Il est sexy ! »

Gigi lui répondit d'une œillade signifiant « pas maintenant » et reporta son attention sur Sebastian, qui rempochait son portable.

— Il faut que j'y aille, dit-il en lissant sa cravate. Une urgence pour le travail.

— Quel dommage, commenta Gigi. Tu restes en ville combien de temps ? On pourrait manger ensemble pour rattraper le temps perdu ?

Les yeux de Sebastian Knight brillèrent, intéressés, mais la lueur disparut très vite, remplacée par le regret.

— Désolé. Je dois retourner à l'aéroport tout de suite. Mais c'était un plaisir de te revoir, Clarity… Gigi.

Il s'avança d'un pas, les bras légèrement écartés comme s'il comptait l'enlacer, avant de reculer un peu en secouant la tête.

— Il faut que j'y aille.

Il jeta un coup d'œil à Joy et lui tendit sa carte de visite.

— Appelez-moi si vous avez des ennuis.

Puis il traversa le parking à grands pas, rejoignit une Toyota grise et s'en alla.

Joy se racla la gorge.

— Un ancien copain ?

Gigi posa la main sur sa poitrine et répondit, sans quitter l'endroit où s'était trouvée la voiture grise.

— Un truc du genre.

Joy siffla tout bas.

— J'aimerais bien connaître cette histoire.

Gigi soupira et hocha la tête.

— Allons-y. Tout le monde flippe.

— Ah bon ? À cause de mon arrestation ?

Elle ferma les yeux et secoua la tête.

— La presse ? C'est mauvais ?

Gigi ouvrit sa portière.

— Disons que les gros titres spéculent sur le temps que tu vas rester en prison.

— J'aurais dû m'en douter, grommela-t-elle.

— Viens, dit son amie en lui faisant signe de monter en voiture. Il est temps de faire une réunion du coven.

— Pas aujourd'hui. Il faut que j'aille quelque part, répliqua Joy en s'installant côté passager.

— Où ça ?

Gigi démarra et quitta le parking.

— Chez Carly Preston. J'ai des questions, et elles ne peuvent pas attendre.

IL S'AVÉRA MALHEUREUSEMENT qu'elle n'avait pas le choix et devrait patienter pour obtenir ses réponses. La maison de Carly était plongée dans l'obscurité et il n'y avait personne. Elle ne décrochait pas non plus son portable, bien que Joy ait quitté le commissariat depuis quelques heures désormais et que son amie ait promis de la contacter au plus vite. Malgré tout, Joy était prête à camper devant la demeure toute la nuit si nécessaire. D'une façon ou d'une autre, elle aurait les réponses à sa vision.

— Joy, dit Gigi sur un ton patient. Nous avons l'air louches. Tu ne voudrais pas que les journaux l'apprennent, si ? Nous pourrions peut-être aller manger un bout et revenir ensuite ?

— S'ils ne nous ont pas encore repérées, répliqua-t-elle en

observant les photographes de l'autre côté de la rue, je doute qu'ils le fassent maintenant.

Elles s'étaient garées derrière une camionnette afin de rester discrètes. Cette dernière était partie depuis, dévoilant la voiture argentée, mais personne n'avait encore remarqué leur présence jusqu'à présent.

Gigi soupira.

— Et si j'ai besoin d'aller aux toilettes ?

— C'est le cas ?

— Non, mais ça le sera bien un jour.

— On s'en inquiètera à ce moment-là.

Gigi s'apprêtait à répliquer quand un SUV noir les dépassa et pénétra dans l'allée de Carly.

— C'est le moment, déclara Joy. Allons-y.

Sans attendre la réponse de Gigi, elle sortit de voiture et observa la rue, malgré l'obscurité. Les photographes étaient déchaînés dans leur empressement à prendre une photo de Carly, si bien qu'ils ne devraient remarquer la présence de Joy et Gigi que lorsqu'elles se trouveraient devant la maison. Parfait.

— Très bien, Arabesque, grommela Gigi. Terminons-en.

Joy lui fit un grand sourire.

— Tu es beau joueur.

— Une pour toutes et toutes pour une, n'est-ce pas ? répliqua Gigi en la suivant.

Elle ne s'était pas trompée concernant les paparazzi. Leur arrivée les avait pris de court ; cependant, ils rebondirent très vite, les inondant de questions et d'accusations, demandant à Joy quand son procès aurait lieu, s'il était vrai qu'elle avait agressé Prissy Penderton et pourquoi elle n'était pas chez elle à s'occuper de son fils, préférant faire la fiesta toute la nuit sans tenir compte de la santé mentale de Kyle.

— Punaise, Joy, souffla Gigi, accrochée à son bras, c'est toujours comme ça ?

— Ces derniers jours, oui. Vu les ragots qu'ils inventent sur moi, on pourrait croire qu'il ne se passe rien de plus important dans le monde. Je suis la femme la plus ennuyeuse de la terre. Je ne comprends pas.

Gigi s'esclaffa alors qu'elles remontaient l'allée de Carly.

— C'est fort de café.

Arrivées sous le porche, elles s'arrêtèrent et sonnèrent. Pendant qu'elles attendaient, Joy lui lança un regard perplexe.

— Qu'est-ce que ça veut dire ?

— Oh, Joy, sérieux. Tu es une femme de quarante-huit ans sortie de nulle part suite à une campagne publicitaire nationale qui t'a valu un rôle dans un film en compagnie de deux actrices très en vue. Et tu sors avec un célèbre photographe. Tu ne te rends pas compte que les femmes sont toutes émerveillées par la soudaine tournure de ta vie ? Ajoute à ça trois magnifiques enfants épanouis et tu fais pâlir d'envie toute la ville. Alors évidemment que les feuilles de chou vont s'intéresser à toi. Tu es la nouvelle Jennifer Aniston.

— C'est ridicule. Je ne serai jamais comme elle. Redescends sur terre !

— Peu importe, répliqua Gigi en agitant la main, peu concernée. Tu vois ce que je veux dire. Tu recommences à zéro et tu excelles, à un âge où la plupart des femmes pensent que leurs plus belles années sont derrière elles. Tu les inspires. Accepte-le, ma belle. Tu le mérites.

Joy ouvrit la bouche, dans l'intention de nier, mais la referma. Gigi avait peut-être marqué des points ; de cette perspective, elle pouvait comprendre en quoi sa vie pouvait fasciner les gens. Elle restait d'avis que l'intérêt qu'on lui consacrait relevait de la folie, mais au moins elle pouvait être fière d'être un modèle. Sauf qu'elle devait désormais laver sa réputation. Les feuilles de chou ne lui avaient pas vraiment rendu service dans ce domaine.

La porte s'ouvrit vivement sur Crâne Rasé, qui beugla :

— Qu'est-ce que vous voulez ?

— Je dois parler à Carly. J'ai eu une nouvelle vision.

— Laisse-la entrer, exigea Carly d'une voix lasse.

Crâne Rasé se renfrogna, mais s'écarta. Joy pénétra dans la maison ; cependant, il se plaça devant Gigi pour l'empêcher de la suivre.

— Qui êtes-vous ?

— Gigi. L'une de mes sœurs de coven. Vous pouvez lui faire confiance. Elle m'a aidée avec le sort de localisation.

— Gary, écarte-toi.

Carly était assise sur un fauteuil, une main sur les yeux. Elle semblait totalement éreintée.

— Vous savez que je ne fais que mon travail, marmonna-t-il, avant de rejoindre à contrecœur une autre pièce, les laissant seules avec l'actrice.

— Joy, est-ce que ça va ? lui demanda Carly sans se découvrir les yeux.

— Oui, et toi ?

Elle s'assit à côté de son amie actrice.

— Non.

Celle-ci laissa retomber sa main, révélant ses yeux rouges et ses joues baignées de larmes.

— Pas vraiment, non. Mais c'est comme ça depuis qu'Harlow a disparu.

— Que s'est-il passé à la maison là-bas ?

Carly se redressa, attentive.

— Comment es-tu au courant pour la maison ? Attends, tu as eu une vision, n'est-ce pas ?

Joy opina.

— Est-ce qu'elle y était ? Tu as vu Harlow ?

— Non, juste toi et Crâne Rasé... Gary, je veux dire. Vous vous teniez devant. C'est tout.

Les lèvres de Carly s'ourlèrent légèrement à l'entente du surnom de son garde du corps ; toutefois, ce soupçon de sourire disparut rapidement.

— Mon détective privé a trouvé la maison, alors nous nous y sommes rendus avec Gary pour ramener Harlow. Sauf que la maison était vide. Des indices laissaient entendre qu'il y avait eu quelqu'un récemment : de la vaisselle dans l'évier, la radio était allumée.

Elle s'affala dans son fauteuil.

— Je suis sûre qu'ils venaient juste de partir, et maintenant, nous n'avons aucune piste.

— Comment ton détective a-t-il fait pour trouver l'endroit ?

Grace travaillait dessus depuis les archives des ventes immobilières, mais n'avait pas eu autant de chance jusqu'à présent.

— Il a tracé un appel reçu sur mon portable et trouvé l'antenne d'où il avait été émis. À partir de là, il a fouillé les alentours jusqu'à trouver la maison.

C'était bien plus simple que de chercher dans les ventes immobilières, songea Joy.

— Pourquoi ne l'as-tu pas dit à la police ?

— C'est... personnel.

Elle détourna les yeux et regarda par la fenêtre, bien qu'il n'y ait rien à voir. La nuit était tombée et la lune ne brillait même pas.

— Tu ne leur as jamais parlé de mes visions, n'est-ce pas ?

Carly secoua la tête.

— La rançon n'était pas qu'une question d'argent. Ils m'ont menacée de révéler des informations sur ma nièce que je ne peux pas voir fuiter. Si la police met la main dessus, impossible que ça reste confidentiel.

Étonnée, Joy s'affala contre son fauteuil.

— Ce serait si dévastateur que ça pour ta nièce ?

— Oui, confirma Carly en se levant. Je suis fatiguée. Alors, veuillez m'excuser, je vais aller me coucher.

— Carly ?

— Oui ?

— Comment l'inspectrice a-t-elle eu connaissance de mes visions ?

— Aucune idée. J'ai demandé à Gary de chercher.

Elle monta l'escalier, laissant Joy et Gigi seules dans le salon.

Celle-ci siffla tout bas.

— Ouah. C'est du lourd.

— Oui.

Elles restèrent assises en silence quelques instants, Joy se demandant quelle information sur Harlow serait si terrible pour que Carly ne veuille pas prendre le risque que la presse l'apprenne. Après tout, Carly et sa famille proche avaient déjà leur vie exposée dans les médias. Joy aurait cru que leur existence était déjà un livre ouvert. Visiblement, les choses n'étaient pas toujours comme elles en avaient l'air.

— Vous ne croyez pas qu'il serait temps pour vous de partir ? demanda Crâne Rasé à l'entrée d'une pièce non loin.

Un bureau, semblait-il.

Joy le dévisagea, essayant de le comprendre.

— Qui êtes-vous pour Carly ?

— Ce ne sont pas vos affaires, madame Lansing.

Il s'approcha de la porte d'entrée et la leur ouvrit.

— Bonne nuit.

CHAPITRE 21

*D*es voitures encombraient l'allée de Joy quand Gigi la déposa chez elle.

— On dirait que tu fais une fête, commenta celle-ci, taquine. Pour te souhaiter la bienvenue après ta sortie de prison ? Si on inclut les paparazzi là-bas, on est à deux doigts de la rave party.

— J'espère qu'il y a du gâteau, répliqua Joy en s'affalant sur le siège passager et en observant la demi-douzaine de photographes de l'autre côté de la rue. Un peu de sucre, ça me ferait du bien.

Gigi lui tapota la cuisse.

— Je suis sûre que tout l'amour qui t'attend de l'autre côté de cette porte te fera le même effet.

Sa nostalgie alerta Joy.

— Oui, dit-elle en souriant, sachant déjà qui elle trouverait à l'intérieur.

Ses trois enfants, Jackson, et Troy. Elle n'avait guère parlé à Hunter récemment, à part pour l'informer des blessures de Kyle, alors voir sa voiture garée devant chez elle lui allégea le cœur. Elle se demanda comment Troy s'en sortait avec les trois, puisqu'il était son nouveau Jules. C'était à la fois réconfortant et terrifiant. Si ses enfants décrétaient qu'ils ne l'appréciaient pas, elle serait très déçue. Elle n'avait pas eu l'intention de s'engager dans une relation avec le premier célibataire à croiser sa route. Cependant, elle ne pouvait nier qu'il y avait quelque chose entre eux. Une chose qui, malgré l'amour qu'elle avait porté à Paul, n'avait jamais été présente au cours de son mariage. Elle observa Gigi.

— Tu sais que nous sommes ta famille maintenant, n'est-ce pas ?

— Pardon ? répliqua son amie, surprise.

— Grace, Hope et moi. Nous sommes ta famille. Ce n'est peut-être pas la même chose que ce qui m'attend à l'intérieur de cette maison, mais c'est réel et puissant, et si jamais tu as besoin de nous, nous serons là.

— Merci, Joy.

Gigi se pencha pour l'enlacer.

— Allez, sors de là et arrête de t'inquiéter pour moi juste parce que je me suis demandé un instant à quoi aurait ressemblé ma vie si je n'avais pas été mariée à un connard.

— Elle n'est pas terminée, tu sais, commenta Joy en ouvrant sa portière. Si tu veux des enfants, tu as encore le temps d'en faire.

Gigi pouffa.

— En allant dans une banque de sperme, tu veux dire ? Non. Je ne crois pas que mes œufs soient encore assez frais. Tu sais ce qu'on dit : une fois qu'on a atteint la quarantaine…

— Tu as quarante ans ? demanda Joy en l'observant.

Elle avait toujours cru que Gigi avait le début de la trentaine. Si elle avait bien la quarantaine, alors elle avait dû s'abreuver souvent à la fontaine de Jouvence, parce qu'elle n'avait pas la moindre ride.

— Quarante et un, pour tout te dire. Je sais que c'est toujours possible. Mais je ne suis pas sûre d'en rêver encore.

— Je comprends. Je savoure ma liberté maintenant que les miens sont grands, je l'avoue. Cela dit, c'est agréable aussi qu'ils aient parfois encore besoin de moi.

Elle descendit de voiture.

— Merci, Gigi. À plus tard.

Elle regarda son amie s'en aller en s'interrogeant sur son passé, alors que les journalistes commençaient à la photographier. Elle les ignora, tout en méditant sur le fait qu'elle ne connaissait pas la vie de Gigi avant son arrivée à Prémonition. Elle savait qu'elle avait un mari violent et qu'elle l'avait affronté de sorte non seulement à sortir de ses griffes, mais également à lui prouver qu'il n'avait pas intérêt à s'en prendre à elle. En lui bottant les fesses de manière aussi magique, elle s'était forgé l'image d'une dure à cuir aux yeux du coven. Puis elle s'était avérée en outre gentille et une grande amie. Joy espérait découvrir toute son histoire un jour.

Quand, par une fenêtre ouverte, elle entendit les voix de ses enfants, elle sourit. Elle ne se lasserait jamais de ce son.

La porte s'ouvrit tout à coup, révélant Britt.

— Maman ? Qu'est-ce que tu fais là ? On t'attendait.

— Je soufflais un peu, à vrai dire.

Elle passa le bras autour des épaules de sa fille et elles rentrèrent.

— C'est pour quelle occasion, ça ?

— Pour quelle occasion ? Tu es sérieuse ? s'écria Britt. Nous voulions tous voir à quel point la prison t'avait changée.

Cela déclencha un éclat de rire collectif, puis Hunter s'approcha d'elle pour l'enlacer très fort.

— Salut, mon bébé, dit Joy en blottissant son visage contre son épaule.

Il était plus grand que ses frère et sœur, lui donnant toujours l'impression à elle d'être une femme frêle, alors qu'elle était plus grande que la moyenne des femmes.

— Comment vas-tu ?

Il s'écarta pour l'observer, secouant la tête.

— Bien, maman. Mais toi, alors ? Que s'est-il passé aujourd'hui ?

Elle lui sourit.

— Je pense que je cherchais l'attention, alors je me suis fait arrêter pour l'obtenir.

Il leva les yeux au ciel.

— Très drôle. Ça t'ennuierait de nous dire ce qui s'est vraiment passé ?

Elle leur fit un compte-rendu succinct des événements, y compris ses visions, en leur demandant de rester discrets à ce sujet.

— Les visions sont irrégulières et ne semblent liées qu'à cette disparition. Je ne sais pas pourquoi je les ai, mais c'est comme ça. Carly a engagé un détective privé qui utilise toutes les informations que je peux lui fournir, ce qui à mon avis ne plaît pas vraiment à l'inspectrice. Il s'avère que je n'ai rien fait de mal et que l'arrestation, d'après l'avocat, n'est que du harcèlement.

— C'est une honte, s'écria Kyle avec toute l'indignation qu'un jeune homme de vingt-deux ans pouvait posséder.

Jackson, assis à ses côtés à lui tenir la main, hocha la tête.

Voir son fils assumer fièrement sa relation avec Jackson devant tout le monde en les défiant tous d'accepter sans se poser de question la fit sourire.

— Hé, lança Troy en se levant pour venir la rejoindre. Je

suis venu voir si tu allais bien. Puisque ça a l'air d'être le cas, je pense que je devrais rentrer chez moi et te laisser profiter de tes enfants.

Elle se tourna vers lui, les sourcils froncés.

— Tu crois que tu devrais ou tu en as envie ?

Il fourra les mains dans ses poches et regarda autour de lui.

— Je ne veux pas vous déranger.

— Tu ne nous déranges pas, insista-t-elle. En fait, si ça te dit, j'aimerais beaucoup que tu fasses la connaissance de mes enfants. Ils sont géniaux. Mais si tu ne préfères pas ou si tu as d'autres projets, pas de problème non plus.

— J'aime tes enfants, répliqua-t-il en lui décochant un grand sourire. Ils sont amusants et m'ont déjà raconté un tas d'histoires embarrassantes à ton sujet. Je me demande combien je vais pouvoir encore leur en soutirer avant la fin de la soirée.

Elle pouffa.

— Je parie que tu n'auras pas à insister beaucoup.

Peu après, tous se rendirent dans la salle à manger, où les attendait des plats chinois. Le groupe bruyant et tapageur mangea, but et raconta des histoires, jusqu'à ce que tout le monde sourie et soit heureux. Joy chérit ce moment rare. Ses enfants étaient si occupés à mener leur vie que c'était rare qu'ils puissent tous se réunir. Elle ne voulait pas que la soirée se termine.

Cependant, Hunter et Britt finirent par débarrasser la table et faire la vaisselle, tandis que Jackson aidait Kyle à retourner dans sa chambre, laissant Joy et Troy seuls.

— Je ne sais pas si j'avais besoin d'une telle soirée, commenta celui-ci en souriant.

— Quoi ? Tu n'as pas marqué sur ton profil que tu cherchais une femme avec trois enfants dans la vingtaine très narquois, généralement égocentriques mais ayant tout à coup décidé de prendre soin de leur mère ?

— Non, pas vraiment. Mais si j'avais su que ça me permettrait de te séduire, je l'aurais fait.

Le feu qui brûlait dans ses yeux l'excita, et elle se pencha vers lui, comme attirée par son magnétisme. Les lèvres de Troy trouvèrent les siennes, et en peu de temps, elle se perdit totalement dans le baiser.

— Oups, lança Britt. Désolée de vous interrompre.

Joy recula vivement, sentant ses joues s'échauffer.

— Hé, ma puce. Troy et moi étions juste… euh, je crois que nous…

Britt éclata de rire.

— Je crois que ce que vous faisiez est assez clair.

Troy sourit à Joy.

— Plus de marche arrière possible.

— Qui compte en faire une ? répliqua-t-elle en se redressant et en essayant de se débarrasser de sa gêne. Tu avais besoin de quelque chose, Britt ? Est-ce que je peux t'aider avec la vaisselle ? Le dessert ? Autre chose ?

Britt tapa dans ses mains, et, avec une énergie nerveuse, lança :

— Hunter est en train de finir la vaisselle, et nous n'avons pas de dessert. Mais j'aimerais te parler, si tu veux bien.

— Oui, bien sûr.

Elle se leva et se tourna vers Troy :

— Tu m'attends avant de partir ?

— Pas de problème. Si tu me cherches, je serai au salon à essayer de soutirer d'autres histoires à Hunter.

Cette image réchauffa Joy et l'amusa.

— Vous allez me causer des ennuis, tous les deux, je le sens.

Troy lui fit un clin d'œil, puis elle partit rejoindre sa fille dans le jardin de derrière.

— Qu'est-ce qu'il y a, Britt? lui demanda-t-elle, en s'entourant de ses bras lorsque la brise nocturne lui donna la chair de poule.

Britt s'approcha du brasero et l'alluma, avant de faire signe à Joy de s'installer avec elle sur la balancelle.

Joy s'exécuta et attendit. Sa fille parlerait quand elle serait prête.

— J'ai pris ma décision, déclara Britt, les yeux rivés sur le feu.

— Oh. C'est bien.

Sa fille se tourna vers elle.

— Ah oui? Qu'est-ce qui te fait dire ça? Tu ne sais même pas quelle décision j'ai prise.

— Peu importe laquelle c'est. Tout ce qui compte, c'est si elle te convient et si c'est le bon choix pour toi.

Elle savait que cette décision concernait le copain de sa fille déménageant au Texas, et même si elle ne voulait pas voir partir Britt, si c'était ce que sa fille voulait, Joy la soutiendrait. Sinon elle mettrait en péril leur relation mère-fille.

— J'ai parlé à mon patron, et il se trouve que notre entreprise a une succursale à Austin.

— Ah oui? Ça t'intéresse? demanda Joy, qui connaissait déjà la réponse.

— Maman, répliqua Britt en levant les yeux au ciel, ce qui la fit pouffer. Je crois que c'est un bon moyen de donner sa chance à Dave. Nous avons discuté aujourd'hui et réglé certaines choses. Je n'avais pas remarqué à quel point son travail ici le rendait malheureux, et il s'est excusé de sa façon de gérer la situation. Il m'a dit que si je ne voulais pas le suivre, il avait vraiment envie d'essayer une relation longue distance, parce qu'il pense que nous sommes faits l'un pour l'autre et qu'il ne veut pas que l'un de nous renonce à ses rêves.

Joy hocha la tête.

— Il a dit ce qu'il fallait. Est-ce qu'il le pensait ?

Britt opina.

— Je le crois sincère, oui. Et après quelques jours de réflexion, je me suis rendu compte que moi non plus, je ne voulais pas mettre un terme à notre histoire. Alors je vais déménager au Texas et voir ce qu'il se passe. Si je me suis trompée, je pourrai rentrer ici, et j'aurai sans doute un travail qui m'attend. Mais si je n'y vais pas, je me poserai toujours la question.

— Si tu es sûre de toi, Britt, je te soutiendrai à mille pour cent.

— Mais ? J'entends un « mais » dans ta voix. Tu le sais, hein ?

Joy eut un petit rire.

— Faux. Il n'y a pas de « mais ». Je serai toujours là pour te soutenir. Je veux juste être certaine que Dave vous respecte, ta carrière et toi, autant que la sienne. S'il pense que son ambition passe en premier, alors c'est que vous avez toujours des choses à régler, tous les deux. Parce que tes désirs et tes besoins sont tout aussi importants que les siens. Ne t'efface jamais derrière un homme sous prétexte que son ego est meurtri, d'accord ?

Britt hocha la tête avec solennité.

— Je t'ai entendue, maman. Et merci.

Sa fille l'enlaça un très long moment.

— Quand est-ce que tu pars ? demanda Joy, en faisant de son mieux pour retenir ses larmes.

— Le mois prochain.

La voix de Britt se brisa, mettant un terme au stoïcisme de Joy. Ses larmes coulèrent sur ses joues, et lorsqu'elles s'écartèrent l'une de l'autre, elles échangèrent des sourires tremblants, puis se moquèrent de l'émotion de l'autre.

— Allez viens, ma chérie, dit Joy en se levant. Retournons à l'intérieur. Nous avons bien mérité de la glace.

— On en a ?

Les yeux de Britt s'illuminèrent comme ceux de la petite fille d'autrefois.

— Bien sûr qu'on en a. Je vais te montrer ma cachette secrète.

Cinq minutes plus tard, leur glace à la main, elles entrèrent dans le salon. Hunter déclara qu'il en voulait une aussi, et Britt se rendit dans l'une des chambres pour appeler Dave.

Joy alla s'asseoir à côté de Troy.

— J'adore ce genre de soirées. Il n'y a rien de mieux que de passer un moment amusant avec mes enfants. Et en même temps, je mentirais si je disais que je ne savoure pas cet instant aussi. Le calme après la tempête. Mon cœur est rempli d'amour et mon monde retourné sur son axe. Tu vois ce que je veux dire ? ajouta-t-elle en regardant Troy.

— Je pense que oui. C'est un moment paisible où tu es reconnaissante pour la vie et l'amour.

Le cœur de Joy gonfla dans sa poitrine et elle ravala ses larmes à nouveau.

— Tu l'as parfaitement résumé.

Il récupéra une larme qui s'était échappée et lui caressa la joue.

— Est-ce que tout va bien avec Britt ?

— Oui. Elle déménage au Texas. Elle va me manquer terriblement.

Elle lui adressa un sourire tremblant, fière de ne pas fondre en larmes cette fois-ci.

— Tu lui rendras visite, dit-il en l'embrassant doucement sur les lèvres.

— C'est certain. Au moins, elle sera loin de ces fichus paparazzi.

— Toujours voir le bon côté des choses.

Il l'attira à lui et passa la demi-heure suivante à la câliner et lui caresser le bras. Appuyée contre lui, elle savoura son étreinte, jusqu'au moment où sa peau commença à la picoter. Incapable de s'en empêcher, elle prit le visage de Troy et lui donna un baiser passionné. Lorsqu'ils s'écartèrent, ils étaient tous les deux pantelants.

— Nous devrions continuer dans ma chambre, dit-elle en lui caressant la mâchoire.

Troy ferma les yeux, savourant l'effleurement.

— Tu es sûre ? Je ne veux pas que tu te sentes mal à l'aise avec tes enfants à côté.

Elle rit doucement.

— Troy, ils sont adultes. Je suis certaine qu'ils peuvent faire avec.

Elle s'écarta de lui et se mit debout, puis elle lui tendit la main et l'aida à se lever, avant de le conduire jusqu'à sa chambre. Dès qu'elle en ferma et verrouilla la porte, elle n'accorda plus aucune pensée à ses enfants ; les prochaines heures, toute son attention fut consacrée à cet homme sexy et adorable qui la faisait se sentir désirée et chérie. Elle sut ce soir-là que, malgré la nouveauté de leur relation, elle ne le quitterait pas. C'était lui qu'elle voulait plus que tout.

CHAPITRE 22

*J*oy avait été soulagée en recevant l'appel de l'assistante de tournage lui disant que celui-ci avait été retardé. Prissy souffrait tout à coup d'une étrange maladie, les contraignant à repousser les prises de vue d'une semaine. Joy en avait profité pour aider sa fille à faire ses bagages et à préparer son déménagement, pour jouer aux cartes avec Kyle tandis qu'il reposait sa jambe et retrouver son coven.

La veille de sa reprise, les quatre sœurs s'étaient réunies sur la falaise où, plutôt que d'effectuer un rituel, elles avaient vidé trois bouteilles de vin. Voilà pourquoi Joy se trouvait désormais sur le plateau avec une horrible gueule de bois.

Quelqu'un frappa à sa caravane et l'assistant annonça :

— Joy ? Nous sommes prêts à tourner.

— J'arrive.

Elle avala deux ibuprofènes et essaya d'arranger son maquillage pour ne pas donner l'impression d'être sur le point de vomir. Pourquoi avait-elle attendu la veille de la reprise pour boire l'équivalent de son poids en vin ?

Elle était actrice, non ? Alors elle allait gérer. Elle sortit de sa caravane la tête haute, plissant les yeux pour lutter contre la luminosité du soleil, et suivit l'assistante jusqu'à la plage, où elle devait tourner avec Carly et Prissy. La première, emmitouflée dans un grand châle en laine épaisse, observait le ressac. Joy s'avança vers elle.

— Comment vas-tu ?

— Pas très bien, répliqua Carly, blême. Nous sommes dans une impasse. J'ai peur que nous ayons grillé nos cartouches trop tôt et de ne plus jamais la retrouver, du coup. Peut-être que j'aurais dû faire confiance à l'inspectrice.

— Je ne pense pas. J'ai entendu dire qu'elle avait été mise en congé administratif pendant que la police enquête sur son comportement non professionnel.

Carly se tourna lentement vers elle, les yeux écarquillés :

— Tu n'es pas sérieuse ! Comment est-ce que tu sais ça ?

— Ton avocat m'a appelée ce matin pour m'informer que je n'aurai plus aucun souci. *A priori*, il a fait appel à l'assistance juridique, et ils ont découvert qu'elle avait piraté mon portable et que c'est comme ça qu'elle avait découvert l'existence des dessins. Elle savait que j'avais eu des visions, mais elle s'est servie de ces dessins pour spéculer sur mon implication. Ton avocat la soupçonne d'avoir fait ça pour obtenir une promotion, puisqu'elle en a raté trois en trois ans. Résoudre une affaire importante comme celle-ci ne pourrait que l'aider.

Joy avait été choquée d'apprendre la nouvelle, parce qu'elle avait pensé que l'avocat ne s'occuperait que de la sortir du commissariat ce jour-là. Cependant, Carly n'engageait que les meilleurs, manifestement, et n'obtenait donc que le meilleur. Même si Joy avait *présumé* que l'incident était clos, elle était soulagée d'apprendre que c'était désormais confirmé.

— C'est...

Carly secoua la tête, l'air écœurée.

— Je n'ai même pas les mots. Je suis désolée, Joy.

— Ce n'est pas de ta faute. Merci de m'avoir envoyé Sebastian pour me défendre. J'ignore ce qui se serait passé si tu n'avais pas fait venir le meilleur.

Carly lui serra la main.

— Je suis contente qu'il ait pu t'aider. Après tout, c'est à cause de moi si tu te retrouves mêlée à tout ça. Je n'aurais pas supporté que quelqu'un d'autre souffre en m'aidant.

— Carly, tu sais que rien de tout ceci n'est de ta faute, n'est-ce pas ?

Joy tira légèrement sur la main de son amie afin qu'elle ne puisse échapper à son regard.

— Je ferais tout pour t'aider à trouver ta nièce. Savoir qu'elle est toujours portée disparue et que je ne peux rien faire de plus me rend malade.

— Je sais et j'apprécie. Mon détective continue les recherches.

— Et tu sais que si je vois quoi que ce soit, je t'en informerai au plus vite.

— Merci.

Elle avait passé de nombreuses heures à étudier les photos d'Harlow. Elle n'avait eu cependant aucune vision depuis la précédente, au poste de police.

— J'ai entendu dire que la police de Prémonition a mis un nouvel enquêteur sur l'affaire, mais personne ne m'a contactée jusque-là.

— Moi non plus.

Carly mit ses mains dans ses poches et observa la plage.

— On dirait qu'ils sont prêts.

En silence, elles rejoignirent l'endroit où la scène serait tournée, et pendant les quatre heures suivantes, Joy observa

Carly, qui laissa la tante stoïque et inquiète de côté, pour la remplacer par la grand-mère très active et pleine de vie. Et dès l'instant où le réalisateur leur signifia qu'elles en avaient terminé, elle redevint la tante inquiète et s'éloigna sans un mot.

— La vache, commenta Joy, ne s'adressant à personne en particulier. Cette femme a un talent hors du commun.

— C'est un fait, oui, confirma Quinn en s'approchant, les bras croisés.

Il plissa les paupières, comme s'il l'étudiait du regard.

— Cette façon qu'elle a de transcender une scène quand elle en a besoin, malgré tous ses soucis actuels, c'est inspirant, ajouta-t-elle. J'espère pouvoir être à moitié aussi douée qu'elle un jour.

— Tu es déjà géniale, Joy. Pas besoin de te comparer à Carly. C'est une excellente actrice, mais le jeu d'acteur ne fait pas tout.

Joy fronça les sourcils.

— Qu'est-ce que tu veux dire par là ?

— Rien.

Il haussa les épaules et lui sourit, narquois.

— Juste qu'on a tous nos talents.

Elle le regarda s'éloigner, mal à l'aise. Pas tant à cause de ce qu'il avait dit, mais de sa façon de le faire, qui lui donnait le sentiment qu'il avait un souci avec Carly. Pourquoi ? Elle n'arrivait pas à trouver la moindre raison. Le vent se leva, la glaçant jusqu'aux os tandis qu'elle retournait à sa caravane. Alors qu'elle s'apprêtait à entrer, elle entendit dans son dos la voix haut perchée de Prissy.

— Hé, Joy.

Ravalant son grognement, elle tourna sur elle-même.

— Prissy. Qu'est-ce qu'il y a ? Tu te sens mieux ?

— Oui. Pas grâce à toi. J'ai vomi tripes et boyaux pendant cinq jours.

— Navrée de l'apprendre, mais je ne vois pas bien en quoi c'est de ma faute.

— Ne crois pas que j'ignore que tu t'es vengée de moi sous prétexte que je t'ai fait quelques farces, répliqua la starlette avec un reniflement dédaigneux.

Quand elle reprit la parole, ce fut d'une voix pleine de venin :

— Quel est le problème d'avoir un peu d'acné ou mal à la gorge ? Ça ne vaut pas le coup de répliquer en empoisonnant la nourriture de ta collègue avec un sort qui a failli l'envoyer aux urgences.

— Je n'ai pas fait ça, répliqua froidement Joy. C'est toi qui as essayé de me rendre malade. À ta place, je commencerais à chercher les autres personnes que j'ai pu énerver. Mais laisse-moi en dehors de ça.

Elle pivota vivement, entra à grands pas dans sa caravane et claqua la porte derrière elle, déterminée à ne pas accorder une seconde de plus à Prissy.

— Salut, Joy.

Elle poussa un petit cri et sursauta en repérant Quinn à gauche de la porte.

— Bon sang, Quinn ! Qu'est-ce que tu fais là ? Tu m'as filé la peur de ma vie.

— Pas encore, non, rétorqua-t-il avec un sourire diabolique. Mais j'ai encore le temps.

Elle recula d'un pas, prête à fuir la caravane, mais trop tard. Il lui jeta de la poudre blanche au visage, et elle s'affala au sol, perdant connaissance.

~

LES PALPITATIONS dans le crâne de Joy avaient adopté un rythme régulier, accordé à celui des battements de son cœur. Sa tête lui faisait mal, et quand elle essaya de rouler sur elle-même, quelque chose la retint. Ses paupières papillotèrent alors qu'elle tentait d'éclaircir sa vision floue, et elle gémit en sentant son ventre se soulever.

— Enfin tu te réveilles, espèce de sorcière flemmarde, grogna quelqu'un.

— Qui est-ce ? demanda-t-elle, essayant toujours, en vain, de se concentrer.

— Qui c'est, d'après toi ?

Des pas lourds résonnèrent dans la pièce et le matelas se creusa près d'elle. L'odeur d'océan et de pin l'envahit.

— Quinn ? Que s'est-il passé ?

— Tu as failli faire une overdose à cause d'un somnifère écrasé. Pour l'amour du ciel, tu n'as donc aucune tolérance aux médicaments ou quoi ?

— Quasiment aucune, oui.

Elle n'était pas fan des remèdes qui n'étaient pas aux plantes et les évitait le plus possible.

— Réveille-toi. On a du boulot, ordonna-t-il.

Les pas reprirent, et le bruit aviva sa douleur, lui provoquant presque une migraine.

— Arrête, s'il te plaît, le supplia-t-elle. Ma tête me fait un mal de chien.

— C'est parce que tu t'es cognée à un meuble en t'écroulant. Je n'avais jamais vu un tel poids plume, sérieux. Tu ne t'en sortiras jamais à Hollywood. Il suffirait de verser un truc dans ton verre, et c'en serait fini de toi. Si je n'avais pas été là aujourd'hui et que je ne t'avais pas filé un peu de coke, qui sait combien de temps tu serais restée inconsciente ? Peut-être que tu ne te serais même pas réveillée. Quelle tristesse.

Quelque chose dans son verre ? De la coke ? Quinn l'avait droguée ? Elle tenta de se redresser, mais fut retenue en arrière, et elle comprit ; ses mains étaient attachées à la tête de lit et ses pieds noués entre eux. Elle ne pouvait aller nulle part. Elle cligna plusieurs fois des paupières pour éclaircir sa vision, et se focalisa enfin sur Quinn, assis sur une chaise, les yeux rivés sur elle. Il avait les joues creuses comme s'il sortait d'une beuverie et ses vêtements étaient complètement froissés. Lui qui était toujours si propre sur lui d'ordinaire. Cependant, dans cette pièce qui s'avéra être une chambre de motel, il ressemblait à un junkie désespéré de trouver sa prochaine dose.

— Pourquoi, Quinn ? demanda-t-elle d'une voix rauque, en essayant, en vain, de libérer ses pieds. Qu'est-ce que tu veux ?

— À ton avis ?

Il engloba leur environnement d'un geste de la main.

— Si Carly ne paie pas cette rançon, c'est tout ce qu'il va me rester à présent.

— Carly ?

L'horreur l'envahit, et cette fois-ci, quand son estomac se souleva, elle se pencha juste à temps pour le vider sur le sol. Les liens frottèrent ses poignets, et elle se demanda si elle aurait la peau écorchée quand elle sortirait d'ici.

— Tu es dégoûtante, commenta-t-il en se rendant dans la petite salle de bains attenante.

À son retour, il jeta une serviette sur le vomi et retourna s'asseoir, penché vers l'avant, les mains serrées.

— J'ai tout tenté pour que Carly me file le fric. J'ai toujours un atout dans ma manche, mais j'aimerais mieux éviter de m'en servir. Quand tu craches les secrets de ton ex, il y a un prix à payer, à Hollywood. Certains réalisateurs se montrent frileux à cause de ça. Mais je pourrai toujours m'en sortir si la rançon est suffisante.

— Ton ex ? Tu sortais avec Harlow ? s'écria-t-elle, horrifiée.

Quinn haussa un sourcil.

— Tu es toujours aussi lente ?

Joy regarda le plafond jaunissant et rassembla ses pensées. Il lui avait montré une photo de Carly, Harlow et lui. Mais cette dernière n'avait-elle pas un copain ? Crâne Rasé envisageait de vendre cette histoire aux journalistes. Quel était son nom, au fait ?

Quinton.

Bordel de merde. Elle avait eu les indices sous le nez tout ce temps. Comment aurait-elle pu deviner cependant que l'ex d'Harlow était derrière son enlèvement ? Carly l'ignorait, manifestement, sinon elle aurait enquêté elle-même sur Quinn.

— Que t'est-il arrivé ?

— Que m'est-il arrivé, qu'elle demande, répliqua-t-il, moqueur. Que s'est-il passé ?

Se levant, il se mit à faire les cent pas.

— Au début, tout était génial. Harlow et moi, on était heureux. On passait tout notre temps ensemble et j'envisageais même de l'épouser. Mais, tout à coup, Carly a décidé que sa nièce méritait mieux dans la vie que de suivre un acteur partout et elle l'a convaincue de s'inscrire à une émission musicale, et depuis, ça s'est dégradé.

— Qu'est-ce qui s'est dégradé ? Votre relation ?

— Non. Ne sois pas bête. Harlow m'aimait, répliqua-t-il en levant le menton comme s'il était un don du ciel pour n'importe quelle femme. C'est ma carrière qui s'est dégradée. Puisqu'on ne me voyait plus en compagnie de la nièce de la tante la plus adorée de tout Hollywood, les directeurs de casting ne m'ont plus contacté. J'avais de moins en moins de rôles et la presse ne s'intéressait plus à moi. Tu n'imagines pas comme c'est agréable d'avoir les paparazzi qui te suivent partout. S'ils parlent de toi, ça veut dire qu'ils te veulent. Et ça, ça se traduit en boulot et en fric.

— Alors tout ça, c'est pour te venger, parce que le conseil de Carly a terni ta réputation ? demanda-t-elle, incrédule.

— Ce n'est pas de la revanche, c'est de la survie ! rugit-il en donnant un coup de poing dans une table de chevet branlante.

Elle trembla, puis tomba, emportant la lampe bon marché avec elle.

— Personne ne supporterait de passer du statut de star la plus courue et la plus prometteuse à acteur incapable d'obtenir un rôle dans un film si une amie n'exigeait pas sa présence sous peine de ne pas signer elle-même.

— Prissy ? précisa-t-elle. C'est elle qui t'a recommandé ?

— Oui. Mais seulement parce que je l'ai branchée avec un fournisseur fiable.

Il haussa les épaules, comme si prendre de la drogue était monnaie courante. Peut-être que ça l'était à Hollywood. Il y avait des rumeurs à ce sujet, en tout cas. Pour le moment, cependant, sur le plateau, personne ne semblait drogué. À part Quinn, en tout cas.

Elle se souvenait encore qu'il lui avait dit que Prissy était une plaie. Et pourtant, c'était grâce à elle qu'il avait obtenu ce travail. Il ne devait pas y avoir d'honneur entre consommateurs.

— Et donc, qu'est-ce que tu comptes faire ? Qu'est-ce que je fais là ? le questionna Joy, qui voulait en venir au point. Tu vas demander une rançon pour moi aussi ? Si c'est ton idée, sache que personne, de ma connaissance, ne possède assez d'argent pour valoir le coup de me droguer et de m'enlever.

Sa tête la faisait toujours souffrir, mais son indignation

montait, et elle était prête à se battre jusqu'à pouvoir passer les mains autour du cou de ce connard et l'étouffer.

Comment osait-il la droguer et l'attacher à un lit d'un quelconque motel ? Enfoiré.

— Tu vas m'aider à motiver Carly à faire ce qu'il faut.

Il attrapa une bouteille de bière sur un meuble et en but une longue gorgée.

— Elle a bon cœur. Je sais que son cousin essaie de l'empêcher de me payer, mais maintenant que quelqu'un d'autre est en danger, elle sera davantage motivée.

— Son cousin ? demanda-t-elle.

Assez bêtement, d'ailleurs, parce que, qui est-ce que ça pourrait être d'autre ?

— Terry ? Barry ? Larry ? Je ne sais pas. Un truc comme ça. Le type rasé. C'est toujours lui qu'elles appellent quand elles ont besoin d'aide pour un truc sensible. Comme un réparateur, en quelque sorte.

— Gary, marmonna-t-elle.

— Quoi ?

— Rien.

Elle voulut secouer la tête, mais se ravisa en sentant sa douleur s'intensifier.

— Je sais ce que tu penses de moi, tu vois, déclara-t-il tout à coup, énervé.

— Ah oui ?

Elle mourait d'envie de lui dire quelle sale petite ordure il était, un petit con qui accusait les femmes de ses propres faiblesses et qui méritait d'être un acteur de quatrième zone seulement capable de trouver du travail pour des reconstitutions historiques. Toutefois, elle était attachée à un matelas sans doute infesté de puces de lit et n'était donc pas en position de s'opposer à lui. À la place, elle allait se taire en espérant qu'il parlerait jusqu'à l'inconscience. Peut-être qu'elle disposerait alors d'un peu de temps pour se libérer de ses liens.

— Tu me prends pour un idiot ? rugit-il. Tu crois que je suis un naze, un type qui mérite d'être largué.

— C'est Harlow qui a rompu ?

Il fit une grimace et eut tout à coup un regard de tueur en série. Peut-être avait-elle poussé le bouchon trop loin. Elle aurait voulu se recroqueviller sur elle-même, mais elle était incapable de bouger.

— Elle m'a laissé tomber. Par texto. Qui fait ça, putain ?

Il déambula dans la pièce, renversant une chaise, donnant un coup de pied à la table de nuit par terre.

— Cette salope a une dette envers moi.

Et voilà. Comment Harlow osait-elle vivre sa vie au lieu de le soutenir lui et de le laisser profiter de ses liens familiaux ? Il était le pire des connards. Le sol aurait pu s'ouvrir et l'engloutir, elle n'aurait rien eu à y redire.

— Alors tu vas me servir à faire pression sur Carly, histoire qu'elle me paie et que je puisse m'installer sur les collines d'Hollywood, conduire une Tesla et agir comme toutes les stars de film riches de là-bas. À ce moment-là, on me tendra les rôles sur un plateau d'argent.

Il se noyait littéralement dans son fantasme.

— Tu sais que ça ne fonctionne pas comme ça, n'est-ce pas ? ne put-elle s'empêcher de répliquer.

— Tu parles ! Personne ne rentre dans ce milieu comme toi, *Joy*. Il faut des années, des relations et un statut. Et pourtant, te voilà, à jouer les actrices juste parce qu'un photographe célèbre s'est entiché de toi et a pris quelques photos correctes. Fais-moi confiance, ce sera ton dernier rôle. Avec un peu de chance, tu connaîtras la gloire, mais ce ne sera l'affaire que d'un film. Personne ne voudra de toi.

Il détailla son corps et secoua la tête.

— Tu vieillis déjà. Les rôles ne vont pas suivre, à moins d'être Carly Preston. Faudra t'y faire, princesse.

Elle faillit lui rire au nez. Elle s'amusait, sur ce tournage, et savait qu'elle pourrait sans doute obtenir des rôles au théâtre de Prémonition. Et cela lui conviendrait, même si elle n'était plus appelée pour un film. Plus que conviendrait, d'ailleurs. Elle adorait être actrice, mais pas tout le reste. La célébrité, la publicité, les fêtes. Rien de tout ceci ne l'intéressait. Et elle pouvait clairement se passer de se voir en une des magazines sur les étagères du supermarché.

— C'est noté.

Il renifla avec dérision.

— Tu crois que je me fous de toi. Très bien, Joy. Je connais la vérité. Tu la découvriras bien assez tôt.

Elle ferma les paupières, pour tenter d'atténuer les battements sourds de son œil gauche, et pria pour que Quinn se fasse dévorer par une colonie de fourmis rouges. Oui, cela la rendrait vraiment très heureuse.

— Est-ce que Carly sait déjà que je suis là ?

— Oui. Mon demi-frère l'a contactée il y a quelques heures, répondit-il, ravi. Il lui a dit que nous étions prêts à nous montrer moins gentils avec Harlow si elle n'envoie pas l'argent avant minuit, et que tu seras hors service tant que les fonds ne nous auront pas été transférés et que nous ne serons pas loin d'ici. À ce moment-là, j'envisagerai de leur dire où te trouver. Ou pas, si tu continues à te comporter comme une garce.

— Quel charmeur, marmonna-t-elle.

— Continue comme ça, Lansing. Je meurs d'envie de découvrir si tu arrives à flotter, avec tes bras et tes jambes attachés ensemble.

À l'instant où une image d'elle, tête la première dans une

piscine, jaillit dans son esprit, elle décida d'arrêter de l'énerver et de chercher plutôt un sort, une incantation qui desserrerait ses liens.

Dommage, le seul auquel elle pensa servait à conjurer du feu. Ça brûlerait ses cordes, oui, mais elle finirait en chips dans la manœuvre.

Merde.

Au cours de la soirée, Quinn continua à déblatérer en donnant des coups de pied dans les meubles. Joy avait mal partout et commençait à désespérer. Si Carly avait suivi le conseil de Gary et refusé de payer pour libérer Harlow, pourquoi le ferait-elle pour Joy ? La logique de Quinn n'en avait aucune pour elle, mais, après tout, un homme frustré et drogué ne devait pas avoir les idées très claires.

Les heures s'étirèrent, et elle somnola, jusqu'au moment où elle perçut un bruit sur la porte. Ses yeux s'ouvrirent d'un coup et elle se raidit. Était-ce le demi-frère de Quinn ? Ou un type louche, genre l'un de ses dealers ? Elle n'en avait aucune idée, mais il n'y avait pas de temps à perdre. Elle devait partir d'ici, attachée ou non.

Quinn dormait sur une chaise près du lit. Joy pria avec ferveur pour que son cœur ait cessé de battre ; ce serait déjà un sort clément par rapport à ce qu'il méritait.

Joy testa ses poignets, se tortillant, agitant les mains près de la tête de lit. Si au moins elle arrivait à les rapprocher l'une de l'autre, elle pourrait se servir de ses doigts pour se libérer.

Le lit grinça, et quiconque l'entendrait penserait que Quinn et elle se livraient à quelques acrobaties nocturnes. Elle en frémit de dégoût. Elle en avait sa claque. Elle devait partir d'ici. De toutes ses forces, elle rapprocha son poignet droit du gauche, et quand ils se plaquèrent l'un à l'autre, la douleur remonta jusqu'à son épaule, la faisant grogner.

Quinn s'étira et elle se figea.

Cependant, il se calma très vite et elle put s'attaquer aux nœuds à ses poignets. Il lui fallut un moment avant que les liens finissent par se relâcher. À l'instant où elle s'apprêtait à libérer son poignet gauche, un poing s'abattit sur son visage.

CHAPITRE 23

*T*rois choses survinrent en même temps : la douleur explosa dans la joue de Joy ; elle rua et donna, avec ses deux genoux, un coup dans les parties de Quinn ; la porte s'ouvrit dans un grand bruit.

— Éloigne-toi d'elle, sale tordu gluant ! ordonna Grace, d'une voix emplie de rage.

Quinn, qui souffrait de l'attaque à son entrejambe, se le prit à deux mains et roula sur le sol.

Un flot de magie jaillit de la porte et le heurta en pleine poitrine au même moment. Il vibra sous l'assaut du sortilège, et lorsque les sœurs de coven de Joy cessèrent toute sorcellerie, le connard qui l'avait droguée et attachée au lit d'un motel merdique ne bougeait plus ; il restait les yeux rivés dans le vide et les deux mains sur les bourses.

— Joy ! s'écria Hope en s'approchant précipitamment pour défaire ses liens. Par la déesse, tu vas bien ? Tu es blessée ?

— Argh, gémit-elle en roulant sur le côté. J'ai mal partout. Et très envie d'aller aux toilettes.

— On te tient.

Hope lui passa un bras autour des épaules et Grace lui prit l'autre bras.

— Tu es sauvée, ma chérie, lui dit celle-ci. C'est terminé.

— Harlow ? demanda Joy d'une voix rauque. Vous l'avez trouvée ?

— Oui, confirma Hope. Elle va bien. Allons à la salle de bains.

Lorsque la police arriva plus tard, Joy était assise sur les marches en béton du motel, un sac de glace sur le visage. Même si sa tête lui faisait toujours mal, elle avait réussi à se dégourdir un peu les jambes et les bras.

— Madame Lansing ? demanda une femme menue à la peau sombre, vêtue d'un pantalon et d'une chemise, et qui s'agenouilla devant elle. Je suis l'inspectrice Danes. On m'a confié l'affaire après la suspension de l'inspectrice Coolidge. Je sais que vous avez traversé beaucoup de choses ce soir et je suis consciente que ma collègue s'est mal comportée avec vous. Malgré tout, j'espérais que vous pourriez m'aider en remplissant quelques blancs afin que nous soyons certains d'avoir tout couvert, histoire que M. Redmond fasse un long et agréable séjour dans la prison de l'État. Pourriez-vous faire ça pour moi ?

— Oui, confirma Joy, parce que s'il y avait bien une chose qu'elle voulait retirer de cette épreuve, c'était la mise en prison de Quinn pour un très long moment. Je peux faire ça.

L'inspectrice lui serra la main.

— Merci. Nous pourrons aller au poste dans quelques minutes.

— Je ne veux pas y aller.

Danes cligna des paupières.

— Je suis désolée. Vous ne voulez pas faire votre déposition au commissariat ?

— Non. Les deux dernières fois n'ont pas été vraiment agréables.

Joy sirota l'eau que Gigi lui avait donnée et observa les gyrophares des voitures de police.

— Faites ça chez moi, déclara une voix familière.

Levant les yeux, elle reconnut Carly, qui s'accrochait à une femme qui ne pouvait être qu'Harlow.

— Contente de te voir, Joy, lui dit-elle avec un sourire peiné. Je suis désolée pour ce que tu viens de vivre.

— Ce n'est pas de ta faute. Tu n'imagines pas combien je suis heureuse de voir Harlow à tes côtés.

La jeune femme jeta un bref coup d'œil à Joy avant de se cacher à nouveau contre l'épaule de sa tante.

— Moi aussi, dit celle-ci tout bas. Moi aussi.

Elle se tourna vers l'inspectrice Danes.

— Je vais ramener Harlow à la maison. Si vous voulez lui parler, vous êtes la bienvenue chez nous. Mon garde du corps vous donnera l'adresse, si vous ne l'avez pas déjà. Joy et ses amies y sont les bienvenues aussi.

Sans un mot, Carly s'en alla avec sa nièce, rejoignant le SUV à côté duquel se tenait Gary.

Joy serra la main de Hope.

— Merci.

— Tu n'as pas à nous remercier, ma belle. Tu aurais fait la même chose pour moi.

— Comment m'avez-vous trouvée ?

— Angela, répliqua simplement Hope. Cette femme est encore plus utile qu'un chat.

— Angela ? intervint la policière, intriguée.

Hope lui sourit patiemment.

— C'est ma mère, et elle souffre de télépathie sévère. Elle ne peut pas s'empêcher d'écouter. Ce soir, alors qu'elle faisait ses courses, elle a entendu le partenaire de cette enflure penser qu'Harlow Preston était une emmerdeuse et aussi songer au motel. Alors elle l'a suivi jusque-là et m'a appelée. J'ai contacté mon coven, et nous avons débarqué comme Charlie et ses drôles de dames pour botter des culs.

Danes pouffa.

— Oui, je vois bien le genre. Très bien. Je vous retrouve toutes chez Carly Preston. Cela vous convient, madame Lansing ?

Joy opina, sachant que Carly ne laisserait pas la police manigancer quoi que ce soit. Et consciente que son avocat, Sebastian, était déjà en route.

Joy RÉPONDAIT aux questions depuis près d'une heure dans le bureau de Carly, quand Sebastian Knight entra. Il s'assit sur le même genre de fauteuil en cuir qu'elle, posa sa cheville sur son genou, lui fit un clin d'œil, puis se tourna vers l'inspectrice.

— Bonjour, dit-il en lui tendant la main, avant de se présenter. Je représente Joy Lansing, Gigi Martin, Hope Anderson, Grace Valentine, et Harlow Preston évidemment. À partir de maintenant, plus aucune question ne devra être posée en mon absence. Suis-je assez clair ?

Danes hocha la tête, puis sourit en coin.

— Aucune de vos clientes n'est en état d'arrestation, monsieur Knight.

— J'en suis tout à fait conscient, mais étant donné la façon dont Mme Lansing a été traitée par le passé, nous préférons nous montrer prudents.

— C'est noté.

L'inspectrice reprit ses questions détaillées à Joy concernant son séjour au motel et tout ce dont Quinn et elle avaient parlé. Une heure plus tard, Joy était si épuisée et en souffrance qu'elle était à deux doigts de pleurer.

— Je pense que ça ira pour ce soir, intervint Sebastian à point nommé.

Joy se demanda si lui aussi avait la « malédiction » de télépathie – pour reprendre l'expression de Hope.

— Ma cliente a beaucoup souffert aujourd'hui. Si vous avez encore des questions à lui poser, veuillez appeler mon cabinet et nous conviendrons d'un rendez-vous.

Danes opina et se leva.

— Vous m'avez tout l'air d'un avocat attentionné et compétent, monsieur Knight. Je n'hésiterai pas à vous recommander.

— Merci, dit-il simplement en la regardant quitter la pièce, avant de se tourner vers Joy. Je pense que les informations que vous leur avez données leur seront d'une grande aide pour cette affaire.

— J'espère. Mais en ont-ils vraiment besoin ? Après tout, Harlow…

Il leva une main pour l'interrompre.

— Harlow n'a aucun souvenir de son enlèvement. Heureusement que votre vision a été enregistrée. Harlow était droguée et n'a jamais vu Quinton pendant sa détention. Sans vous, le dossier ne tiendrait à rien.

— Ouah. Je l'ignorais, dit Joy, en posant la main sur sa joue douloureuse.

— C'est déjà en train de bleuir. Vous devriez demander un baume à Clarity… enfin, Gigi. Je suis sûr qu'elle en aura un qui pourra vous aider en un rien de temps.

Il lui décocha un gentil sourire, puis se leva et lui proposa sa main.

— Comment connaissez-vous Gigi ? demanda-t-elle, curieuse.

On lui avait posé tellement de questions ce soir-là qu'il ne lui paraissait que juste de pouvoir en poser à son tour, même si ce n'étaient pas ses oignons.

— Nous étions amis, il y a très longtemps. Les gens changent rarement beaucoup.

Elle médita cette phrase quelques instants.

— Vous savez ? Je crois bien que vous avez raison.

Ils retrouvèrent son coven et Carly dans le salon, Carly félicitant ses amies et leur donnant des surnoms de superhéroïnes. Joy sourit, puis grimaça en sentant la douleur dans sa joue.

— Joy, l'appela doucement Carly quand elle la repéra. Comment tu te sens ?

— Honnêtement ? J'ai mal partout. Tu aurais une potion antidouleur quelque part ?

— J'en ai. Suis-moi.

Elle se leva du canapé avec grâce, et Joy la suivit jusqu'à une pièce qui n'était autre qu'une boutique d'apothicaire, la vente en moins. L'endroit était rempli d'herbes, de potions dans un frigo, et de tous les ingrédients nécessaires pour jeter des sorts.

— Cette pièce est géniale, commenta Joy, admirative. Tu y passes beaucoup de temps ?

Carly opina.

— Préparer des potions et des remèdes aux herbes me détend. C'est ce que je fais quand je veux me relaxer.

— Tu y as mis une sacrée énergie, pour une maison que tu ne loues qu'une courte période.

— C'est ce qui était prévu, oui, mais j'ai décidé il y a quelque temps de m'installer ici plus longtemps. Alors c'est une location à long terme. J'espère même que le propriétaire voudra bien me la vendre mais, pour l'instant, je n'ai pas réussi à le convaincre.

— C'est... ouah. C'est vraiment bien, Carly. Je t'imagine bien vivre ici.

Dans le frigo, Carly attrapa une bouteille en verre.

— Ça devrait faire l'affaire. En plus, ça accélère la guérison.

— J'aurais aimé le savoir quand Prissy me filait ses malédictions. Je t'aurais demandé une potion pour lui remettre les idées en place ou l'envoyer vivre sur une autre planète.

— Ce serait merveilleux. Je parie qu'elle se plairait beaucoup sur Vénus. C'est un endroit parfait pour les méchantes, commenta-t-elle en souriant. En attendant, j'ai peut-être glissé quelque chose dans son café, que j'aurais juré être un stabilisateur d'humeur. Mais il s'est avéré que ça n'a pas très bien marché pour elle. Ça nous a au moins donné un peu de temps sans ses conneries.

Joy explosa de rire.

— Oh punaise. Je t'aime encore plus qu'avant. C'est trop drôle.

Les yeux de Carly pétillèrent pour la première fois depuis l'annonce de l'enlèvement d'Harlow, et le cœur de Joy se gonfla de bonheur. Cette femme était contagieuse. Pas étonnant qu'elle soit une mégastar. Les gens étaient forcément attirés par elle.

— Elle l'a mérité.

Elles rirent toutes les deux, puis le silence s'installa. Enfin, Joy se racla la gorge.

— Est-ce que je peux te poser une question ?

— Oui, bien sûr.

— Qu'est-ce qui se passe avec Crâne Rasé ? Enfin, Gary, je

veux dire. Quinn m'a dit que c'était ton cousin. Mais Hope l'a entendu penser qu'il voulait raconter l'histoire d'Harlow, et je ne sais toujours pas vraiment pour quelle raison il travaille pour toi. J'ai entendu des tas d'histoires sur des familles se faisant des trucs tordus pour de l'argent. Est-ce qu'il te fait chanter ? Parce que si c'est le cas, on se débarrassera de lui comme on l'a fait de cette ordure de Quinn. Je suis sérieuse. Nous pouvons nous en occuper tout de suite.

Carly rit à gorge déployée, si fort qu'elle en perdit le souffle.

— Euh, Carly ? Je crois que tu as besoin de respirer.

Quand l'actrice se reprit enfin, elle s'essuya les joues, baignées de larmes de joie.

— Oh, par les déesses. C'est trop drôle. Merci, Joy.

— Euh… je t'en prie ? Qu'est-ce qu'il y a de si amusant ?

— Gary est bien mon cousin et il ne me fait aucun chantage. Ça ne lui viendrait jamais à l'idée. C'est le seul en qui j'ai confiance pour nous soutenir quand ça devient la folie. Le jour où Hope l'a entendu penser ça, ce n'était que sa frustration qui s'exprimait. Nous soupçonnions Quinn d'être derrière l'enlèvement, mais aucune recherche que nous avons faite n'a donné de résultat probant. Nous savons désormais que ce n'était pas lui qui l'a enlevée ni retenue, mais qu'il était le cerveau de l'opération. À ce moment-là, Gary s'est dit que s'il balançait à la presse quelques histoires sur la consommation de drogues de Quinn, d'autres ressortiraient et ça nous donnerait une piste. Je lui ai répondu que ce serait trop risqué, car Quinn était sorti assez longtemps avec Harlow, donc ça l'enverrait elle aussi dans la fosse aux lions. Elle ne le méritait pas. Je voulais la protéger.

— Tu lui as dit que c'était uniquement grâce à toi s'il ne s'était pas fait arrêter. Pour quelle raison se serait-il fait arrêter ?

Les lèvres de Carly s'ourlèrent en un sourire.

— Tu n'en rates pas une, n'est-ce pas ?

Joy haussa les épaules.

— J'étais vraiment bouleversée et désireuse de t'aider.

— Et je te remercie pour ça, répliqua Carly en lui serrant la main. Je jouais juste la comédie. Je ne pouvais pas laisser mon garde du corps se retourner contre moi, n'est-ce pas ? Peu de gens savent que Gary est mon cousin. Je préfère que ça reste ainsi. C'est plus facile pour lui de mener sa vie sans être dans les tabloïds.

— Et Quinn ? Comment as-tu réussi à bosser avec lui alors que tu le soupçonnais de l'enlèvement d'Harlow ?

Le sourire disparut, remplacé par une moue renfrognée.

— Laisse-moi te dire, Joy, que ça n'a pas été facile. Ça ne faisait qu'un mois qu'il sortait avec Harlow quand j'ai réalisé que c'était un profiteur. Il fallait impérativement que j'éloigne ma nièce de lui. J'ai même sauté de joie le jour où elle l'a largué.

— J'imagine bien.

— Je ne sais pas comment il a obtenu un rôle sur ce film, mais si je l'avais su avant de signer, je n'aurais jamais accepté ce rôle. Hors de question. Cependant, je suis une professionnelle. Quelle image ça aurait donnée de moi si j'avais fait un énorme caprice à cause d'un personnage secondaire avec lequel j'ai très peu de scènes ?

— C'est un dilemme, c'est sûr. Mais regarde le bon côté des choses.

— Qui est ?

— Il ne va sans doute pas sortir de prison avant un moment, mais même si c'est le cas, les réalisateurs vont changer l'acteur pour son rôle. En d'autres termes, je vais avoir la chance de tourner une nouvelle scène incroyablement bizarre avec un gamin quelconque incapable de trouver le point de plaisir d'une femme même avec des instructions détaillées et une lampe de poche.

Carly s'affala dans un fauteuil et rit si fort qu'elle en pleura encore. Joy décida de tout faire pour que son amie rie chaque jour qu'elle serait à Prémonition.

— onjour, beauté, dit Troy en se blottissant
contre le corps nu de Joy, le nez dans son cou.

— Bonjour, marmonna-t-elle.

Par la fenêtre de la chambre de Troy, elle observa les
vagues. Quatre semaines s'étaient écoulées depuis l'enlèvement
et, depuis ce jour-là, sa vie avait été un long fleuve tranquille.
Elle avait fait des adieux larmoyants à Britt avant de l'envoyer
au Texas rejoindre un homme qui était peut-être, ou peut-être
pas, le bon pour elle. Seul le temps dirait si Dave pouvait
devenir l'homme que Britt méritait. Joy l'espérait.
Sincèrement, parce qu'elle appréciait le jeune homme et voyait
bien que sa fille tenait à lui.

Le tournage avait été repoussé de quelques semaines, le
temps qu'ils trouvent un nouvel acteur pour jouer son amant.
Ils avaient aussi insisté pour qu'elle aille voir un thérapeute,
puisqu'elle avait été droguée et enlevée sur le plateau. Elle
n'était pas naïve ; elle savait qu'ils ne le faisaient que pour se
couvrir pour le cas où elle ferait une dépression. Il s'était
cependant avéré que cela l'avait bien aidée pour combattre

l'anxiété qui l'avait saisie. Elle n'avait jamais été du genre nerveuse, mais les événements traumatisants pouvaient déclencher des soucis d'ordre mental, comme tout le monde le sait. La thérapie l'avait aidée, et elle continuait à y aller une fois par semaine, juste pour être sûre que tout allait bien, puisqu'elle était retournée au travail. Les paparazzi, quoique toujours présents, avaient trouvé plus intéressant à écrire, si bien que son nom ne faisait plus la une des journaux.

Cet honneur était réservé à Harlow. Peu de temps après son retour, elle avait décidé qu'il était temps qu'elle raconte son histoire. Alors Carly avait fait appel à un journaliste de confiance, et une semaine plus tard, l'article était paru. Dedans, Harlow détaillait les circonstances du décès de son père et le rôle de sa mère ensuite. À dix ans, Harlow était tombée sur son père en train d'étrangler sa mère. Sachant qu'il y avait un pistolet dans la commode, elle s'en était servie pour sauver sa mère. À la fin des événements, la mère avait menti pour couvrir sa fille. Elle ne voulait pas que celle-ci soit connue comme l'enfant ayant tué son père. Cela avait été un énorme traumatisme pour Harlow, séparée de sa mère pendant des années, et elle avait dû suivre une longue thérapie. Carly ne voulait pas qu'Harlow raconte son histoire, mais sa nièce avait insisté en disant que cela faisait partie de sa guérison. Et jusqu'à présent, elle gérait bien la situation. Même la presse se montrait plutôt respectueuse pour l'instant et laissait les Preston tranquilles. Cela ne les empêchait pas de publier des articles, comme il fallait s'y attendre.

— Je me disais qu'on pourrait déjeuner au lit, dit Troy en passant la main sur son flanc.

Joy frémit, mais pas de froid.

— Et qui le prépare ?

Il ricana.

— Pas toi.

Elle roula sur le côté pour l'embrasser sur les lèvres.

— C'est une merveilleuse idée. Mais je crois que j'ai faim d'autre chose d'abord.

Ils firent l'amour en prenant tout leur temps, bercés par la bande sonore de l'océan s'écrasant sur les rochers. Le mois écoulé aux côtés de Troy avait été un vrai rêve. Ils passaient presque toutes leurs soirées et leurs nuits ensemble, chez l'un ou chez l'autre. Cela dit, elle s'était très vite amourachée de sa maison à lui. Il n'y avait rien de plus apaisant que de s'endormir et de se réveiller baignée par le bruit des vagues et les senteurs marines.

La vie avec Troy la rendait heureuse. Il était attentionné et la soutenait quoi qu'elle fasse, en plus de lui donner l'impression d'être sublime. Et il était un excellent cuisinier. En outre, ce qui ne pouvait pas faire de mal : ses enfants l'adoraient.

Après leur festin amoureux, Troy se rendit à la cuisine et, à son retour, il tendit à Joy un plateau contenant une omelette au fromage de chèvre, des baies fraîches, du bacon et une grande tasse à café.

— Tu m'as déjà dans ton lit, plaisanta-t-elle. Plus besoin de me faire la cour.

Tout en riant, il retourna au lit et lui piqua un morceau de bacon. Elle avait découvert au fil du temps qu'il ne déjeunait pas trop le matin. C'était donc d'autant plus adorable qu'il prépare tout cela rien que pour elle. Ou bien il voulait quelque chose. Elle décréta que les deux assertions étaient vraies. Troy cala une des mèches de Joy derrière son oreille.

— Je me demandais si tu étais libre ce soir.

— Oui. Comme toujours, non ?

Elle but une gorgée de café.

— Pas quand tu as des réunions avec ton coven.

— Oh, c'est vrai. Rien ne doit se mettre en travers de mes soirées avec les filles.

— Comme si je ne le savais pas, commenta-t-il avec un sourire narquois. Que les déesses viennent en aide à un homme osant s'interposer entre une sorcière et son coven.

— C'est toi qui l'as dit, pas moi.

Elle lui tendit son morceau de bacon, lui proposant d'en mordre un bout. Il accepta, avalant tout le morceau.

— La vache, c'est bon, dit-il.

— Oui, mes compliments au chef. Maintenant, qu'est-ce qu'on fait ce soir ?

— C'est une surprise. Tiens-toi prête pour sept heures.

Sur ces mots, il descendit du lit et se dirigea vers la salle de bains.

Joy le regarda s'éloigner en admirant ses fesses rebondies au passage.

— Qu'est-ce que je dois porter ?

— La robe rouge sexy dans ton placard.

— Quelle robe rouge sexy ? cria-t-elle.

Trop tard. Le bruit de l'eau coulant dans les tuyaux puis le couinement de la paroi mirent fin à la conversation pour le moment. Et lorsqu'il revint dans la chambre, Joy était tellement concentrée sur son petit déjeuner qu'elle avait complètement oublié cette robe rouge mystérieuse.

KYLE SIFFLA TOUT bas quand Joy sortit de sa chambre vêtue d'une robe dos-nu dévoilant un peu son décolleté – heureusement, pas au point qu'elle coure le risque de révéler ses atouts. La robe lui arrivait aux genoux et mettait à merveille en valeur ses jambes bronzées. Si Joy avait vu cette tenue dans un magasin, elle l'aurait immédiatement aimée, mais jamais essayée de peur d'être trop vieille pour ce genre de vêtements. Pourtant, ouah, quand elle se vit dans le miroir, elle se dit qu'elle aurait eu tort de passer à côté. Vraiment, très, très tort, parce que cette robe rouge sexy était devenue son habit préféré. À vrai dire, elle envisageait même de la porter tous les jours, vu les miracles qu'elle faisait à ses courbes minimalistes.

— Où allez-vous ce soir, tous les deux ? demanda Jackson, sur le canapé.

Kyle était assis de biais, ses jambes sur ce dernier, qui lui caressait les cheveux.

— Aucune idée. Troy m'a juste dit d'être prête à sept heures et vêtue de cette robe.

Elle sourit en voyant les deux jeunes hommes.

— Vous avez l'air bien câlins, ce soir.

Kyle rougit tandis que Jackson riait aux éclats.

— C'est une occasion spéciale ?

Le visage de son fils devint écarlate, et elle rit à son tour.

— D'accord, gardez ça pour vous. Et amusez-vous bien en mon absence. Faites juste attention à la jambe de Kyle et soyez prudents, d'accord ?

— Compris, répondirent-ils en chœur, ajoutant un salut militaire.

Elle leva les yeux au ciel, puis regarda la porte quand la sonnette retentit. Elle ouvrit et découvrit Troy dans un smoking taillé sur mesure, avec une cravate rouge. Il tenait un bouquet de roses de la même teinte et une bouteille de champagne.

— Ouah, tu me fais vraiment du charme, hein ? lança-t-elle en guise de salutation.

— En quelque sorte. Les fleurs sont pour toi. Le champagne est pour eux.

Il indiqua Kyle et Jackson de la tête avant de poser la bouteille sur la table.

Kyle était si rouge qu'il en était presque pourpre désormais. Jackson lui murmura quelque chose à l'oreille qui manqua de l'étouffer.

— Non ! N'y pense même pas.

— Oh, ça va, je sais déjà, dit Joy. C'est si évident à votre comportement que vous auriez aussi bien pu vous écrire « Anniversaire de relation » sur le front.

Kyle regarda partout sauf vers sa mère, tandis que Jackson levait les deux pouces en l'air.

Riant, elle apporta les roses à la cuisine et les plaça dans un vase. Puis elle retourna dans le salon et prit Troy par le bras. Alors qu'elle s'apprêtait à sortir, elle lança :

— Je vous aime tous les deux. N'oubliez pas de vous protéger. Il y a une boîte de préservatifs neuve dans la salle de bains.

Sur ces mots, elle referma la porte et Troy ricana.

— Je parie que tu as tué l'ambiance.

— Je fais ce que je peux, répliqua-t-elle en passant ses cheveux derrière son épaule comme si elle avait accompli son œuvre.

— Ne t'excite pas trop non plus. À leur âge, la gêne ne va durer que dix minutes.

Joy le fusilla du regard avant d'éclater de rire. Dès qu'ils furent à bord du SUV, elle demanda :

— Alors, où allons-nous ?

— Patience, répliqua-t-il.

Et il ne dit plus un mot jusqu'à ce qu'ils se garent sur le lieu du tournage. Elle fronça les sourcils.

— Qu'est-ce qu'on fait là ?

— Tu vas voir.

Il sortit de voiture et la contourna, réussissant à lui ouvrir sa portière avant qu'elle n'ait eu le temps de détacher sa ceinture. Il le fit à sa place, et dès qu'elle fut descendue du véhicule, il lui prit la main et la conduisit jusqu'à l'entrepôt qui leur servait de studio pour les scènes intérieures.

— Nous ne sommes pas censés être là, dit-elle en regardant autour d'elle pour voir si la sécurité les surveillait.

— Joy, tout va bien, ma belle. J'ai la permission.

Il tapa un code sur la porte, et quand elle entra, elle poussa un petit cri de surprise. L'intérieur avait été transformé en paradis hivernal, avec même une patinoire en plein centre.

— C'est magnifique, commenta-t-elle, les yeux humides.

Personne n'avait jamais eu ce genre de geste pour elle avant.

— Comment as-tu réussi à faire ça ?

— J'ai eu un peu d'aide de la production.

Il la conduisit jusqu'à une table non loin de la patinoire, sur laquelle étaient déjà disposées des assiettes surmontées d'une cloche.

— Tu as faim ?

— Oui. Je ne savais pas ce que nous allions faire, mais je me doutais que nous mangerions à un moment ou à un autre.

— Tu as bien deviné.

Quand il retira les cloches, elle sourit.

— Risotto au saumon. Le premier plat que tu m'as préparé.

— Je me souviens encore de l'expression de ton visage. Elle m'a fait un sacré effet.

Joy se pencha vers lui et lui donna un long baiser dévorant, soufflant :

— C'est toi qui me fais un sacré effet.

Elle se réinstalla convenablement sur sa chaise en secouant la tête, émerveillée.

— Tu retiens tout. Le saumon, la patinoire. Je t'ai dit un jour que je rêvais d'être patineuse enfant et que ça me rend heureuse encore maintenant d'avancer sur la glace.

Son regard dériva vers un tas de fausse neige et une luge en bois.

— Ça, c'est quand je t'ai parlé de toutes les fois où ma mère m'emmenait faire de la luge plutôt qu'à l'école, juste parce qu'elle en avait envie.

Joy passa en revue tous les détails de la pièce, des guirlandes lumineuses clignotantes parfaitement assorties à celles de son propre sapin, jusqu'au nain de jardin père Noël. Chaque détail était un souvenir de son enfance, et il avait tout recréé pour elle.

Elle lui prit la main.

— C'est merveilleux et j'adore, mais je ne comprends pas. Pourquoi as-tu fait tout ça ? Ce n'est même pas encore Noël.

Il lui adressa un petit sourire timide qui lui donna envie de l'embrasser jusqu'à en perdre la tête. C'était un problème, ces derniers temps. Chaque fois qu'il souriait, elle le désirait. Elle commençait à penser qu'il était devenu une drogue pour elle, mais ça ne leur posait aucun problème à l'un comme à l'autre.

— Quand tu parles de ton enfance, c'est toujours avec une sorte de nostalgie, presque de la mélancolie, comme si tu aurais aimé pouvoir y retourner.

Elle fit la moue quelques instants, pensive.

— Peut-être. Elle me manque, oui. Il y avait une telle joie et une telle innocence dans les hivers de cette époque. Et la neige me manque.

— D'accord, voilà. Et donc, quand je me suis demandé où

cette relation allait nous mener, j'en revenais toujours à ça, expliqua-t-il en montrant son œuvre.

— Tu veux retourner à mon enfance ? demanda-t-elle en haussant un sourcil, sceptique.

Il rit.

— Non, pas du tout. J'aime Joy l'adulte exactement comme elle est.

— Tu aimes ? répéta-t-elle, envahie de picotements. Tu viens de parler d'amour ?

Ils ne se l'étaient jamais dit avant. Elle savait que ses sentiments pour lui étaient forts, mais elle n'avait pas encore été prête à le lui avouer. Maintenant, cependant...

— Oui, amour. Je t'aime, Joy. Je le sais depuis un moment. Et je crois que tu m'aimes, toi aussi.

— C'est vrai, souffla-t-elle, une main sur le cœur. Je t'aime.

Le sourire de Troy s'élargit.

— C'est bien, très bien.

Il observa à nouveau la pièce, puis chercha son regard.

— Si j'ai fait tout ça, c'est pour te montrer que rien n'est impossible. Si tu veux retrouver ton enfance pour une soirée, je peux te la donner. Si tu veux voyager, je t'achèterai les billets pour la destination de ton choix, que ce soit pour faire du camping en Sierra Nevada ou pour partir en Italie.

» Si ton plus cher désir est de rester à Prémonition jusqu'à la fin de tes jours, ça me va aussi. Mais j'aimerais quand même te demander d'emménager avec moi. Ou alors, si tu n'aimes pas ma maison, nous pourrons en trouver une autre avec une vue spectaculaire, parce que s'il y a bien une chose que j'ai apprise sur toi, Joy Lansing, c'est que tu es toujours de meilleure humeur quand tu te réveilles au son de l'océan.

Les larmes lui montèrent aux yeux, et elle ne chercha même pas à les ravaler. Cet homme l'aimait-il pour de vrai ? Il lui promettait la vie de ses rêves, la lui offrait sur un plateau d'argent et se portait volontaire pour la partager avec lui en tant que partenaire à part entière, en tant qu'homme la comprenant et se souciant de ses besoins. Elle n'avait jamais connu ça avec Paul. Elle espérait donner à Troy au moins la moitié de ce qu'il lui offrait.

— Ta maison est parfaite, dit-elle à travers ses larmes.

— Ah oui ?

Il lui prit la main.

— Alors tu veux bien t'y installer ?

Elle acquiesça.

— Et Kyle ?

— Tu l'invites aussi ?

— Si son absence est rédhibitoire, alors oui. Mais il va falloir améliorer l'insonorisation de la maison.

Elle éclata de rire et secoua la tête.

— Son absence n'est pas du tout rédhibitoire, et je suis certaine qu'il n'accepterait pas de toute façon. Il adore quand je reste chez toi. Il se sent bien dans notre maison. En plus, il va bientôt retrouver son appartement, et il a Jackson pour s'occuper de lui.

— C'est vrai.

Il se leva et lui tendit la main.

— Tu veux danser ?

— Sans musique ? s'étonna-t-elle en regardant autour d'elle.

— Alexa, mets-nous *The Way You Look Tonight* de Frank Sinatra.

La musique démarra, et Joy se laissa entraîner par Troy dans ce pays de glace merveilleux qu'il n'avait créé que pour elle. Elle fut envahie par l'amour, l'espoir et un million de possibilités, et se sentit entière. Elle sut, au fond d'elle, qu'il était le bon. Troy était l'amour de sa vie, et quoi qu'il se passe à l'avenir dans leurs carrières ou leur vie de famille, ils trouveraient le moyen de rester ensemble, et, encore plus important, ils le feraient en s'amusant. Les jours où elle avançait à l'aveugle dans sa morne vie en attendant que celle-ci s'améliore étaient terminés. Elle avait trouvé sa fin heureuse, et elle ne la lâcherait pas.

CHAPITRE 25

Gigi Martin, une flûte de champagne à la main, regardait son coven – sa famille, comme elles se qualifiaient – évoluer dans le salon du restaurant le plus huppé de Prémonition. Tous riaient, discutaient et félicitaient Grace Valentine pour la vente de la maison, connue comme le domaine Emsworth, située à quelques kilomètres au sud de la ville.

Grace, Hope et Joy étaient vraiment comme des sœurs pour elle. Lorsqu'elle s'était installée à Prémonition quelques mois plus tôt, les trois sorcières qu'elle aimait tant lui avaient ouvert leur cœur, l'avaient prise sous leur aile sans poser de question, et elle leur en serait toujours reconnaissante.

Elle n'aimait pas trop penser à son passé ou en parler. Cela arrivait quand on avait été mariée à un connard narcissique qui n'avait rien contre maltraiter sa femme.

Gigi frémit à ces réminiscences de son mari, avant de claquer la porte des souvenirs.

— Gigi ! l'appela Hope. Viens là, on a besoin de toi.

— J'arrive.

Elle rejoignit ses amis – Hope et Lucas, Joy et Troy, et Grace et Owen. Tous étaient si beaux, si heureux, que c'était difficile, parfois. Elle se sentait comme la septième roue du carrosse. Elle n'avait pas le sentiment que ses amies l'abandonnaient, non, mais elle se sentait juste seule, parfois. *Pas ce soir*, se dit-elle, *pas ce soir*.

— Maintenant que nous sommes tous là, dit Hope en levant sa flûte, portons un toast à cette brillante agente qui a conclu le deal du siècle.

— À cette brillante agente ! s'écrièrent-ils tous à l'unisson avant de vider leur verre.

Peu après, ceux-ci furent remplis à nouveau et les convives eurent l'air un peu éméchés.

— Gigi, dit Hope en se penchant vers elle. Ça fait un moment que je voudrais te poser une question.

— Ah oui ? Laquelle ?

Gigi vida son verre et se pencha vers Hope pour pouvoir l'entendre.

— Comment as-tu fait la connaissance de ce magnifique avocat ? Sebastian Knight ? demanda-t-elle en bafouillant un peu.

La chaleur envahit Gigi à la mention de cet homme de haute stature, avocat de Carly Preston. C'était étrange de penser à lui comme étant le quelque chose de quelqu'un d'autre, alors qu'ils avaient été si proches à l'adolescence. Aussi proches que deux personnes pouvaient l'être sans sortir ensemble. Ou du moins l'étaient-ils avant que Gigi ne soit contrainte de quitter la ville et de laisser derrière elle toutes les personnes qu'elle aimait.

Elle soupira. Cela remontait à longtemps.

— Gigi ? insista Hope, les sourcils froncés. Tout va bien ?

— Oui. Oui, très bien, la rassura-t-elle très vite. Je suis juste un peu fatiguée. La semaine a été longue.

Cela dit, qu'est-ce qui pouvait bien l'épuiser autant ? Elle n'avait pas de travail. Elle n'en avait pas besoin. Elle se contentait de préparer des potions et des lotions et de les vendre en ligne, juste pour s'occuper. Même si elle avait surtout tendance à méditer, dernièrement.

— Tu sais ce que tu devrais faire ? dit Hope.

— Non, quoi ?

Elle sourit à son amie, qui était un peu engourdie par l'alcool en ce moment.

— Tu devrais nous laisser t'organiser des *blind dates*.

Hope lui fit un grand sourire triomphant, comme si elle venait de remporter le gros lot.

— Et pourquoi est-ce que je ferais ça alors que je peux rester tranquillement chez moi à câliner mon chat ? Elle demande bien moins d'efforts et ne part pas du principe que je vais écarter les cuisses juste parce qu'on a dîné.

— Hum…

Le regard de Hope dériva quelque part derrière Gigi. Puis elle regarda l'heure sur son portable et fit la grimace.

— Oups. J'ai délivré mon message un peu tard, Gigi. On l'a déjà fait. On t'a organisé un *blind date*. Surprise !

— Quoi ?

Gigi pivota brusquement et se figea en remarquant un homme qui n'était autre que son ancien meilleur ami : Sebastian Knight. Ses yeux noirs pétillaient d'amusement, et son sourire… C'était le même que dans l'enfance, à ceci près que ses lèvres étaient bien plus pleines et embrassables…

Embrassables ? D'où est-ce que ça venait, ça ? Sebastian Knight n'était pas embrassable. C'était un homme issu de son passé, et c'était bien là qu'il devait rester.

— Bonsoir, Gigi, dit-il, employant le prénom qu'elle s'était choisi.

La dernière fois qu'ils s'étaient croisés, il l'avait appelée Clarity. Le prénom que sa mère lui avait donné. Celui qu'elle avait toujours détesté. Dans ce cas, pourquoi lui avait-il davantage plu quand Sebastian l'avait prononcé ? Elle secoua la tête, pour essayer d'en faire partir sa confusion.

— Ce n'est pas un bon soir ? demanda-t-il.

Elle le regarda, perplexe, puis saisit la question.

— Si, si. Désolée, j'ai été surprise. C'est une très bonne soirée, même. Une soirée géniale. Nous fêtons le succès de Grace à son travail.

— Oui, c'est ce que j'ai entendu dire.

Il se tourna vers l'intéressée.

— Félicitations, Grace. Je parie que vous faites des envieux au travail.

— Encore mieux : l'autre acheteur était représenté par mon ex, répondit-elle en riant. Donc j'ai non seulement remporté la vente, mais j'ai en plus eu le plaisir de la lui prendre sous le nez.

— Ça lui fera les pieds, commenta Hope. Connard infidèle.

Grace lui tapota la cuisse.

— C'est à ça qu'on reconnaît les vraies amitiés : quand même nos amies gardent rancune.

Tout le monde éclata de rire et la fête reprit, laissant Gigi gérer seule son *blind date*.

— Bon, si je promets de ne pas chercher à te faire écarter les cuisses, crois-tu qu'on devrait tenter le coup ? demanda Sebastian, avec toujours la même étincelle d'humour dans les yeux.

— Tenter le coup ? répéta-t-elle comme une imbécile.

— Le *blind date* ?

— Oh, oui. Désolée.

Elle lui indiqua la chaise en face d'elle à table, mais il opta pour celle à côté, pour pouvoir lui parler plus tranquillement.

Il commanda un whisky-coca à la serveuse qui s'approcha, puis se rassit et la fixa.

Elle détesta cette attention. Son regard la mettait mal à l'aise, comme si elle était soudain mise à nu et qu'il voyait d'elle tout ce qu'elle cherchait à cacher au monde entier.

— Tu aimerais vraiment que je reparte, n'est-ce pas ?

Elle ferma les paupières et chercha en elle la patience, la grâce, ou même du courage.

— Ce n'est pas ça, mentit-elle. J'ai été surprise, c'est tout. Je ne m'attendais pas à un rencard et...

Elle haussa les épaules.

— Tu sais ce que c'est quand tu t'attends à sortir simplement pour boire un verre et que ça s'avère totalement différent.

— L'est-ce vraiment tant que ça ? répliqua-t-il. N'est-ce pas un verre avec un ami ? Nous l'étions autrefois, non ? Nous pouvons l'être à nouveau.

Cela paraissait si simple. Et ça l'était sans doute pour la plupart des gens. Mais pas pour Gigi. Si elle avait relégué son passé au fond d'un placard, ce n'était pas pour rien. Et elle avait bien l'intention de l'y laisser. Elle essaya de se convaincre de se lever, de s'éloigner de sa chaise et de sortir de là. C'était ce qu'elle était censée faire et ce qu'elle aurait dû faire. Cependant, elle s'adossa plutôt à son siège et sourit à Sebastian.

— Oui. Nous pouvons être à nouveau amis.

À la fin de la soirée, Gigi comprit qu'elle avait bu un verre de trop. Elle n'avait toutefois pas pu s'en empêcher. Sa conversation avec Sebastian avait été en tous points semblable à celles d'autrefois, quand ils étaient adolescents. Amusante, détendue, spirituelle. Et il la faisait rire, ce qui était extrêmement rare de la part du sexe opposé. Pour une raison étrange, elle n'arrivait pas à baisser sa garde en présence des autres hommes, mais avec lui, si.

Elle riait si fort de la vie amoureuse de Sebastian à la fac qu'elle faillit rater le moment où ses amis se levèrent pour partir.

Sebastian les regarda en souriant.

— Vous y allez tous ?

— Oui, dit Troy. Cette demoiselle doit se lever tôt pour le tournage demain.

Il indiqua Joy, puis vint l'enlacer par-derrière.

Gigi soupira, incapable de s'en empêcher.

Sebastian la dévisagea un instant, et elle comprit qu'il l'avait entendue. *Merde*.

Hope se pencha vers elle.

— On dirait que mon pari a fonctionné, murmura-t-elle. Vous vous amusez bien, tous les deux, en tout cas. Ça veut dire que tu ne me détesteras pas demain matin ?

— Non, ça ne changera rien à ça, répliqua Gigi, mais elle souriait.

— Hum hum, je vois ça.

Hope se redressa.

— Tu as besoin qu'on te ramène ou bien Sebastian s'en charge ?

— Je peux la raccompagner chez elle, proposa-t-il immédiatement.

Elle aurait voulu protester, parce que même si elle ne s'était pas levée pour partir comme elle aurait dû le faire, elle savait sans l'ombre d'un doute que s'il la ramenait chez elle, elle allait faire ou dire quelque chose de stupide. Du genre « Entre,

Sebastian. Arrache-moi mes fringues et fais ce que tu veux de moi. »

Non.

Hors de question.

Jamais.

Quelle menteuse. Dès qu'il se gara devant chez elle, elle demanda :

— Tu me raccompagnes jusqu'à la porte ?

Étant donné qu'il était un gentleman, il descendit de son SUV BMW et le contourna pour lui ouvrir sa portière. Puis il l'escorta jusqu'au porche recouvert de vigne.

— Cette maison est géniale, Gigi. Ça me rappelle chez toi.

— Moi aussi, dit-elle avec un soupir nostalgique. Tu te souviens de la glycine sur la cabane dans l'arbre ? Elle était magnifique.

— Oui. Je me souviens aussi que tu étais furieuse quand ton père l'a coupée.

Elle secoua la tête.

— Je ne veux pas penser à ça.

Elle indiqua plutôt son véhicule d'un geste du menton.

— Ça n'a pas l'air d'une voiture de location.

— Non, en effet.

— Tu veux dire que tu as roulé jusqu'ici depuis Los Angeles ? Ça fait un long trajet, dit-elle, alors qu'elle se demandait tout à coup pourquoi il était revenu à Prémonition.

Elle l'avait cru revenu pour travailler avec Carly, mais elle n'en était plus aussi sûre.

— Ça le serait si je ne restais pas tout l'été.

Il regarda les alentours, comme s'il cherchait à tout mémoriser.

— J'ai décidé de m'éloigner de la ville quelque temps, et

Prémonition m'a paru être le bon endroit pour le faire pour l'instant.

— Tu restes donc un moment, commenta-t-elle en posant une main sur son torse et en s'approchant de lui.

— Oui. Juste pour un moment.

Son cœur manqua un battement. Avant d'y renoncer, elle déclara :

— Je commence à revoir mon point de vue sur les cuisses écartées avec mon rencard.

L'amusement qu'elle s'attendait à voir dans son regard disparut, remplacé par un feu ardent. Il se pencha et posa les lèvres sur les siennes, puis sa langue vint la goûter, l'explorer, la posséder.

Gigi se laissa aller contre lui et l'enlaça. Pour la première fois depuis des années, elle se sentit en sécurité dans les bras d'un homme. Cependant, il glissa les doigts dans ses cheveux et tira légèrement dessus. Ce ne fut ni douloureux ni menaçant d'aucune manière. Cela suffit toutefois à lui faire reprendre brusquement pied dans la réalité, et elle recula vivement.

Cela ne devait pas se produire. Pas avec Sebastian.

— Quelque chose ne va pas ? demanda-t-il, inquiet.

Elle secoua la tête.

— Non. Désolée. C'est juste que…

Elle prit une grande inspiration, puis la relâcha et réessaya.

— C'est une erreur. Nous sommes de vieux amis. Je crois qu'il vaut mieux en terminer là ce soir.

Il recula à son tour et mit ses mains dans ses poches.

— Bien sûr. Ce n'est que le premier rencard, après tout. Je ne m'attends pas à ce que tu écartes les cuisses avant, disons, le troisième.

Elle resta sidérée. Puis elle éclata de rire. C'était un homme si décontracté que si elle s'était retrouvée nue à ses côtés à quelques secondes de passer à l'acte et qu'elle lui avait dit tout à coup qu'elle avait changé d'avis, il aurait simplement acquiescé, fait une blague, remballé son matériel dans son boxer, et il serait reparti en sifflotant comme si de rien n'était. Cette image la fit rire.

— Qu'est-ce qu'il y a de si drôle, Clarity? demanda-t-il tout bas.

L'usage de son ancien prénom la refroidit instantanément et lui rappela pour quelles raisons elle devait maintenir cet homme à distance.

— Rien. Désolée. Je devrais rentrer. Bonne nuit, Sebastian. C'était sympa de rattraper le temps perdu.

— En effet. Nous pourrions refaire ça une autre fois. Peut-être autour d'un dîner plutôt que d'un simple verre?

Elle secoua tristement la tête.

— Désolée. Je ne suis pas intéressée.

Il blêmit. Puis acquiesça.

— Je comprends. Bonne nuit, Clar... Gigi, je veux dire.

Figée, elle regarda Sebastian, le seul homme qu'elle ait aimé de toute son existence, sortir de sa vie. Et c'était entièrement sa faute à elle.

À PROPOS DE L'AUTEURE

Deanna Chase, auteure de best-sellers aux classements du New York Times et de USA Today, a grandi en Californie, avant de s'installer dans le sud-est de la Louisiane, au rythme de vie plus tranquille. Quand elle n'écrit pas, elle passe du bon temps à La Nouvelle-Orléans avec son mari ou elle joue avec ses deux chiens shih tzu. Pour plus d'informations et actualités sur ses nouvelles parutions, visitez son site web, deannachase.com.